本书获北京市社会科学基金项目（项目编号：16JDWXB001）资助

北京文化发展研究院
Beijing Cultural Development Research Institute

北京文化发展研究基地

首都文化研究丛书
沈湘平 杨志 主编

新北京第三代作家心灵史研究

杨志 著

中国社会科学出版社

图书在版编目(CIP)数据

新北京第三代作家心灵史研究/杨志著. — 北京：中国社会科学出版社，2023.2

（首都文化研究丛书）
ISBN 978-7-5227-1154-6

Ⅰ.①新… Ⅱ.①杨… Ⅲ.①作家评论—北京—当代 Ⅳ.①I206.7

中国版本图书馆 CIP 数据核字（2022）第 243333 号

出 版 人	赵剑英
责任编辑	朱华彬
责任校对	谢　静
责任印制	张雪娇

出　版	中国社会科学出版社
社　址	北京鼓楼西大街甲 158 号
邮　编	100720
网　址	http://www.csspw.cn
发行部	010-84083685
门市部	010-84029450
经　销	新华书店及其他书店
印　刷	北京明恒达印务有限公司
装　订	廊坊市广阳区广增装订厂
版　次	2023 年 2 月第 1 版
印　次	2023 年 2 月第 1 次印刷
开　本	710×1000　1/16
印　张	13
插　页	2
字　数	207 千字
定　价	78.00 元

凡购买中国社会科学出版社图书，如有质量问题请与本社营销中心联系调换
电话：010-84083683
版权所有　侵权必究

丛书编委会

顾　问：许嘉璐　龙新民　阎崇年　张　淼　崔新建
主　编：沈湘平　杨　志
副主编：程光泉　石　峰　常书红

总　序

　　文化是一个国家、一个民族的灵魂，也是一座城市的灵魂。文化兴则国运兴，文化强则民族强，文化繁荣发展则城市繁荣发展。北京是世界著名的千年古都，其丰富的历史文化是一张金名片，是中华文明源远流长的伟大见证。中华人民共和国成立以来，文化中心一直是北京重要的首都功能。进入新时代，中央明确了坚持和强化北京作为全国文化中心的核心功能和战略定位。北京市专门成立了推进全国文化中心建设领导小组，确定推进全国文化中心建设的总体思想，集中力量做好首都文化这篇大文章。

　　首都文化是以悠久的北京地域文化为基础，汇通涵容各地域、各民族文化，吸收借鉴外来文化所形成的各种精神观念及外在呈现形态的集合。首都文化具有鲜明的历史性、地域性、融合性、首善性、创新性和先进性，既是中华文化的重要组成部分，也是中华文化的集大成者。首都文化主要包括源远厚重的古都文化、先锋引领的红色文化、融汇亲和的京味文化和开放蓬勃的创新文化。其中，古都文化是首都文化的根脉和底色，红色文化是首都文化的核心和灵魂，京味文化是首都文化的活态与表征，创新文化是首都文化的动力与动能。它们相辅相成、有机统一，共同塑造着北京的首都风范、古都风韵和时代风貌，构成了首都独特的精神气质与标识。

　　北京文化发展研究院成立于2002年12月。2004年10月，以研究院为依托成立了北京文化发展研究基地，这是北京市教委和北京市社科规划办共同在北京师范大学设立的全市首批"北京市哲学社会科学研究基地"之一。北京文化发展研究院暨基地发挥北京师范大学人文社科优势，整合北京文化研究资源，长期致力于首都文化研究，服务北京发展进步。近年来，放眼世界和中国文化发展大格局，突出"文化以价值为核心""文化以人为本"理念，更加注重基础理论研究、现实对策研究、历史文化梳理和品牌活动开展，为全国文化中心建设、首都文化发展做出了令人瞩目的贡献。

自2016年起，我们连续举办了五届"城市文化发展高峰论坛"，分别聚焦"都市与乡愁""城市与美好生活""城市与生存焦虑""城市与风险治理""国家文化中心建设的理论与实践"；与上海市同人成功举办两届京沪城市论坛，研讨城市研究范式与城市文明发展；举办主题为"首都文化的价值底蕴"的"名家圆桌"论坛；承办主题为"新时代·新使命·新思路——推进全国文化中心建设"和"美好生活：奋斗历程与创新实践"的两届（2018、2019）北京市社科联"学术前沿论坛"。出版年度报告《北京文化发展报告》，主编半年刊《京师文化评论》，出版《城市与美好生活》《城市与生存焦虑》《多元与共存——文化观初论》等学术著作和文集。

为了集中展现研究院暨基地关于首都文化研究的系列成果，我们决定出版"首都文化研究"系列丛书。首批四册著作已经于2019年出版，从学术角度分别就古都文化、红色文化、京味文化、创新文化的内涵、意蕴进行了系统阐释，在新时代的首都文化研究中具有开创性，引起各界关注和好评。事实上，首批四册著作的出版，只能算是一个"序言"或"导论"，我们将陆续推出更多新的成果，更加深入、细致地展现首都文化的丰厚、博大和魅力，为把北京建设成为"社会主义物质文明与精神文明协调发展、传统文化与现代文明交相辉映、历史文脉与时尚创意相得益彰，具有高度包容性与亲和力，充满人文风采和文化魅力的中国特色社会主义先进文化之都"做出更多贡献。

北京师范大学北京文化发展研究院暨基地
2020年6月

目　录

前　言 …………………………………………………………… 1
　一　研究综述 ……………………………………………… 2
　二　研究拓展 ……………………………………………… 8

第一章　**整体特征** ………………………………………… 13
　一　生命阶段 ……………………………………………… 13
　二　群体经验 ……………………………………………… 21
　三　精神谱系 ……………………………………………… 31

第二章　**全托记忆** ………………………………………… 45
　一　"父母缺失"问题的提出 …………………………… 45
　二　新中国成立初期的送托情况 ………………………… 47
　三　父母缺失的心理影响 ………………………………… 49
　四　对依恋理论的修正 …………………………………… 58

第三章　**顽主叙事** ………………………………………… 61
　一　神话与真实 …………………………………………… 61
　二　两批顽主 ……………………………………………… 64
　三　阳光灿烂·动物凶猛 ………………………………… 73
　四　从"怀旧"到"寻根" ……………………………… 76
　五　镜像自我·身份神话 ………………………………… 80

第四章　**胡同视角** ………………………………………… 84
　一　身份认同 ……………………………………………… 85
　二　文化融汇 ……………………………………………… 90
　三　文学想象 ……………………………………………… 95

· 1 ·

第五章　时空体验 ········· 100
一　"家宅化"的"时空" ········· 100
二　时空体验的八例个案 ········· 101
三　对巴什拉假说的拓展 ········· 115

第六章　亲子矛盾 ········· 119
一　亲子矛盾的存在 ········· 120
二　亲子矛盾的焦点 ········· 123
三　亲子矛盾的根源 ········· 130
四　亲子矛盾的化解 ········· 139

第七章　宗教情结 ········· 145
一　重寻理想的考验 ········· 145
二　"寻神"的革命认同者 ········· 148
三　"寻神"的革命边缘人 ········· 154
四　走向宗教的因素 ········· 159
五　宗教情结之差异 ········· 162

第八章　怀旧情绪 ········· 167
一　怀旧情绪的弥漫 ········· 167
二　追溯历史的理性 ········· 173

附录　重要作家及其作品简目 ········· 177

参考文献 ········· 192

前　言

我们当初从远方聚集/到一座城中，好像只有/一个祖母，同一个祖父的/血液在我们身内周流。

——冯至

北京孕育了世代的作家，这些作家又使北京文学自成一派，独具特色。新中国成立以后，文化格局发生新的变化，对北京文学产生了重大冲击，形成了新的文学风貌，并呈现出一定代际变化。大多数新北京第一代和第二代作家，是新中国成立后才定居北京的，这两代无论是语言还是文化，以及生活，都跟北京有一定隔膜。这就导致他们文学创作的题材和语言，跟北京城存在一定的疏离，他们要描写北京生活受到了一定限制。只有很少一批本是北京土著的作家，如老舍（1899—1966）、萧乾（1910—1999）、颜一烟（女，1912—1997）、杨沫（女，1914—1995）、刘白羽（1916—2005）、邵燕祥（1933—2020）、王蒙（1934—　）、刘绍棠（1936—1997）等，其文学作品才较多蕴含北京城及北京文化的色彩。本书所研究的新北京第三代作家则有所不同，他们绝大多数出生或者成长于北京，既成长于革命气氛浓郁的首都，深受"新中国第一代"和"新中国第二代"影响，又接受了北京文化近千年的浸润，身上熔铸了革命文化和北京文化的双重影响，与前两代作家有较大差异。与此同时，他们跟其他同代人一样，经历了"文化大革命"、上山下乡、改革开放、市场转型等历史转折，他们的成长及创作，跟中国七十余年的发展历程息息相关。

一　研究综述

从世界范围来看，本书所研究的新北京第三代作家属于"战后婴儿潮"一代。第二次世界大战结束后，全世界迎来"战后婴儿潮"；稍晚四年，新中国成立后，海峡两岸都迎来婴儿潮。所谓"战后婴儿潮"一代，国家和地区不同，称呼也有所区别，中国称"新中国第三代"或"共和国第三代"，日本称"团块世代"，欧美称"六八一代"（因其崛起于1968年革命）。他们这一代人大约于20世纪60年代后期开始登上历史舞台，最后成长为世界各国的中坚力量。

"战后婴儿潮"是当今世界最具影响力的代际群体之一，几乎是所在国家和社会的中坚。以欧美社会为例，这一代人最早登上历史舞台，显示其力量是在1968年左右的所谓68年革命，当时风靡欧美的嬉皮士以及其后的雅皮士，都属于这代人。他们与较早时期形成的"垮掉的一代"融合，汇成一股巨大潮流，波及从文学到电影再到摇滚等诸多文艺领域，像文学的《嚎叫》《在路上》等，电影的《毕业生》《飞越疯人院》等，以及以披头士、迪伦等为代表的摇滚，对欧美主流文艺产生了巨大冲击，甚至是颠覆性的挑战。如果说，1992年克林顿的上台，标志着这一代人在欧美政界最终崛起；那么，迪伦在2017年获得诺贝尔文学奖，标志着这代人在文艺上的成就，最终获得了欧美主流社会充分认可。再以近邻日本为例，密集出生于1947—1949年的狭义的"团块世代"不但人口众多，占了人口的1/10，并且在诸多领域都拥有强大发言权，乃是"具有强大社会影响力的世代"。日本社会学家三浦展在《団塊世代の戦後史》中指出，团块世代在日本战后社会中具有极大话语权，影响力为后来世代望尘莫及。① 前日本首相安倍晋三（1954—2022）及风靡世界的小说家村上春树（1949—　）、村上龙（1952—　）和导演北野武（1947—　）都属于广义的"团块世代"。

中国的情况也如此，各领域的中坚很大部分也由这代人组成。那么，在中国语境中的"第三代"的概念主要涵括什么呢？当代学人米鹤都在《心路：

---

① ［日］三浦展：《団塊世代の戦後史》，日本：文艺春秋2007年版，第12页。

透视共和国同龄人》里辨析："作为'代'划分的特征和符号，'第三代'没有什么政治色彩，比较中性，同代人比较易于接受；而且其范围比较宽泛，不完全依据某一经历。使用这个符号的另一个依据是，我们的下一代人自上世纪80年代中期起，已经自称为'第四代人'了。……这一代人是以'老三届'为主体的，上面包括"文化大革命"中毕业的大学生，下面包括至'文化大革命'结束还在上山下乡的各届中学生。宽泛地说，这代人涵盖了整个六十年代正在读书年龄的所有人。"[1] 法国汉学家潘鸣啸则认为：一代人的树立有赖于青年培养期间所感受的共同历史经验，而这种经验会衍生出某些特殊的思想方法和为人处事作风，以及一种群体意识。历史经历越特殊，甚至是越令人精神受重创的，这种意识就越强烈。'文化大革命'和上山下乡的一代包括老红卫兵，在毛泽东式教育路线占上风的时期（直至1977年）中学毕业后被送往农村或者工厂、矿山、军队的城镇青年也都包括在内。[2] 两者划分基本符合中国大陆"战后婴儿潮"的实际情况，故被本书基本采纳。

不过，本书也根据实际情况，把研究对象定得稍微宽泛些，比如，潘鸣啸认为"这一代人大致上是1947—1960年间出生的城镇人"，并且坚持"不可以将20世纪50年代与60年代初期培养的作家，如张洁、刘心武，和'文化大革命'时期及之后涌现的作家，放在同一个类别里"[3]。但刘心武虽然生于1942年，还是王朔的老师，却也是"文化大革命"后涌现的作家之一，本书也将他归入共和国第三代和新北京第三代作家的序列。

新中国第三代人是现阶段我国各领域的中坚，文艺界也不例外。其中，只论北京的文艺群体，他们大多数在改革开放后跻身文艺界，迅速占据半壁江山，重要代表有：作家如刘心武（1942年生）、王学泰（1942—2018）、霍达（1945年生）、老鬼（1947年生）、张承志（1948年生）、史铁生（1951—2010）、王小波（1952—1997）、毕淑敏（1952年生，北京长大）、刘恒（1954年生）、马未都（1955年生）、铁凝（1957年生）、王朔（1958年生）等，诗人如食指（1948年生）、北岛（1949年生）、江河（1949年生）、顾城（1955—

---

[1] 米鹤都：《心路：透视共和国同龄人》，中央文献出版社2011年版，第4页。
[2] ［法］潘鸣啸：《失落的一代：中国的上山下乡运动·1968~1980》，欧阳因译，中国大百科全书出版社2010年版，第408页。
[3] ［法］潘鸣啸：《失落的一代：中国的上山下乡运动·1968~1980》，欧阳因译，中国大百科全书出版社2010年版，第408—409页。

1993)、杨炼（1955年生）、芒克（1956年生）等，导演如田壮壮（1952年生）、陈凯歌（1952年生）、冯小刚（1958年生）等，音乐家如刘索拉（1955年生，也是小说家）等，编剧如叶广芩（1948年生，也是小说家）、何冀平（1951年生，1956年来京）、过士行（1952年生）、海岩（1954年生，也是小说家）等，画家如阿城（1949年生，也是小说家）、王克平（1949年生）等。由此可见，作家在文艺群体中更占分量。

也就是说，研究新北京第三代作家，不仅是研究北京作家，实际上也是研究中国当代作家乃至文艺群体中最重要的一个群体，或者，一个缩影。

这批作家，除了小部分人之外，并未形成过固定流派，也未发表过正式的集体宣言。但是，时代和环境的共同影响，加上文艺圈子之间的交流互动，塑造了他们的共性，并在这个共性的基础上，形成了各自的文艺风貌。他们的生命与创作轨迹顺应着新中国发展演变的大趋势，并在这种大趋势下演绎出各自的个性与精彩。从目前的情况看，国内外对这一群体的研究（下述书目的详细出版信息见附录的参考文献）已经取得一定成果，主要特点如下：

第一，研究史料：80年代以来，史料不断问世，21世纪后呈井喷状态。 一是张承志、陈凯歌、冯小刚、王朔、叶广芩、毕淑敏、徐晓、刘恒等陆续出版自传，或者由他人撰写的传记面世，如《史铁生传》《铁凝评传》《我是王朔》《我的兄弟王小波》《最后的顾城》等不断刊布。

二是访谈及史料汇编逐渐印行，如《劫后辉煌：在磨难中崛起的知青·老三届·共和国第三代人》《八十年代访谈录》《七十年代》《暴风雨的记忆：1965–1970年的北京四中》《自由风格》《行走的刘索拉：兼与田青对话及其他》《铁凝研究资料》《鱼乐：忆顾城》等。其中值得一提的是，《八十年代访谈录》《七十年代》《暴风雨的记忆：1965–1970年的北京四中》三本书浑然一体，访谈者或者编撰者基本都是新北京第三代作家的成员，构成了这一群体从童年到壮年的一个"生命史"的记忆谱系。查建英的《八十年代访谈录》，谈话对象多为80年代新北京第三代作家中的风云人物，如北岛、阿城、刘索拉、崔健、田壮壮等，具有很强史料价值。北岛、李陀主编的《七十年代》也是一次集体性的大型历史回顾，其中有阿城、张郎郎、徐浩渊等新北京第三代作家的重要成员，通过演绎他们的成长经验，呈现了当时的历史环境。曹一凡等的《暴风雨的记忆》是一批"文化大革命"前北京四中学生的个人回忆汇编，记录了60年代末期的北京社会生活，是对《七十年代》以至《八十年代访谈录》的前溯。

三是关于这代人的北京生活史料也已进入研究视野，出现了刘仰东的《红底金字：六七十年代的北京孩子》、吴勇主编的《北京大院记忆》、遇罗文等的《记忆》、北京知青与延安丛书编委会主编的《青春履痕：北京知青大事记》、[德]罗梅君的《北京的生育婚姻和丧葬：19世纪至当代的民间文化和上层文化》、李慧波的《北京市婚姻文化嬗变研究》等研究著作。上述著作，虽然不全是文艺史料，但因详细披露了当时北京社会的诸多方面，成为研究新北京第三代作家的重要参考史料。可以预料，更多相关史料还将陆续刊布，使研究这一群体越来越具可行性。

2010年，作家史铁生去世，震动文坛，许多作家纷纷撰文悼念。史铁生的去世之于这批作家，是一个特殊标志。那一年，这一群体，最年轻的已经年近花甲，年龄较大的接近70岁，虽说文艺创作不同于体育锻炼，往往老而弥坚，但能把文艺创造的鼎盛期持续到六七十岁的毕竟不多。正如这一群体在同一年出版的《七十年代》（生活·读书·新知三联书店2009年版）一书的"封面语"中对自身历史的回顾："八十年代开花，九十年代结果，什么事都酝酿在七十年代"，如今20世纪90年代都已过去二十年。可以判定，这一群体中的大多数成员，他们留传后世的主要作品基本完成，评估和解读新北京第三代作家的工作已经可以开始。

第二，研究范围：或集中于单个文艺家，或将部分成员纳入某一全国文艺潮流，或将部分成员纳入京味文化范畴，尚未整体把握这一群体的存在。一是对单个文艺家的研究，如王朔、张承志、冯小刚、陈凯歌、姜戎、叶广芩、王小波等，因成果非常丰硕，此不赘述。

二是把群体部分成员纳入某种全国文艺潮流（如伤痕文学、寻根文学、"第五代"电影）中进行研究，像李刚的《论中国第五代导演的文化精神》把中国第五代导演的创作融入中国电影百年发展史中，阐述第五代导演与中国传统文化、近现代以来的现代启蒙话语及90年代后的后现代大众文化语境的内在文化渊源，研究模式为"新北京第三代＝新中国第三代"。

三是选取文化视角进行研究，研究王朔、冯小刚、姜文等与京味文化之关系，将其纳入京味谱系。比如，赵园的《北京：城与人》不仅探寻北京城与人之关系的文学表达，而且借助文学材料探究北京文化性格及此种性格在北京人身上的体现；杨东平的《城市季风：北京和上海的文化精神》以上海和北京为研究对象，从城市、文化、人三个维度，对两个城市的百年文化变迁进行了比较研究，剖析两者之间不同的城市性质、文化机制和生态环境；王一川的《京味文学第三代》从文学与媒介的关系来透视京味文学的新成果，该书以王朔、刘恒、冯小刚、王小波、刘一达等新北京第三代作家为例，对京味文学第三代现象做了全面而富于力度的分析。

关于第三点的研究，目前还有较大推进空间。所谓"革命文艺"，本身很庞杂，蕴含大量通俗文艺在内。一方面，革命文艺所包含的"显性渊源"，包括苏俄和左翼的严肃文艺；与此同时，特别是在延安文艺座谈会以后，革命文艺又大量汲取中外通俗文艺的养分，革命经典如《林海雪原》、《红旗谱》、八个样板戏等，我们都可以看出《水浒传》《三侠五义》《三国演义》等传统小说的影响（其实，苏俄文艺作品也具有浓郁通俗文艺成分）。这样一种复杂性和多元性在新北京第三代作家中同样存在，当代文学史经常提到的这一群体作家，如王小波、顾城、叶广芩、老鬼、张承志、史铁生等，尽管作品影响较大，但基本上属于精英文艺或者严肃文艺。然而在新北京第三代作家里，还有一批成员，以王朔、毕淑敏、海岩等为代表，文艺取向介于精英文艺与通俗文艺之间，并越来越趋向于通俗文艺，推动了革命文化与商业文化的交融。王朔、海岩、冯小刚、姜文等的影视，以他们的大院生活经验为基础，更多继承了革命文艺的通俗成分。

理解他们的作品，北京大院是不可忽略的重要因素。大院是新中国成立以后产生的社会制度，为单位的典型，由此衍生的大院文化则是革命文化的重要部分，甚至是典型。新北京第三代文艺群体的许多重要成员均是大院子弟。特别是王朔，以大院文化的继承者自称，既不能视其为纯粹的通俗作家，也不能视其为纯粹的严肃作家，更不能视其为纯粹的京味作家，他的小说和影视是革命文艺和京味文艺的融合，是当代文艺的一种特殊现象，如果我们不从多重角度进行把握，就不易得出准确认识。

商业电影必须考虑票房，商业性要求很高，不可能像严肃文艺那样太执着于过去的时代，所以冯小刚的电影，从《甲方乙方》慢慢过渡到《私人定制》，我们可以发现革命文化的色彩越来越淡，但从影片的人物台词和思维模式，还是可以看出隐隐约约的大院文化色彩，最近拍摄的电影《老炮儿》，从导演到主演，都是大院子弟，更是充满了大院文化的色彩。较晚崛起的北京导演姜文，从《阳光灿烂的日子》到《让子弹飞》，更明显地透露出革命文化的气息，更不用说《让子弹飞》的原著本就出自左翼作家马识途之手。大致而言，新北京第三代文艺群体的此类创作，我们可以视为革命文化与商业文化的某种融合产物，由于融合了革命文化与北京文化的气韵，自有其特色，这也是这些影视剧的独特价值所在。

总之，通俗作家必须考虑大众趣味，紧随时代发展，因而他们的文艺创作体现了革命文化色彩逐渐变淡的历程，有意无意促进了革命文化与商业文化的融合，改变了中国通俗文艺的面貌。但由于他们的大院出身，他们的文艺创作具有不同于其他文艺工作者的风格，具有独特的艺术魅力。

第三，研究视角：文化研究和生命史研究较多，但心理研究较少。 文化研究的状况已如前述，此处探讨生命史研究和心理研究。

对这一代人进行"生命史"研究，因为这一代人还在发展，故研究多偏于他们生命历程中的某个阶段，特别是"文化大革命"阶段和知青阶段。前者如米鹤都的《红卫兵这一代》通过对前后期不同派别"红卫兵"代表人物的专访，以他们颇具典型性的经历，展现这代人思想形成、发展和转变的轨迹；后者如〔美〕托马斯·伯恩斯坦的《上山下乡》，〔法〕潘鸣啸的《失落的一代：中国的上山下乡运动·1968—1980》等，都是较有影响的学术著作。迄今为止，对这一代人生命史的研究尚且不多，但也出现了一些较有影响的成果。其中，米鹤都的《心路：透视共和国同龄人》通过对这代人的生活、教育、思想、经历等方面的剖析，勾画和描述了共和国第三代人成长的心路历程。李伟东《清华附中高631班（1963—1968）》通过大量访谈，研究了清华大学附中高三年级一个班的"生命史"历程。两本书属于社会学著作，但因涉及作家群体的部分成员，也可视为相关成果。

从心理层面进行的研究较少，但也有许子东《为了忘却的集体记忆——解读50篇文化大革命小说》，该书从社会心理视角探讨了50篇"文化大革命"小说，归纳和发现了四种主要模式、四个叙事阶段、二十九种叙事功能，探讨并揭示了这一时期人们的集体记忆（集体无意识与集体认知）的主要模式。部分探讨作品的作者即新北京第三代作家成员。

二 研究拓展

当前新北京第三代作家研究虽然取得了诸多成果，但由于研究年限等原因，多数研究尚未从"生命史"的整体框架来把握新北京第三代作家的整体性存在，也未充分吸纳21世纪以来陆续增加的大量史料，同时也缺乏文化、生命史及心理学等多种学科交叉的综合性研究。本书针对这个缺憾，力图从整体来把握这一代作家，把生命史研究与心理学研究融合，在这一研究领域有所拓展。

本书尝试以这一群体的"生命史"为结构，纵向梳理其成长历程，横向吸纳精神分析和青年亚文化理论，研究他们的精神演进历程，从社会出身、亲子关系、记忆模式、宗教信仰等视角切入，纵横交错，对其创作历程做深度分析。

第一，研究范围：凸显"新北京第三代作家"这一被忽视的"中级群体"。已有研究可分"国家"与"地域"两个层面。前者多取"新北京第三代＝新中国第三代"框架，缺点有二：一是研究对象太多，大而化之，不够具体；二是淡化了北京城及北京文化，难免削足适履。除了"新北京第三代作家"，当代还活跃有"陕军"、"湘军"和"海派"等群体，统统归入"新中国第三代"，必然抹杀群体之间的差异。后者多把从老舍到王朔的京味文艺合并起来研究，淡化了革命文化对京味文化的改造，又忽略了老鬼、张承志、王小波、顾城、柯云路等缺乏"京味"的"新北京第三代"。

有鉴于此，本书在空间上以"北京"为"场"，在时间上以"新中国第三代"为"代"，缩小群体研究的范围（目前收集到资料的有一百余名），以准确呈现其具体样态。

第二，研究对象：以"作家群体"为主，但不局限于作家群体，而是适当扩展到"文艺群体"，以贴近这一群体的实际，兼顾内部复杂性。之所以考虑以作家为主，但不局限于作家，是基于如下考虑：一是成员多从事不同类型的创作，如阿城是画家，又是编剧，还是小说家；陈凯歌既是作家，又是导演；刘索拉既是音乐家，又是小说家。二是文艺圈的内部交流密切，实为一种松散流派；70年代末的朦胧诗派和星星画派，貌似两家，实为一体；90

年代的王朔、冯小刚、叶京等则是"作家—编剧—导演"的集合。不局限于"作家群体",而研究"文艺群体",更能全面审视其轨迹。此外,已有研究多偏重大院子弟,忽略霍达、叶广芩、张承志、李龙云等具有重大影响的非大院子弟,淡化了内部差异;本书则关注其族群身份和阶层差异,意图彰显这一群体内部的多元性。

第三,研究框架:依据文化人类学的"生命史"理论设计章节,知人论世,贴近其创作历程。本书本质上属于文学领域的"生命史"研究。对"生命史"的研究,文化人类学有较多理论和实践。米德在《文化与承诺:一项关于代沟问题的研究》中提出了后喻文化、互喻文化、前喻文化三种文化模式,从文化传承和断裂的角度探讨"代沟"现象的延期及发展,对社会人类学及相关学科产生了巨大影响。笔者曾翻译的民族志《妮萨:一名昆族女子的生活与心声》汲取米德及其他人类学家的养分,探讨了非洲昆族女性的"生命史",对本书的研究也是一个有益借鉴。在社会人类学中,"生命"是在"心灵"、"行动"和"社会"三者互动中发展的:在"心灵"涉及"知识"、"记忆"及"信念"(无信念也可视为一种信念);在"行动"涉及"成长"、"受挫"和"克服"(或失败);在"社会"涉及"家庭"、"社会"和"国家"。这些思想都启发了本书的研究和撰写。本书特别关注新北京第三代作家的生命史及创作史的互相呼应,以各个生命阶段为节点,观察他们在不同时期是如何发展成熟的?如何记忆自己的生命历程?凭借何种网络获取资源?如何应对自身困境?等等。

第四,研究方法:吸纳精神分析和英国伯明翰学派的理论,深入把握其家庭关系和成长阶段。已有的研究,对成员的亲子关系及成长阶段关注不够,难以把握作家创作的来龙去脉。本书吸纳了精神分析的理论,对之加以考察,加强心理深度。美国精神分析学家埃里克·H. 埃里克森在《同一性:青少年与危机》(*Identity: Youth and Crisis*)中提出"人格发展渐成说",他认为:"一个有活力的人格是如何生长的?又是如何从适应生命需要——保持某种生机勃勃的热情——逐渐增强了能力的各个连续阶段中自然生长起来的?每当我们想对生长要有所了解时,最好不要忘记有机体在子宫内生长的渐成性原则。概括说来,这种原则表明,任何生长的东西都有一个基本方案,各部分从这个方案中发生,每一部分在某一时间各有其特殊优势,直到所有部分都发生,进而形成了一个有功能的整体为止。"① 他经长期临床观察，把人格发展划分为八个阶段，认为每个人的"生命史"进程中，在这八个阶段中都会遭遇种种挑战，并从中获得成长，并对此八个阶段进行了详尽系统的阐述。他所阐述的"八个阶段"是否都能成立，另作别论，但他的理论对我们思考和观察研究对象的"生命史"具有参考价值。

本书还吸纳了英国伯明翰学派的理论，特别是 Stuart Hall 和 Tony Jefferson 合编的《仪式抵抗：战后英国青年亚文化》，探讨其文艺趣味形成之根源。20 世纪 50 年代至 70 年代，经伯明翰学派的提倡，亚文化由于凝聚成独特的青年亚文化抵抗话语而逐渐成为研究热点，亚文化也演变为青年文化的代名词。② 这一代作家的成长，因为经历"文化大革命"时期的动荡，形成了具有自身特色的青年文化，特别是以王朔等为代表的新京味作家更是如此。英国伯明翰学派的理论对于我们深入理解他们的心灵史具有参考价值。

出于上述目的，本书的章节结构主要由前言、正文八章和附录组成，分别从新北京第三代作家的整体特征、全托记忆、顽主叙事、胡同视角、时空体验、亲子矛盾、宗教情结及怀旧情绪等切入，对其心灵发展历程开展多角度的考察和剖析。各章内容主要如下：

第一章探讨这一群体的整体特征，简要概括这批作家的生命史、社会史、精神史的整体特征，为后面各章的研究打下基础。

第二章探讨这一群体的全托体验，以老鬼、王小波、毕淑敏、陈凯歌、王朔等新中国成立前后出生的北京作家的全托记忆为材料，与英国精神分析学家鲍尔比（John Bowlby）的依恋理论比照，探讨婴幼期父母缺失对中国儿童的影响。研究发现，长期的父母缺失对部分中国幼儿造成一定心理创伤，甚至干扰了亲子关系。但是，由于儿童本身有自我修复能力，中国文化又有心理疏导作用，多数人成年后能克服心理创伤，修复与父母的关系。

第三章探讨王山、王朔、冯小刚等当代北京文艺家们所撰的"顽主"故事，以"文化大革命"初期著名顽主"小混蛋"（周长利）是如何在文艺作

---

① ［美］埃里克·H. 埃里克森：《同一性：青少年与危机》，孙名之译，浙江教育出版社 1998 年版，第 80 页。

② 崔家新、池忠军：《青年亚文化的概念解析——基于青年亚文化历史流变的发展性考察》，《学习与实践》2018 年第 11 期。

品中逐渐被神化的这一视角为切入口,梳理了两个阶层的顽主的形成历程,探讨了两者在"文化大革命"时期的冲突及文化交融。接着,分析这批出身大院的顽主故事讲述者的精神构成,以及他们在改革开放以后逐渐从怀旧走向寻根的心路历程。最后,本章以此为基础分析,指出他们之所以热衷讲述顽主故事,是为了塑造理想化的"镜像自我",顽主故事其实是为慰藉自我而创造的"身份神话"。

第四章探讨这一群体中的胡同子弟的身份意识及其文学创作。新北京第三代作家大多数出身大院,出身老北京家庭者寥寥无几,导致后者的整体存在处于被遮蔽状况,其之于大院子弟作家的差异不被世人注意。本章以王学泰、霍达、叶广芩、张承志、李龙云、刘恒、刘一达等老北京子弟作家为研究对象,将他们与大院子弟作家比较,从身份认同、文化融汇和文学想象三个角度切入,探讨他们的整体特征,彰显这一群体的存在,呈现北京文学空间的多元性。

第五章探讨这一群体的时空体验。法国哲学家巴什拉认为:我们的"空间感"受"几何空间"影响,也受"心理空间"影响;我们出于生存需要,把空间乌托邦化,也就是"家宅化"。由此,他倡导对"心理空间"开展精神分析。本章吸纳并拓展巴什拉的上述思想,用于探讨新北京第三代作家之于北京城的"时空体验"特征。

第六章侧重考察新北京第三代作家所撰的亲子矛盾叙事。中国人敬老,讲避讳,谈论亲子矛盾一向有所顾忌,直至新文化运动(特别是左翼文学)兴起后,直面亲子矛盾,甚至肯定子辈的叛逆行为,才成为一时潮流。新北京第三代作家成长于左翼传统环境,敢直书此类常人不愿书写之事,对亲子矛盾有较多书写。本章以收集到的亲子矛盾叙事为材料,剖析亲子矛盾产生的根源,梳理亲子矛盾化解的历程,探讨了亲子关系的衍化规律。

第七章主要考察新北京第三代作家宗教情结的产生及其衍化过程,据此探讨革命文化对这一代人的宗教情感之影响。新中国成立后,政府就如何处理跟宗教的关系,经三十年探索,至改革开放始建立起延续至今的稳定模式,而新中国成立前后出生的新北京第三代作家,正成长于这一特殊时期。其中部分作家,如张承志、阿城、史铁生、顾城、王朔等,有着明显宗教情结,甚至对终极关切产生了兴趣。本章综合考察了他们走向宗教的心理动因,随后以此为基础,深入比较了两组作家的宗教情结之差异。

第八章探讨这一群体的怀旧情绪。21世纪以来，随着年龄的增长、地位的变化及时代的演变，这一群体的文艺创作出现了强烈的怀旧情绪。本章侧重研究了这样一种怀旧情绪的发生背景，以及这一群体如何逐渐升华和超越怀旧情绪本身，理性探讨自己、家族及群体的来龙去脉。

第一章　整体特征

生于1942—1960年间的北京作家，大多数属于王朔所说的"新北京人"，也就是新中国成立后陆续迁入的"革命移民"。北京城、革命文化、大院文化及他们的成长时代，形塑了他们在精神气质、文化认同、价值观念等方面的共性，对他们的精神世界产生了潜移默化的影响。这一群体中也有部分北京土著，如张承志、李龙云、叶广芩、王学泰、刘恒、刘一达等，但他们同样深受革命文化的强烈影响，故其创作呈现了一定的共同特征。本章主要探讨整体特征，而群体的内部差异则在后面几章中再逐渐加以比较分析。

一　生命阶段

米鹤都这样评述共和国第三代人："第三代人是共和国的同龄人，也中国现代史的缩影，浓缩了这段历史中的功过毁誉，贯通了社会各层面的酸甜苦辣。他们曾经因为历史造就的幼稚和冲动，成为中华民族那场劫难的始作俑者和随后的牺牲品。但其整体性格也由此获益，使其具有更顽强的生命力。他们的历史使命，就是架起一座通向彼岸的桥梁，为中华民族的长远发展打好坚实的基础。"[①] 这个评论同样适用于新北京第三代作家。

新北京第三代作家的生活史，大致可以分为三个阶段：

1. 成长期：从中华人民共和国成立到"文化大革命"

童年经历对任何一个作家而言，都是非常重要的生命体验，这批北京作家也不例外。北岛写道："童年青少年在人的一生中如此重要，甚至可以说，

[①] 米鹤都：《心路：透视共和国同龄人》，中央文献出版社2011年版，第405页。

后来的一切几乎都是在那时候形成或被决定的……如果说远离和回归是一条路的两端，走得越远，往往离童年越近；也正是这种动力，把我推向天涯海角。"① 作为"生在新社会，长在红旗下"的"第三代人"，这批作家的童年是在新中国教育体系下成长的。1955年，教育部颁布了新中国第一份《中小学生守则》，为了适应社会主义建设需要，修订了中小学教学计划与教学大纲。为了贯彻上述教育方针，中小学校从体制、内容、方法上均作了调整，以适应新中国诞生后的社会、政治、经济制度。1962年中共八届十中全会以后，学校政治思想教育的中心任务转变为阶级斗争的教育。全国中小学普遍开展访贫问苦活动，请"三老"（老工人、老农民、老革命）作回忆对比报告，强调"不忘阶级苦，牢记血泪仇"；要警惕和防止阶级敌人搞"资本主义复辟"，使劳动人民重受"二遍苦"、遭"二茬罪"。②

共和国第三代作家都是在这样一种教育模式下成长的，新北京第三代作家身居首都，更受熏陶。王小波的哥哥王小平回忆小学时期的革命民歌运动："在我上三年级的时候，正赶上全民作诗的时代。我经常看人大校刊上刊出的大人写的诗，觉得呆里呆气的，一点不见出色。有一次，老师让我们也写些诗，放在黑板报上。我一时心血来潮，仿照人大校刊那些诗的样子，作了四首十六字令，觉得比大人写的一点不差，就交了上去。"③

刘仰东回忆小学时期的北京"宣传毛泽东思想"活动场面：

上公共汽车念毛主席语录，是"文化大革命"初期流行于小学生之间的一种自发的课外活动，名曰"宣传毛泽东思想"。它与中学生的串联同步，持续时间不长，也就几个月，但声势极大，成为当年北京市的一景。加入这项活动的，多为小学三四年级同学（偶有高年级同学参加），三四个人组成一个宣传小组，尽量红卫兵（当时还没有红小兵一说）打扮——军装、武装带、球鞋、红袖标、像章，实在做不到，也无所谓。然后人手一本《毛主席语录》，到公共汽车上诵读。他们通常是就近选一个公共汽车总站，下午过去，先学学雷锋打扫汽车站及车内的卫生。傍

---

① 北岛：《城门开》，生活・读书・新知三联书店2010年版，第2页。
② 李玉琦：《"十七年"学校教育与共和国"第三代人"》，《中国青年研究》1998年1期。
③ 王小平：《我的兄弟王小波》，江苏文艺出版社2012年版，第45页。

晚下班前后，趁乘客高峰时段上车宣传，跟着司售人员跑一个来回，天天如此，风雨无阻，车票自然免了。①

学者李银河（退休后写小说，著有小说集《黑骑士的王国》）也回忆：

> 1965年前后，周围的政治气氛渐渐变得狂热起来，似乎是从学雷锋开始的。一开始只有雷锋一个榜样，之后越来越多，如王杰、欧阳海、麦贤德之类，几乎每年都有新的英雄偶像涌现出来，有的是学习毛主席著作的积极分子，也有因救火救人而牺牲的烈士，真可谓"英雄辈出"。那时候，就连小学生都到处学雷锋。有一次，我们全班同学到西单商场学雷锋，呼啦啦去了一帮半大孩子，商场的人也不知该拿我们怎么办，最后安排一部分同学去厨房打下手，洗菜切菜；一部分同学去站柜台，帮助卖火烧包子；还有一部分帮助商场卸货。付亮他们去帮忙从卡车上卸猪肉，两个小男孩抬着半扇猪，跌跌撞撞，把人家的玻璃柜台都撞碎了，好心办了坏事。可是大家还是十分兴奋，觉得自己在大做好事，为社会奉献。我好像是在厨房里帮助洗菜来着，虽然不如他们那么惊天动地，心里的兴奋程度并不稍逊。②

由于"文化大革命"的影响，新北京第三代作家在成长期大都没读过大学（王小波、张承志后来读到研究生，但不在青春成长期），中学是他们个人思想的形成期。当时的中学不同于现在的中学，不仅是传播知识的地方，也是政治斗争的场所。对于这批作家而言，中学作为一段深刻的政治记忆，深刻塑造了他们的情感和思想，好比大学之于后来世代的影响。

"文化大革命"前的北京中学，最有名气且精英汇集的学校有北京一零一中学、北京四中、北大附中、清华附中、八一中学、育英中学、第十一中学、景山学校等。"在干部子弟与知识分子较为集中的优秀中学'红五类'与'非红五类'子弟固然存在着内在紧张，但在'文化大革命'革命化的共同教育和学校正规教育的制度框架之内，两者也保持着某种张力，也造成在精

---

① 刘仰东：《红底金字：六七十年代的北京孩子》，中国青年出版社2005年版，第57页。
② 李银河：《人间采蜜记》，江西人民出版社2017年版，第25页。

神气质、品格、行为上的相互感染和渗透。在激烈的学习竞争中，干部子弟不乏品学兼优、才华出众者——第一批红卫兵的组织者和发起者，大多是能人才子；而知识分子和'非红五类'子弟在共同的社会教化中也养成了作为一代人共性的情深气质，或许，也受到干部子弟豪放、粗犷、政治化等特征的感染，虽然，他们在行为上可能更为谨慎。事实上，在后来不同色彩、倾向的各派红卫兵组织中，'红卫兵'具有共性的典型人格，但它首先是由干部子弟提供的原型。"①

朦胧诗派的代表人物，除舒婷之外，都曾在北京四中就读。北京四中源于创建于1907年的顺天中学堂，1912年改名为京师公立第四中学校，1949年定为北京第四中学。北京四中位于北京市西城区，西城区是国务院各大机关和家属集中的地方，所以四中有很多国务院各大部的子弟，60年代刘少奇、陈云、林彪、薄一波、贺龙、陈毅、徐向前、乔冠华等人的孩子都在这里就读。由于高干子弟云集，内部消息灵通，四中曾一度是北京中学红卫兵运动的中心。"文化大革命"期间，由四中学生1967年1月创办的《中学文化大革命报》虽然持续时间不长，但总印数达30多万份，影响很大。北岛和同学曹一凡等人在这个小小的舞台上，亲历并见证了一幕幕历史场景。他们多年后编写《暴风雨的记忆：1965—1970年的北京四中》，力图复原当时四中的政治氛围。

张承志和史铁生曾就读于北京清华大学附属中学，同于1967年毕业。如果说，北京四中是高层领导后代聚集的学校，清华附中就相对平民一些。当年18岁的张承志曾是清华附中红卫兵的一员，而且"红卫兵"这个词就是出自他的创造。他们在学校里罢课、辩论、批判，以手抄、油印等手段宣扬自我，在一个个小团体内集合起了一批"同志"。

米鹤都这样评论革命教育对这代人的影响："充满着革命激情的战斗檄文，使得当时的青年学生的热情澎湃，心中充满着庄严而神圣的政治责任感。这代人就是在这种没有硝烟烈火、却又有硝烟烈火般炽热的环境中成长起来的。以天下为己任、理想、献身、责任感和使命感，以及对党和领袖朴素而又狂热的感情，时时鼓动着这代人，成为当时青年性格中最重要的组成部

---

① 杨东平：《城市季风：北京和上海的文化精神》，新星出版社2006年版，第278页。

分。"① 濮存昕则回忆自己当年"常骑车还撒野,就是想模仿《平原游击队》里的肖飞买药,想象自己骑三枪牌单车、腰间别着二十响驳壳枪,还戴着礼帽,整个一孤胆英雄。……刚学会骑车那阵子,瘾大,我都骑疯了,后来还敢手撒把地骑,兜风的范围也越来越广,顺着原来环行路汽车线兜一圈北京城都没问题!这样疯骑出事也就难免,有一次因为骑得太猛,人和车追尾,撞到卡车拉的脚手架上,险些送命。回来也不敢跟家里人说,暗自胸口疼了好几天。"②

新北京第三代作家,另一个共同经历是"文化大革命"。"文化大革命"十年占据了他们生命历程中重要的一段,是他们从事文学写作的"酝酿期"。年龄较大的参加过红卫兵运动,比如食指、张承志等,如何看待及面对自己的红卫兵经历,成为他们写作的一个潜在动机。随之而来的则是知青时代,如同其他同代人,大部分作家都有过知青经历。张承志1968年到内蒙古东乌珠穆沁旗插队,在内蒙古草原上度过了四年牧民生活,直到1972年考入北京大学历史系考古专业学习。草原上的生活对于张承志的写作影响很大,在《黑骏马》等作品中可以看到明显痕迹。姜戎同样前往内蒙古插队,度过了多年牧民生活,他后来的长篇小说《狼图腾》,也以内蒙古知青生活为基本依托。老鬼同样前往内蒙古插队,最著名的长篇小说《血色黄昏》,以自己的内蒙古插队生活为主要材料写就,实际上就是一部自传体小说。1968年,食指也登上去往山西的列车,到山西杏花村落户插队。同年,12岁的顾城和父亲一起来到山东昌邑,并在那里的乡村写出了成名作《生命幻想曲》。同年,叶广芩前往陕西插队。1969年,史铁生去陕西延安地区插队,三年后因病导致双腿瘫痪,随后转回北京治疗。王小波也是1969年插队,时年15岁。他与二龙路中学的同学一起,被送上开往云南的列车,到云南德宏陇川县弄巴农场插队两年。此段在云南插队的经历,后来成为王小波《黄金时代》的写作背景和创作来源(1971年,王小波再次去往山东省牟平县青虎山插队,后做民办教师)。阿城也前往云南插队,代表作《棋王》就是以云南插队期间为主要背景;1973年,李龙云到黑龙江插队……

跟其他生活阶段相比,知青生活跟他们的文学创作有直接关系:首先是

---

① 米鹤都:《心路:透视共和国同龄人》,中央文献出版社2011年版,第59页。
② 濮存昕:《我知道光在哪里》(回忆录),北京十月文艺出版社2008年版,第9页。

他们之所以从事文学创作，跟他们结束知青生活、进入改革开放时期有直接承接的关系；其次是他们最初从事文学创作的经验材料和生活记忆主要来自对知青生活的反思。改革开放初期最著名的两个文学潮流——"伤痕文学"和"寻根文学"，基本上都是知青生活体验的升华。法国汉学家潘鸣啸指出："大批回城的知青在重新纳入社会的过程中遇到许多困难，令他们之间的感情又加深了一步，从而组成了另一个被排斥的又不为人理解的社会阶层。就是在这个时期，为数不少的作家开始出版一些作品，他们自我认定是他们那一代的发言人，为公开宣称他们归属于某一特定的有过独一无二经验的社会组别。这些作家们都声称，他们的文学创作的主要动力之一就是要为他们那一代人说话，而他们的创作灵感经常是来自亲身的下乡经历"，"下乡运动中的特殊经历令他们有别于其他年龄层次的人。在他们这一代和其他人之间存在着一道'鸿沟'，这一事实不仅被他们自己一再肯定，也得到了社会的普遍承认，尤其是他们的前辈。老一辈人面对他们的子弟的思想与行为总是表示惊讶或者不理解。自认为属于特殊一代的感觉没有随着时间而消失。"[①]

也有少数作家没有去插队，而选择了入伍。刘恒1969年入伍，在海军部队服役6年，退伍之后，在北京汽车制造厂当了四年装配钳工，1979年调入北京市文联，任《北京文学》编辑。王朔年纪还小，属于"红小兵"，没有当知青，1976年从北京四十四中毕业后，曾到中国海军北海舰队水面舰艇部队服役，后来又进入北京医药公司工作。韩小蕙也是"红小兵"：

> 小学五年级即遭遇"文化大革命"，北京从1966—1968年学校关门，我连六年级的功课一点儿也没学，就以"小学毕业"身份被分配进了我的胡同中学。……而我的家长被批斗，整日惶惶，自顾不暇，我也就"自由化"了两年。[②]

其中，铁凝是一个特例，她高中毕业的时候已是1975年，属于"文化大革命"后期，在当时，虽然高中毕业后主要还是下乡当知识青年，但根据政

---

① ［法］潘鸣啸：《失落的一代：中国的上山下乡运动·1968~1980》，欧阳因译，中国大百科全书出版社2010年版，第410—411页。
② 韩小蕙：《协和大院》，人民文学出版社2019年版，第163页。

策规定，两个子女的家庭可以让一个子女留城，铁凝的妹妹还小，父母希望铁凝能留在北京城里。但她还是决定去农村当知青，最后到河北当了四年知青。①

2. 崛起期：从改革开放到 2000 年

改革开放，是新北京第三代作家的"崛起期"。他们在此时期发表的作品数量之多，获奖之多，影响之大，可谓惊人。略举数例如下：

1978 年，张承志发表在《人民文学》的处女作《骑手为什么歌唱母亲》，随即获得全国优秀短篇小说奖，随后的《黑骏马》《北方的河》分获 1981—1982 和 1983—1984 年全国优秀中篇小说奖。

1979 年，史铁生发表第一篇小说《法学教授及其夫人》，之后陆续发表中短篇小说多篇。小说《我的遥远的清平湾》《奶奶的星星》分别获 1982、1983 年全国优秀短篇小说奖，《老屋小记》获首届鲁迅文学奖。

1984 年，阿城在《上海文学》发表处女作《棋王》。一时间震动文坛，掀起了"寻根文学"的初潮。阿城的作品以"三王"为代表，即《棋王》《孩子王》《树王》。

1986 年，作家刘恒发表《狗日的粮食》。在 80 年代后半期陆续发表了《黑的雪》《伏羲伏羲》《苍合白日梦》等小说，到 90 年代后半期开始创作转向，一改过去的凝重悲怆。《贫嘴张大民的幸福生活》改编为电视剧，在广大观众中引起了强烈的反响，其程度让刘恒自己也不得不感慨原来"最倾力的作品没有响动"，"最讨巧的竟是这一篇"。②

王朔于 1978 年开始文学创作，几年之后崭露头角，在 1985 到 1986 年的短时间内发表了《一半是火焰，一半是海水》《橡皮人》《顽主》系列和《玩的就是心跳》等小说。特别是被称为"王朔年"的 1988 年，王朔的四部小说同时被搬上电影银幕，引起强烈轰动。随后又在 1992 年出版了 4 卷本的《王朔全集》，追捧者无数，在中国当代文坛掀起了一股文化旋风。

王小波是这批作家中成名较晚的。1980 年，他在《丑小鸭》杂志发表处女作《地久天长》。1982 年大学毕业后，在中国人民大学教书。1989 年出版第一部小说集《唐人秘传故事》。1991 年小说《黄金时代》获第 13 届《联合

---

① 何绍俊：《铁凝评传》，昆仑出版社 2008 年版，第 10—15 页。
② 参见刘恒《自序》，载《贫嘴张大民的幸福生活》，华艺出版社 1999 年版，第 1 页。

报》文学奖中篇小说大奖，小说在《联合报》副刊连载，并在台湾出版发行。

成名最晚的当数姜戎，他于2004年出版长篇小说《狼图腾》，一举成名，此时已五十六岁，十年后这部小说又被改为电影上映，全球票房达7亿，在青少年一代中影响巨大。

在诗歌方面，1977年以后，北岛、顾城、江河等人在诗坛迅速崛起，以各自独立又呈现出共性的艺术主张和创作实绩，构成了一个耀眼的诗群——"朦胧诗派"，从而引发了剧烈的争鸣，迅速改变了当代诗坛的面貌。

3. 中坚期：2000年前后至今

新北京第三代作家的崛起乃至成为文坛中坚，大概经历了二十年，也就是到2000年前后，这批作家的文坛地位已经基本稳固，成为当代文坛中坚力量。许多作家仍笔耕不辍，不少作家一两年都会推出新作，个别作品还引起一定轰动。

与此同时，由于年龄渐长，年龄较大的新北京第三代作家已经70岁左右，较小的也60岁左右。有些作家已经辞世：1997年4月，王小波因心脏病猝然离世，时年45岁；2001年，梁左骤然去世，时年43岁；2010年12月，史铁生因脑溢血突发抢救无效去世，时年59岁；2012年8月，李龙云因病去世，时年64岁；2018年，王学泰去世，时年76岁；2021年，徐城北去世，时年79岁……年龄的变化，让他们的创作重心发生了一定变化，主要体现在怀旧情绪的逐渐浓郁，其中最具代表性的作品，是王朔的长篇小说《看上去很美》和北岛的散文集《城门开》。

1999年，沉寂一段时间之后复出的王朔发表小说《看上去很美》，主人公是一个年仅3岁的小男孩方枪枪，完全以一个孩子的视角去观望身边的人与事。方枪枪1961年到1966年北京复兴路29号院的大院生活、幼儿园、翠微小学的经历，构成了王朔对那个时代的回忆，渗透着复杂的怀旧情绪。王朔在序言中直言，这部小说意味着他"现在就开始回忆"，是对他过去作品乃至个人生命历程的一次回顾。①

如果说，王朔的怀旧之旅是通过追寻幼年时光展开；那么，北岛的散文集《城门开》则是一种空间与时间上的同时怀旧。2001年底，北岛在离京十

---

① 王朔：《现在就开始回忆：〈看上去很美〉自序》，载《看上去很美》，云南人民出版社2004年版，第1页。

三年之后重返北京，发现物是人非，北京的变化之大远远超出自己的预计。现实中的回乡之旅成为他在记忆里重新建构精神故乡的契机，于是，他于2010年撰写成了散文集《城门开》。以往北岛的诗歌写作一直带有非地域色彩；《城门开》则更多是地域体验，属于个人的细碎片段、微妙情感满满地铺排在字里行间。这本书写的是一个北岛的北京，一座只属于他自己的城。北京是他的根，北岛以这种方式完成了对北京的追忆。

二　群体经验

1. 新北京人

新北京第一代作家中的北京土著代表是老舍。他出身北京社会底层，写的是胡同集市里的市井风情，作品人物也大多属于社会底层，擅长描摹大杂院儿里的人情世故，抒写他们的悲欢离合，苦痛辛酸。新北京第三代作家所面临的历史文化处境则不同。新中国的成立造就了一个"新北京"，新北京人在新的文化环境中登场，这是这代作家要描写的新世界。老北京人的平和宽容、忍辱负重的性格，安稳度日的生活追求就此发生了改变。所谓的新，是时代的新，是身份的新，是人生经历的新，正如学者杨东平指出的："正像城墙和牌楼、茶馆和庙会退出了我们的视野和日常生活，曾经谦逊而多礼、温良恭俭让的老北京人也隐退到了历史的背景之中。今天我们所遇到的北京人，四分之三是新中国成立以后才进入北京的新北京人及其后代。曾经作为老北京文化载体的胡同、四合院及其孕育出的京味文化，正像在地理空间上一样，退缩到了城市社会的边缘。当代北京的政治风云和文化思潮不再从胡同中升起，以干部和知识分子为主体的新北京人——他们主要生活在大院之中，因而，大院和胡同的分立，构成了新北京的两层文化和两种文化——蕴含着巨大的政治和文化能量，登上舞台中心，成为当代北京城市文化和社会生活的真正主角。"[1]

新北京第三代作家中，老北京人不多，只有霍达、张承志、李龙云、叶广芩、王学泰、刘一达等寥寥数人，其他大多数是以干部和知识分子为主体

---

[1] 杨东平：《城市季风：北京和上海的文化精神》，新星出版社2006年版，第6页。

的新北京人。对"新北京人"身份的强调,以王朔最突出:"我想那不单是语言的差异,是整个生活方式文化背景的不同。我不认为我和老舍那时代的北京人有什么渊源关系,那种带有满族色彩的古都习俗,文化传统到我这儿齐根斩了。我的心态、做派、思维方式包括语言习惯毋宁说更受到一种新文化的影响。我以为新中国成立后产生了自己的文化,这在北京尤为明显,有迹可寻。我笔下写的也是这一路人。"① 这段话虽然不免武断,却也体现出新一代作家对自我身份的界定。跟老舍相比,他们的生活环境、人际交往、知识教育都发生了新的变化,而这些往往成为作家们写作主题和风格的决定性因素。而新北京文化的强势存在,老北京子弟作家也深受影响。

不少大院子弟作家,如刘心武、徐城北等,沉迷于写老北京,但"老北京写老北京"与"外来者写老北京",两者的视角有区别。刘心武的《钟鼓楼》虽然描写老北京文化,但叙事身份超越老北京文化,跟上述作家有明显区别。他们熟悉的生活还是新北京人的生活。

2. 大院文化

新北京人所带来的文化是全方位的,多种多样的,但对这一批作家的生活和创作而言,最重要的当数大院及其文化,故提出来单论于此。

大院文化的典型是部队大院。有人指出:"这儿说的大院儿,特指部队大院儿。这种社会组织及人口居住形式,在中国始于建国初期,也即上世纪50年代。几个兵种的司令部盘踞在北京西北部,公主坟沿复兴路向西每每可见此种标语:'军民团结如一人'、'军民鱼水情'、'哨兵神圣不可侵犯'。"② 新中国成立后,北京以原有的建筑为基础扩建,或者在空地上建筑,盖起无数办公楼和宿舍,形形色色的高墙大院成为北京城的一景。北京城内分布着海军大院、空军大院、总参大院、总政大院、炮兵装甲兵大院、铁道兵大院、工程兵大院、北京军区大院、北京空军大院等数不清的大院。大批革命干部及家属进京后,大多数住进了大院。成长于协和大院的韩小蕙回忆:"住进这样一座大院中,托福于我父亲。那时我父亲是中国人民解放军中的一个军官,他所在的部队是北平解放后接管协和医院的部队。1957年,这批军队干部全

---

① 王朔:《自选集序》,载《王朔自选集》,云南人民出版社2004年版,第4页。
② 石一枫:《我眼中的大院文化》,《艺术评论》2010年12期。

部脱下军装，留在了协和医院和中国医学科学院系统。"①

大院不但是一种民居方式，而且是一种独特的政治社会组织形式，是政治和民居的合体。大院生活是这批作家中大部分人的生活基础，也是他们写作素材的来源之一。吴勇主编的《北京大院记忆》评论：

> 军队大院沿长安街在北京城西郊汇集，国家机关、文教大院则在西郊和西北郊聚集。很多大院整体采用苏军营房图纸设计，有的大院规模宏大，占地面积甚至相当于一个小型城市。每个大院都是一个五脏俱全、功能兼备的小社会，各项附属设施保卫部门、幼儿园、子弟学校、游泳馆、浴室、操场、食堂、礼堂、球场、卖东西的服务社、娱乐场所（"俱乐部"或影剧院）等等，一应俱全。这些设施大多是福利性质的，因此，人们的一般生活需求不出大院就能解决。这一自给自足的生活形态，使得大院人的内部联系更加紧密和频繁，相比之下，大院人和外界的接触与交往则少了许多。②

大院的围墙隔离了旧民居，也与胡同文化隔离开来。与生活在胡同里的"老北京"不同，这些新市民来自五湖四海，他们操着各种方言，有着不同的生活习惯，而随着第二代大院人的出生与长大，形成了独特的"大院文化"。灰砖灰瓦的胡同是相对封闭的居住区，是老北京市民的居住方式，而大院文化是对老北京传统的胡同文化的一大冲击。某种意义上，胡同文化与大院文化分属旧与新、平民与精英的两种文化：胡同文化是北京市民文化的延续，大院文化代表的是新时代的精英文化。

从建筑格局而言，大院的一切生活设施都自成一体，仿佛一个独立王国。从生活保障而言，大院居民的生活水平要好一些，尤其是军队大院里基本上是按需分配，很多市面上难以买到的食物和生活用品都不缺。到了节假日还会发餐券。从社会关系而言，大院里的人际关系相对简单，与当地居民复杂的亲戚社会关系差别很大，连口音都是"普通话化"了："一个个大院就如同

---

① 韩小蕙：《协和大院》，人民文学出版社 2019 年版，第 4 页。实际上，"大院子弟"还可细分为"机关大院子弟"、"部队大院子弟"和"科教大院子弟"，像王小波、杨炼、阿城、史铁生等科教大院子弟，跟毕淑敏、王朔、崔健等部队大院子弟，存在微妙区别，限于题旨，对此不做深入探讨。

② 吴勇主编：《北京大院记忆》前言，学苑出版社 2015 年版，第 1 页。

一座座独立的小城，里面各类设施应有尽有，你如整年不想走出院子的大门，也绝不会影响到你的正常生活。大院住户们很少有北京真正的土著居民。"①后来成为作家和编剧的邹静之坦承，自己"从小就住在机关大院里，最大的缺憾就是没在胡同里住过。我小时候在大院里只会说普通话，根本不会北京话。"实际上，这批作家使用的写作语言，除了少数大院外子弟，大多数使用的是与北京胡同口语截然有别的大院式口语（如王朔），或者是普适化了的普通话（如史铁生）。

大院子弟就是在大院这种设施齐备、与外界相对独立的环境中长大的，他们没有本地的老北京亲戚，朋友都是结识于幼儿园、小学、中学的"内部子弟"。王朔便是典型代表，他来自复兴路西头的解放军政治学院大院，"这一带过去叫'新北京'，孤悬于北京旧城之西，那是1949年以后建立的新城，居民来自五湖四海，无一本地人氏，尽操国语，日常饮食，起居习惯，待人处事，思维方式乃至房屋建筑风格都自成一体。与老北平号称文华鼎盛一时之绝的七百年传统毫无瓜葛。我叫这一带'大院文化割据地区'。我认为自己是从那儿出来的，一身习气莫不源于此"②。"割据地区"一词很是传神，我们可以看到大院生活方式与传统的差异。成长于"老高检"大院的张纯鸣也回忆：

> 建院时机关里年长且带有家属、子女的干部很少，年轻干部进京时大都还是单身，更多干部在调入机关后才成家。他们的下一代则是在大院内出生，在大院里成长。为解决干部们的后顾之忧，机关的孩子们自小就可以送往条件相当不错、每周接送一次的中央政法机关全托幼儿园。在孩子们的记忆中，那个幼儿园也是大院生活的一部分，儿时园中的玩伴至今仍是朋友。大院的孩子大都在北京没有几个亲戚，与大院之外的日常交往也极为有限，他们最熟悉的是大院的每一个角落，是院内每个孩子有几个兄弟姐妹，甚至知道每一个孩子父母的姓名，无论是在幼儿

---

① 贾林：《大院里的故事》，载吴勇主编《北京大院记忆》，学苑出版社2015年版，第79页。
② 王朔：《现在就开始回忆：〈看上去很美〉自序》，载《看上去很美》，云南人民出版社2004年版，第4页。

园还是上学以后，孩子们始终认为大院就是他们的家。①

出身人艺大院的"人艺二代"濮存昕回忆："我上的史家胡同小学就在这座祠堂的遗址上，北京人艺的宿舍院儿也在这条胡同。人艺子弟全在这里上学。谁的爸爸、妈妈演哪出戏，扮什么角色，学校老师都门儿清。"②

出身大院的杨劲桦这样回忆："在我幼年的很长一段日子里，我根本就没有出过这个大院的门。我完全不知道高墙外还有另外的世界。……以为全中国的老百姓都和自己生活的一样，直到他们飞出了那高墙，才知道自己是特殊的一小部分。就说我自己吧，'文化大革命'一开始我们院的小学就和附近的董四墓小学合并到一起，我们每天要出大门沿着农村的小土路走到学校。当时我一年级，记得第一次看到农村的同学，在凛冽的严冬大雪天里赤着身子空心穿着一件硬邦邦满是油腻的黑旧棉袄，手脚冻得裂着出血的大口子，还有冻疮。我当时吓得都喘不过气来，溜着墙边低头快速地跑走。"③

在性情上，大院子弟也有其特色。他们有一定的优越感，较为大胆和不羁，对主流、正统和权威思想敢于质疑，在执行力方面也比较强，获得信息资源也很便利。而且，他们也不必担心前途，如王朔小说所云，"我一点不担心自己的前程，这前程已经决定：中学毕业后我将入伍，在军队中当一名四个兜的排级军官"④。吴勇认为："大院孩子的父辈在经历了十年至近三十年不等的艰苦革命斗争后进入了北平城，经历过战火洗礼，他们的革命精神和英雄气概也在后辈身上延续了下来。也因为在那个特殊年代，大院集中了相对优势的社会及文化资源，大院子弟与大院外的孩子相比，更加见多识广。大院文化在大院子弟身上留下了深深的历史烙印，以至于他们从口音到举止，都与胡同里生活的北京人有着很大不同。"⑤

最擅长表现大院生活的作家是王朔，他最初的小说回避大院背景，以市民的姿态出现，比如电视剧《渴望》和小说《顽主》。直到《动物凶猛》与

---

① 张纯鸣：《搬进俄国公使馆》，载吴勇主编《北京大院记忆》，学苑出版社 2015 年版，第 212 页。
② 濮存昕：《我知道光在哪里》（回忆录），北京十月文艺出版社 2008 年版，第 4 页。
③ 杨劲桦：《梦回沙河》，中国文联出版社 2010 年版，第 9 页。
④ 王朔：《动物凶猛》，载《王朔自选集》，云南人民出版社 2004 年版，第 342 页。
⑤ 吴勇主编：《北京大院记忆》"前言"，学苑出版社 2015 年版，第 2 页。

《看上去很美》两部小说的问世，才流露出他的大院子弟本色。这是因为王朔随着年岁渐长，怀旧情绪越来越重，在《动物凶猛》中，王朔开始对"文化大革命"时期的大院子弟生活进行追溯："'文化大革命'幻影的轰然倒塌，新时代的来临，使他们心灵空虚几至无所依从，所以王朔作品所描绘的那种巨大现实失落感在'文化大革命'结束后数年内是整整一代人的总体精神特征。"① 追溯色彩最强烈的是《看上去很美》，在序言《现在就开始回忆》里，王朔把大院地域明确称为"新北京"。

大院文化的影响，使他们即使投身影视创作，也继承了大院文化的某种气韵，也就是王朔所说的"性格中打下的烙印"。这导致他们编撰拍摄的影视作品，不同于香港台湾电影（比如《大宅门》《五月槐花香》之于台湾琼瑶的《还珠格格》），甚至也不同于上海拍摄的电影，具有新北京文化特有的味道。学者开寅指出："1990年，改编自刘恒的小说《黑的雪》、由谢飞导演的《本命年》成了京腔文化进入影视作品的前奏。与刘恒的原作稍有一点错位的是，姜文扮演的主角表面是巡行在北京胡同中无所事事的刑满释放人员，但内在气质却更贴近一个失落到谷底的大院子弟。他外表冷峻但内心温柔，面对着一个飞速变化的陌生世界无所适从，不愿意放弃内心的原则，但又无法挽回那个已经逝去的、可以将理想主义付诸实践的时代。姜文内心桀骜不驯的大院子弟个人气质，让这个角色不再是一个北京胡同串子那么简单，他成了整整一代因失去理想而孤身走向落寞的青年的象征。"②

这也使他们的作品，如《甲方乙方》《阳光灿烂的日子》《卡拉是条狗》《让子弹飞》等，不是严肃文艺，却也不完全是商业文艺，而是介于两者之间的产品。叶京的电视剧《与青春有关的日子》、姜文的电影《阳光灿烂的日子》和滕文骥的电视剧《血色浪漫》，更以专门拍摄"文化大革命"到改革开放初期的大院子弟生活著称；而管虎导演、冯小刚主演的《老炮儿》，则以委婉的方式表现了他们进入中老年时期的情绪。

3. 知青江湖

1968年底，在"上山下乡"运动的号召下，全国有1700万青年学生先后

---

① 贺仲明：《"文化边缘人"的怨怼与尴尬——论王朔的反传统思想》，载葛红兵、朱立冬编《王朔研究资料》，天津人民出版社2005年版，第266页。

② 开寅：《北京腔、大院文化与华语影视的渊源》，载吴琦主编《单读16：新北京人》，台海出版社2018年版，第76页。

离开城市，来到边疆和农村插队，他们大部分是"文化大革命"初期的红卫兵。这些年轻人从天南海北走到一起，共同的生活环境、相似的生活经历、感兴趣的话题让很多人自然而然地抱成团，形成一个个"知青江湖"。在这些知青团体中，读书的氛围非常浓郁。除了插队知青在农村组织的团体之外，"文化大革命"时期，知青中不甘寂寞的文学青年自然而然地形成了其他文学创作团体，或称"沙龙"，或称"圈子"，或称"村落"，或称"读书会"，"是在不同范围、社会层面展开的，却在同一时间浮出地表，构成了新时期的重要景观"[①]。

比如，1968年下半年，北京人民大学附属中学、马甸中学、北京四中、五中、一零一中、女一中等多所中学的140多名老三届毕业生，告别父母，离开首都，奔赴山西汾阳县杏花公社的九个生产大队插队落户。其中就有不少热爱文学的知青，包括日后成为著名诗人的郭路生和作家甘铁生。据当事人回忆：

> 杏花村的知青都尽力带去了各自的"珍藏品"，如外国名著、《外国名歌二百首》、唱片及电唱机和手摇留声机各一部，这些东西在当时都属于被禁之列。每天下工后大家分堆儿读名著、唱苏联歌曲。农村隔三岔五地有电。逢有电日我们就用电唱机听唱片，无电日就用手摇留声机听，到处飘荡着《莫斯科郊外的晚上》《流浪者》《洪湖水浪打浪》的歌声，把我们住的两排小农舍变成"文艺沙龙"了。[②]

甘铁生回忆："同队的9个知青每天下了工，吃了饭，已是筋疲力尽，但仍坚持用墨水瓶制成的小油灯读书。灯焰太小，挤不下三两个人，就轮班看，第一拨从晚饭后到十一二点，第二拨从十二点看到三四点钟，再叫醒第三拨看到天明。当外村借来好书，限定两三天还，大家就轮班看，通宵达旦。"[③]同时期在山西插队的李零回忆："除了聊天，读书最重要，这是最能消愁解闷打发时光的手段。没有功利，没有目的，只是为了找乐子。这种读书境界，

[①] 赵园：《非常年代的阅读》（上），《书城》2016年第3期。

[②] 杏花村知青：《遥指杏花村：140个北京知青的插队故事》，江苏文艺出版社2013年版，第126页。

[③] 参见杨健《中国知青文学史》，工人出版社2002年版，第129页。

后来找不到。当时，书不好找，大家都是逮什么读什么。"①

赵杰兵也回忆知青时期的文艺生活：

> 下乡前两年半时间，我们的思想有点"野"，如饥似渴、囫囵吞枣地读了一批马列经典著作和若干的"灰皮书"、"黄皮书"（供领导干部参阅的一些国外较有影响的理论或文艺译著）。印象深的有托洛茨基的《被背叛了的革命》、德热拉斯的《新阶级》、《第三帝国的兴亡》……我们那时曾"指点江山，激扬文字"，纵论天下大事。下乡初期，刚刚接触到农村的现实，我们的思想非常活跃，互相通信中有许多针对实际生活的尖锐思考。②

当时到内蒙古插队的北京知青也很多，也留下了诸多读书创作的记忆。比如，到莫力达瓦旗当知青的吴起新回忆："在知青这个新生的群体中，我们共同劳动，体味做一个普通农民的艰辛。共同生活，感受相互依存密不可分的同学关系。共同读书学习娱乐，深化我们的文化底蕴，创建新的精神生活。……我们知青点的书真是多呀，可谓世界名著大全。我大概用了半年时间通读了一遍，看着看着感觉就出来了。读名著可不像'文化大革命'前读国内长篇小说只顾看故事，看情节，而更要看思想看社会背景看人物剖析看人生哲理。我们如饥似渴地读托尔斯泰，读巴尔扎克，读梅里美，读罗曼·罗兰，西方文学的璀璨尽收眼底，西方文学的魅力深感其中，这在当时文化匮乏的时代，可是莫大的精神享受。想当初我最盼的就是下雨不上工，可以悠闲地在家看小说（当然最怕的也是下雨赶上做饭点不着火）。"③ 另一名知青何家琪也回忆："怪勒生活的5年里，还有一件特殊的事情记忆深刻，那就是怪勒的读书热。受文化革命的影响，书在当时变得非常金贵，我们怪勒却有一大批书。这要感谢衣锡群、叶晓等爱书之人，也正是他们那个时候能从北京带来那么多的书，而且是好书。这不仅给我们知青点的人创造了读书条

---

① 李零：《七十年代：我心中的碎片》，《读书》2008年第12期。
② 赵杰兵：《康庄往事：一位北京知青的记忆》，人民出版社2014年版，第200页。
③ 吴起新：《怪勒——育我成人的精神家园》，载衣锡群主编《岁月辙痕——莫力达瓦：怪勒、前霍日里知青琐忆》（自印本），2012年，第226页。

件,也吸引了附近知青点爱读书的人。"①

对那些有文学爱好的知青,这些团体便成为切磋文学、交流心得和进行文学创作实践的最好平台。这一类"知青江湖",最典型的要数"白洋淀诗群",主要由一批到河北白洋淀插队的北京知青组成。当时白洋淀的知青由三部分人组成:当地回乡知青、天津知青和北京插队知青,共约600人,其中北京知青差不多占了一半,约300人,而由北京知青组成的文学圈子在当地大概有60人,不少人出身于知识分子家庭,思想敏锐。②白洋淀地处偏僻,在当时却成为地下诗歌的重镇。对此,阿城认为:"七十年代,大家会认为是'文化大革命'的时代,控制很严,可为什么恰恰这时思想活跃呢?因为没有人注意城市角落和到乡下的年轻人在想什么。"③白洋淀诗群的成员之一宋海泉,对这一现象有更详细的介绍和分析:

> 白洋淀诗歌群落的产生,同它本身的文化传统是没有必然的血缘关系的,诗歌群落产生在这里,也许正是由于它的这种非文化的环境,由于它对文化的疏远和漠不关心,因而造成一个相对宽松、相对封闭的小生态龛。借助于这个生态龛,诗群得以产生和发展。
>
> 这个生态龛具有这样的一些特点:
>
> 首先,它聚集了北京中学生中一些思想敏锐的知识分子。他们经常在一起交流、切磋、撞击,时时产生一些闪光的东西。以写诗为例,他们时常就学习体会、书籍、诗稿进行交流,就诗歌理论、写作技巧进行切磋。他们关心的领域非常广泛:哲学、经济、历史、政治、音乐、绘画……不同的领域之间经常相互地启迪、借鉴,这种启迪和借鉴开阔了他们的眼界,提高了他们的境界。
>
> 其次,每个村的知青基本是以原学校为单位的组合,他们各有自己的社交圈子,从中汲取必要的知识信息。白洋淀这个生态龛不是一个封闭的系统,而实实在在地是一个开放的系统。
>
> 第三,新安县距北京三百里,相对山东、陕西、内蒙古、黑龙江、

---

① 何家琪:《我的怪勒岁月》,载衣锡群主编《岁月辙痕——莫力达瓦:怪勒,前霍日里知青琐忆》(自印本),2012年,第233页。

② 杨健:《中国知青文学史》,工人出版社2002年版,第238页。

③ 查建英:《八十年代访谈录》,生活·读书·新知三联书店2006年版,第16页。

云南而言，外地的同学也能很方便地到白洋淀来，进一步扩大了这种交流。仅就我村而言，接待过山西、陕西、云南、内蒙古、北京等地的同学朋友，少说也有几十人。少则几日、多则一两个月的留住，是很平常的事情。

第四，"白洋淀诗群"的根在北京。①

还要指出，北京城里出现了不少地下沙龙。尤其在1972年前后，这类文学沙龙影响越来越大，这些沙龙的成员也相互往来、交流，形成了连环式的圈子，促进了各自的文学创作走向成熟。② 其中最著名的，是徐浩渊主持的沙龙，最初以干部子弟为核心，属于较纯粹的文学青年聚会。对于北京城中的地下沙龙，李零回忆："冬天，大批知青返城，不管是买票还是扒车。北京有很多沙龙。所谓沙龙，只是一帮如饥似渴的孩子凑一块儿传阅图书，看画（主要是俄国绘画），听唱片（老戏和外国音乐，连日伪的都有），交换消息（小道消息）。高兴了，大家还一块儿做饭或下饭馆，酒酣耳热抵掌而谈。"③

上述群体在"文化大革命"时期的出现并非个案，而有一定普遍性。对此，叶维丽这样解释："中国偏远的乡村给反主流的城市文化提供了生存的空间，各处出现了各式各样的城市知青'部落'。现在文艺作品描写知青生活，不是写怎么革命，就是写一些人怎么偷鸡摸狗。其实当年的生活有各种形态，年轻人也总要想方设法开拓出自己的一片天地，当时的社会也不是铁板一块，可钻的空子很多。'文化大革命'时代充满了悖论，一方面政治似乎无处不在，另一方面又有很多空隙，存在着大量'边缘地区'。我们在雁北就身处边缘，远离了政治中心。应该说，那时中国社会的活力在边缘地带。当然我们那样做，也因为我们处在青春躁动的年龄。"④ 总之，上述群体的出现和存在，为后来文学的进一步发展打下了基础。

---

① 宋海泉：《白洋淀琐忆》，载刘禾主编《持灯的使者》，广西师范大学出版社2009年版，第109—110页。
② 杨健：《中国知青文学史》，中国工人出版社2002年版，第226—227页。
③ 李零：《七十年代：我心中的碎片》，《读书》2008年第12期。
④ 叶维丽、马笑冬：《动荡的青春：红色大院的女儿们——叶维丽、马笑冬对谈录》，新华出版社2008年版，第198页。

三 精神谱系

1. 左翼及"十七年"文学

新中国文化的形成，不是无源之水，而有较长的文化渊源，革命文化是一个重要源头。最直接的文化渊源，是1927年前后逐渐兴起的左翼文学及文化。米鹤都在《心路：透视共和国同龄人》中指出：

> "文化大革命"前的中国，如果我们承认存在着三代人的话，那么以毛泽东为首的革命者可以大致作为第一代人。所谓大致，是因为在严格意义上，一代人是"在成年时具有共同社会经验的人"，他们在行为习惯、思维模式、情感态度、人生观念、价值尺度、道德标准等方面具有的共同历史性格。所以，这里仅仅把革命者作为毛泽东时代的第一代人是狭义的。同时，这里又没有像李泽厚那样把三八式的革命者单独作为一代，而与毛泽东笼统地作为一代人。虽然他们在年龄上跨度很大，但在社会经历和历史性格上基本上是一致的，就此而论又有些宽泛。第二代人大致包括三四十年代出生，在新中国建立时已是青少年的一代人。第三代人大致是共和国的同龄人，大致包括四十年代后半期至六十年代前出生的一代，可以称为"第三代"。如果没有文化大革命，第二代和第三代基本也可以算作一代人，但是由于社会环境的巨变，在夹缝中出现了完全不同于第二代的第三代人。
>
> 在这样一个三代人组成的社会中，毛泽东思想作为社会的指导思想，便以"前喻"的方式传递给后代。如果把"文化大革命"前"十七年"的社会看作是一个大家庭，那么第一代人无疑是家长，而且是创家立业的权威家长。①

以1942年毛泽东的《在延安文艺座谈会上的讲话》发表为标志，以"中国作风、中国气派"为口号，出现了《白毛女》《王贵和李香香》《漳河水》

---

① 米鹤都：《心路：透视共和国同龄人》，中央文献出版社2011年版，第29页。

《太阳照在桑干河上》《暴风骤雨》《小二黑结婚》《荷花淀》《无敌三勇士》等解放区文学作品。到了"十七年"时期,当代文坛也出现了不少产生重要影响的作品,开启了新中国初期文学"十七年"的进程。

第三代作家几乎无不受影响。比如王朔就提到《青春之歌》《苦菜花》等左翼文学,这些当时都是文学青年嗜读的作品。又如,王小波在云南插队时,一回到住处就往床上一坐,拿个被子往身上一披,开始看书。看完同学带去的两本古希腊史后,就一遍遍读自己带去的四卷本《毛泽东选集》,艾建平感叹,"当时实在是精神生活太匮乏了,没书可看,小波离了书就活不了"。王小波看书的画面也留在老职工的记忆里,"吃饭也在看,碗边就摆着一本书"。冯同庆回忆自己在草原的插队时光:"我们在草原上也有读书的,一些文艺青年弄好多书来读。但是像我,小学当了大队主席,到中学后是团支部书记,所以对毛泽东经典很熟,但是其它书看得少。不过那些书里,有两部小说对我影响很大,一个是杰克·伦敦写的《马丁·伊登》,另一个是伏尼契的《牛虻》,我内心里很喜欢这样的硬汉故事,他们可以为了事业、感情出生入死,可能契合我内在的性格,可是在当时的氛围下,常常是被湮没的。"①

即使是大院外子弟也如此。王学泰"读了鲁迅和马恩的集子(二十卷本)。……'文化大革命'前我就喜欢鲁迅的书,但理解不深,到了'文化大革命'期间,反复读鲁迅,证之以现实,才真正认识到他的伟大"②。李龙云读了《费尔巴哈与德国古典哲学的终结》《德意志意识形态》和《自然辩证法》等马恩著作,"像一片瑰丽的星空似的紧紧吸引了我。那段时间我做过很多奇特的梦"③。

2. 俄苏文化与"皮书"

从五四时期开始,俄苏文化对中国文坛产生了深远的影响。俄国小说就不用说了,十月社会主义革命胜利掀起了人类历史上的第一次社会主义文化的高潮,高尔基的小说《母亲》、阿·托尔斯泰的《苦难的历程》三部曲、奥斯特洛夫斯基的《钢铁是怎样炼成的》,以及苏联的影片《列宁在十月》《这里的黎明静悄悄》《莫斯科不相信眼泪》《哈姆雷特》《战争与和平》等,

---

① 《专访冯同庆:敕勒川的知青岁月》,澎湃新闻,2018 年 11 月 22 日。
② 王学泰:《生活的第一课》,《文艺争鸣》2002 年第 3 期。
③ 李龙云等著:《小井风波录》,黑龙江人民出版社 1987 年版,第 16—17 页。

均深深影响了新北京第三代作家。

"白洋淀诗群"的很多诗人都不同程度地受到俄苏诗歌的影响,相当一部分是吮吸着俄罗斯浪漫主义诗人普希金、莱蒙托夫的诗歌乳汁成长起来的。

"文化大革命"时期,这批作家重要的精神食粮还包括一种带有深刻历史印记的出版物:"皮书"。"皮书"是指中国20世纪60年代开始出版的一大批"内部"读物,"灰皮书""黄皮书""白皮书""蓝皮书"等都统称"皮书"。20世纪60年代初,中共中央批判国际共运中的"现代修正主义",为此出版了一大批"内部书",因为其中涉及的内容极其敏感,出版时封面封底统一采用灰色纸、黄皮纸、白皮纸和蓝皮纸,无其他装饰,被称为"皮书"。其中,有苏联和欧美作家创作的现代小说、诗歌、剧本。这些书都采用"内部发行"方式,只有达到一定行政级别的党内中高级干部、较为知名的高级知识分子经批准才可以在指定的"内部书店"购买。当时出版这些书是作为"反面教材"供批判使用的,但除了小部分严格控制发行范围的无法得到外,如饥似渴的读者都在想尽办法传阅这些读物。北京作为全国文化中心,部分青少年在获取这些读物方面具有较大优势,特别是高中级干部家庭的子女,北京知青中传阅"灰皮书""黄皮书"情况比较普遍。①

对于新一代作家影响最大的是"黄皮书"和"白皮书"。在内部发行的苏联和西方文学"黄皮书"中,流传最广的又是塞林格的《麦田里的守望者》、凯鲁亚克的《在路上》和阿克萧诺夫的《带星星的火车票》;其他如爱伦堡的《人·岁月·生活》和《解冻》、艾特玛托夫的《白轮船》、叶甫图申科的《娘子谷》、特罗耶波尔斯基的《白比姆黑耳朵》、索尔仁尼琴的《伊凡·杰尼索维奇的一天》、西蒙诺夫的《生者与死者》和《最后一个夏天》、特里丰诺夫的《滨河街公寓》、沙米亚金的《多雪的冬天》、拉斯普京的《活着,可要记住》、邦达列夫的《热的雪》和《岸》,等等,以及西方现代派文学作品,如萨特的《厌恶》、加缪的《局外人》等,也对"文化大革命"中觉醒的一代青年人产生了巨大影响。李大兴指出:"我们几代人成长的社会环境,有苏联深深的痕迹。不是社会结构与体制、更深层的是语言观念、思维

---

① 郑瑞君:《"灰皮书"、"黄皮书"在知识青年"上山下乡"前后的流传及其影响》,《河北师范大学学报》(哲学社会科学版)2015年第2期。

方式以至于个人心理上的自我表述。也因此，我们对苏联文学很容易亲近。"①另一方面，因为当时的社会环境，知青作家对这些作品的阅读具有很强的个人兴趣，而非出于社会功利，这也促进了他们对这些作品的深度吸收，学者赵园即指出：

> 不大有具体功利目的的阅读，或许是更"纯粹"的阅读。正是这种"纯粹"值得怀念。匮乏使生活简单。资源的稀缺使有限的资源被高度利用。少物欲的好处，是想象力的活跃，在这种意义上，那毋宁说是有利于文学阅读的环境。你不妨放纵你的想象，进入遥远、陌生的世界，浸淫其中。……人文的一九八〇年代正由此开启，有蓄积于"文化大革命"后期的思想能量与文学冲动，当着门窗渐次打开，于是，飞翔。②

从众多作家、学者的回忆来看，他们的青春岁月里都有"皮书"的影子，而且这些书籍甚至对他们产生了意义非凡的影响。朦胧诗派的诗歌创作受了皮书诗歌的很大影响，其作品中反响着欧美现代派、苏俄诗歌的诸多声音。再如，张承志坦承，苏联吉尔吉斯族作家艾特玛托夫予其"关键的影响和启示"③，对其创作有关键性的启示，唤醒了他心中对草原复杂而浓烈的感受。而当时能读到艾特玛托夫作品的唯一版本只有"皮书"。又如，姜戎认为，尤其喜欢苏联小说《静静的顿河》，那是一部充满诗意而又严酷的草原小说，哥萨克人的文化和蒙古文化很接近，那种自由、豪放、刚强的民族性格，给我留下了很深的印象④。

3. 知青文学

任何时代的作家，不但受前人影响，而且受同辈影响，这一批作家也不例外。他们开始进入文坛，始于"文化大革命"，这一期间的同辈文学，一般被称为地下文学，有时也被称为知青文学，因为主要作者都是知青。杨健的《中国知青文学史》将整个知青文学的发展分为五个历史阶段："文化大革命"前上山下乡时期（1953—1966）、红卫兵时期（1966—1968）、"文化大

---

① 李大兴：《在生命这袭华袍背后》，生活·读书·新知三联书店2017年版，第191页。
② 赵园：《非常年代的阅读》（上），《书城》2016年第3期。
③ 张承志：《诉说》，《民族文学》1981年第5期。
④ 张英、姜戎：《还"狼性"一个公道——姜戎访谈录》，《南方周末》2008年5月1日。

革命"中上山下乡时期（1969—1978）、新时期（1978—1989）、后新时期（1990—1998）。① 本书主要指第三个时期。

知青生活很艰苦，不但要经受物质的乏匮，而且还要经受精神的匮乏，王小波回忆："二十五年前，我到农村去插队时，带了几本书，其中一本是奥维德的《变形记》，我们队里的人把它翻了又翻，看了又看，以致它像一卷海带的样子。后来别队的人把它借走了，以后我又在几个不同的地方见到了它，它的样子越来越糟。我相信这本书最后是被人看没了的。现在我还忘不了那本书的惨状。插队的生活是艰苦的，吃不饱，水土不服，很多人得了病，但是最大的痛苦是没有书看，倘若可看的书很多的话，《变形记》也不会这样悲惨地消失了。除此之外，还得不到思想的乐趣。我相信这不是我一个人的经历：傍晚时分，你坐在屋檐下，看着天慢慢地黑下去，心里寂寞而凄凉，感到自己的生命被剥夺了。当时我是个年轻人，但我害怕这样生活下去，衰老下去。在我看来，这是比死亡更可怕的事。"② 知识青年是一代有着火热激情和远大抱负的年轻人，但当这激情在艰苦的环境中冷却，抱负在寂寞和失落中远去，理想与现实之间形成了一个巨大的鸿沟。能暂时填满这个鸿沟，慰藉心理的就是文学。知青地下文学由此在土层之下蓬勃发展。

对于知青文学，学者杨健的评价是，虽然良莠不齐，但"保持了清醒的理性和独立意识。一些优秀地下文学作品凝铸了作者的深沉思索，真性情，真歌哭。与'文化大革命'虚假的文风形成鲜明对比。甚至有些作品还灌注了作者的鲜血和生命"③。这个评价是客观的，知青们一边劳动一边创作的生活状态，决定了这些作品大多数比较粗糙，而且在当时的形势下基本不可能发表，基本属于地下文学。因此，地下知青文学虽然发展很快，留存的作品却很少，以诗歌居多，因其能口耳相传，便于记诵。如食指的《相信未来》和《这是四点零八分的北京》等诗作。《这是四点零八分的北京》写于1968年12月20日，这些诗行是食指当时排山倒海而来的心理波动，更是无数年轻人在时代事件面前的感情迸发：

---

① 杨健：《中国知青文学史》，中国工人出版社2002年版，第2页。
② 王小波：《思维的乐趣》，载《沉默的大多数：王小波杂文随笔全编》，中国青年出版社1997年版，第20页。
③ 杨健：《文化大革命中的地下文学》，朝华出版社1993年版，第3—4页。

> 我再次向北京挥动手臂
> 想一把抓住她的衣领
> 然后对她大声地叫喊：
> 永远记着我，妈妈啊北京
>
> 终于抓住了什么东西
> 管他是谁的手，不能松
> 因为这是我的北京
> 这是我最后的北京

凡是经历1968年冬北京火车站四点零八分场面的人，没有不为此诗掉泪的。那时每天四点零八分都有一班列车把北京知青送去祖国各地。车站里的人山人海原本是作为北京知青奔赴广阔天地大展宏图的现实背景出现的，但诗中却在人潮中极力渲染离别北京时内心的个人情绪。那种猛然间扎进心底的剧烈疼痛，那种前途未知的迷茫，不知打动了多少知青，引起了他们深深的共鸣。有同辈人这样回忆："多少年过去了，每当读这首诗，我仍有像诗中描写的'妈妈缀扣子的针线穿透了心胸'的感觉。再没有人能像郭路生那样生动确切地写出当时的情景和气氛了。对在那次离别后失去父母亲属的或再不能回到北京的知青而言，那确实是'最后的北京'。"[①]

另一名在内蒙古插队的知青张凯军在1971年10月15日的日记里，记录了自己"插友"依群的创作状况及一首诗作：

> 依群天天盼望着通信员，自己也天天写信。常常写些小诗排遣自己。最近有一首我觉得还不错。题目是《长安街》。"你对着白杨树说：/我不再爱你。/你脸贴着银白色的树身上说："快去！"/你对我说：'祝你幸运。'/可是在你的眼睛里却没有了我的姓名。/你从这棵树走向另一棵树，/好像在计算它们的数目。/我回过头去，/却想让你知道我在哭泣。"[②]

[①] 杏花村知青：《遥指杏花村：140个北京知青的插队故事》，江苏文艺出版社2013年版，第127页。

[②] 何家琪：《我的怪勒岁月》，载衣锡群主编《岁月辙痕——莫力达瓦：怪勒，前霍日里知青琐忆》（自印本），2012年，第275页。

这首《长安街》，后来成为朦胧诗派早期名作，由这一则日记，我们可窥见当时大多数知青诗歌的传播环境。

据杨健的《文化大革命中的地下文学》，当时也流传有手抄本的地下小说，如改革开放后得以正式出版的《九级浪》《第二次握手》。①《九级浪》的作者回忆这部小说的流传，是"成书后，交给三两知己传阅后便收回原稿。翌年早春，方知手抄副本已如雨后菇，数不胜数了"②。出身大院的庄燕回忆："当年还流行一部手抄本著作叫《第二次握手》，当时看过这本书的人都显得很神秘，也不敢公开承认看过此书，只在私下里与私交最好的发小偷偷交流。看的时候，怕家长发现，也总是偷偷摸摸，遮遮掩掩，有一种偷窥的神秘感，既害怕又兴奋，心里像揣了个小兔子，七上八下。……'文化大革命'结束后，1979年，作者平反，作品公开出版，引起巨大反响，还拍成了电影，由谢芳主演，我也特意去看了一遍。"③

这样一种以知青点为中心逐渐形成的"文艺沙龙"，不是偶然个案，而有其普遍性。各个知青点往往有些文艺爱好者，他们的作品被同好者欣赏和喜爱，虽然大多数人的名声不超出附近几个知青点，甚至只局限于某个知青点，但在文艺只能默默在地下渠道交流的情况下，他们对身边的知青们有过巨大影响，这是积极的鼓励。不是所有作者最后都成名，有一部分人之后默默无闻，然而正是这样一大批地下文艺沙龙的存在，才汇集成了地下文学的涓涓细流。赵杰兵回忆知青点文艺沙龙的情况，提及了后来名声不彰的女诗人黄梅（黄克诚将军之女）：

"文化大革命"开始后，中学生的思想空前活跃，个人际遇和社会现实的激烈碰撞，产生了最初一批文学青年或"民间诗人"，如食指等人。他们的一些作品以手抄方式广泛流传，对我们曾有影响。在和康庄知青有关的范围里，还曾传抄过黄梅的诗。黄梅不认为自己是"诗人"。她的诗（尤其在和康庄知青接触前）是写给自己的私密"个人内心独白"，

---

① 杨健：《文化大革命中的地下文学》，朝华出版社1993年版，第76—79页。
② 毕汝谐：《关于〈九级浪〉的一段回忆》，载陈思和、王德威主编《史料与阐释（总第5期）》，复旦大学出版社2017年版，第69页。
③ 庄燕：《结缘书香》，载吴勇主编《北京大院记忆》，学苑出版社2015年版，第168页。

没想过要给别人看。"文化大革命"结束后有朋友曾建议她发表几首，但她回绝了。①

虽然大多数知青作者没有受过良好的文学训练，艺术水准良莠不齐，但显示了人性和艺术的觉醒与探索，呈现出一个时代的文学风貌，并且成为日后新北京第三代作家崛起的土壤。知青生活是这批作家人生的重要印记，也是他们素材的最重要来源，张承志的《北方的河》、老鬼的《血色黄昏》、王小波的《黄金时代》、阿城的《棋王》、姜戎的《狼图腾》、冯同庆的《敕勒川年华》、李龙云的《落马湖王国的覆没》等都以知青生活为主题。

上述三种文学资源，虽然背景不同、代际有别，但无不洋溢着一股强烈的理想主义色彩。这样一种文学精神，自然也浸染并塑造了第三代人的理想主义特征。米鹤都这样评价第三代人的理想主义特征："老一代的理想主义决定了第三代人的精神面貌，和平环境又使他们成为红旗下生、红旗下长的'小主人'而备受青睐。这是一个由传统向现代转化的过渡时期。其主要特点之一，就是源于西方的马克思主义与东方传统文化的碰撞、交汇和融合。这一文化场景，使第三代人受到来自两个不同方向的影响。他们被灌输了马克思主义的理念，也同时为传统的文化所孕育。在他们的突出特征理想主义的人格上，也渗透着中西合璧的痕迹，既肩负着'解放全人类'的宏愿，也不乏'以天下为己任'的情怀。"②

赵杰兵也回忆：

为了表明（到农村当农民的）决心，高中一年级的暑假，我和二班的同学王大凯一起到天津郊区军粮城公社农村劳动了一个月。那里有一个全国著名的知识青年——赵耘。回来后，我和大凯都写了总结汇报，交给了父母和学校。我还正式提出了到农村插队落户的要求。但父母和学校都不支持我的"革命行动"，千方百计地说服我放弃在他们看来"荒唐"的念头。我据理力争，搬出毛主席语录和《人民日报》来支持我的观点。父亲赵凡，当时任中共北京市委书记处书记、北京市副市长，分

---

① 赵杰兵：《康庄往事：一位北京知青的记忆》，人民出版社2014年版，第210页。
② 米鹤都：《心路：透视共和国同龄人》，中央文献出版社2011年版，第29页。

管农村工作。我对他居然不同意我当农民很不理解。……我没能成功，但我知道有几个同龄人走出了这一步。一个是和我同一小学（育英学校）同一年级但不同班的胡锦州同学。他爸爸胡绳是党内著名的理论家，是老革命。他就是没念完高二，就受到纪录片《军垦赞歌》的感召，到新疆生产建设兵团当了兵团士。还有陈伯达的儿子和他的同学张木生，也是高中没上完就到内蒙古农村当了农民。①

可见理想主义对那一代人的巨大影响，虽然第三代人遭遇诸多坎坷，但毫无疑问，这种理想主义色彩必然以种种方式影响他们终身。作为第三代人一分子的新北京第三代作家也不例外，他们大多具有一种理想主义的品质，虽然在表现上存在着种种个性上的差异。

北京作家柯云路（生于上海，从小来京）在80年代的著名长篇小说《新星》中，表现了一名来自北京的县委书记李向南大刀阔斧改革现实政治的事迹。李向南决心在古老而贫穷的县城揭开"新的一页"，小说围绕着他的种种企图、努力和抗争，做了种种详尽的描绘，体现其改革现实世界的魄力，在小说的结尾，柯云路让外国来客询问李向南："既富有理论力量，又富有实践力量，你的这些才干是如何造就的呢？"主人公陈述：用三句话回答吧。第一句，我们这代人都是理想主义者，始终在为建设一个理想的社会努力，在实践、在读书。这造就了我们富有想象力的品格。第二句，中国的十年动乱使我们广阔地看到了袒露的社会矛盾、社会结构，这造就了我们俯瞰历史的眼界和冷峻的现实主义。第三句，在一个几千年来就充满政治智慧的国家里，不断地实际干事情，自然就磨炼出了政治才干。②

张承志被看作一位理想主义的作家，他的《黑骏马》《北方的河》中体现出来的是一种对精神的追求。对过去的经历，张承志曾在小说《北方的河》的题记中说："我相信，会有一个公正而深刻的认识来为我们总结的：那时我们这一代独有的奋斗、思索、烙印和选择才会显露其意义。"③ 张承志的早期作品，对于精神理想的追求尤为明显。《黑骏马》中，草原生活给了白音宝力

---

① 赵杰兵：《康庄往事：一位北京知青的记忆》，人民出版社2014年版，第4页。
② 柯云路：《新星》，作家出版社2009年版，第427页。
③ 张承志：《北方的河》，春风文艺出版社2002年版，第75页。

格最初的梦想和冲动,但在经历了挫折后,他感受到"一种新鲜的渴望已经在痛苦中诞生了。这种渴望在召唤我,驱使我去追求更纯洁、更高明、更尊重人的美好,也更富有事业魅力的人生"①。后期作品如《心灵史》等作品则更注重把个人理想与宗教信仰结合在一起。

又如史铁生。他在插队期间因双腿瘫痪回到北京。后来又患肾病并发展到尿毒症,需要靠透析维持生命,曾自称"职业是生病,业余在写作"。就身体的残疾,肉身的苦痛,史铁生是这一批作家中命运最坎坷一位,但他却在《我与地坛》中写道:"宇宙以其生生不息的欲望将一个歌舞炼为永恒。这欲望有怎样一个人间的姓名,大可忽略不计。"②他的作品中体现的,是一种坚韧、豁达、大气而崇高的精神信仰,是一种以伤残躯体支撑起强大精神世界的顽强毅力。他的写作,是对生活困境与精神困境的双重超越,具有一种人文关怀的普遍意义。

"文化大革命"开始时,王朔才八岁,并未加入运动狂潮,但对革命的向往对他产生了巨大的影响。成年之后,对于已经远去的"文化大革命"的背影,王朔选择了加入浪漫想象和青春激情去缅怀它。在将"文化大革命"经历融化到写作中时,王朔选择一种"玩文学"的形式,是一种躲避崇高的形式。"他和他的伙伴们'玩文学',恰恰是对横眉立目、高踞人上的救世文学的一种反动。"③王朔的理想主义情结是明显的,但他不像张承志那样以独行者的坚定来建构一个被精神信仰(后期甚至是宗教信仰)所照耀的理想主义。王朔的理想主义显示出一种更为复杂而暧昧的情态。对此,学者王一川总结道:"发自'文化大革命'红小兵时代的想象的革命,是一种精神、情结、记忆、冲动等的混合体,情感、理智、想象幻想等在其中密切地缠绕着,构成王朔这一代红小兵所特有的生存体验。它往往表现为一种不妥协地反抗权威的叛逆姿态,即唱反调的、反叛的或批判的精神;同时,它也可能表现为一种想象的或模拟的冲动,即非实质的、替代的解决方式;还有,当它无法真正推演为现实时,就常常不得不呈现为一种对于革命年代的浪漫的怀旧感或

---

① 张承志:《北方的河》,春风文艺出版社 2002 年版,第 38 页。
② 史铁生:《我与地坛》,春风文艺出版社 2002 年版,第 251 页。
③ 王蒙:《躲避崇高》,《读书》1993 年第 1 期。

乡愁。"①

4. 老北京文化

如前所述，大多数新北京第一代和第二代作家，是新中国成立后才定居北京的，跟北京文化有一定隔膜。这就导致他们文学创作的题材和语言，跟北京城存在这样那样的疏离，只有很少一批本是北京土著的作家，如老舍（1899—1966）、萧乾（1910—1999）、颜一烟（女，1912—1997）、杨沫（女，1914—1995）、刘白羽（1916—2005）、邵燕祥（1933—2020）、王蒙（1934—　）、刘绍棠（1936—1997）等，其文学作品才较多蕴含北京城及北京文化的色彩。新北京第三代作家则不同，他们生于斯并长于斯，虽说祖籍不在北京，但却是不折不扣的北京人，是北京城的第一代移民。跟革命文化一样，老北京文化也不知不觉浸润于他们的生长历程，只不过，革命文化的影响是轰轰烈烈的，老北京文化则润物细无声。

对于那些出身老北京的作家，如叶广芩、刘一达、李龙云等，老北京文化之于他们是家学；但对于大院子弟，老北京文化的影响，最早可能是北京话，也就是语言的影响，随后是环境的影响，特别是读小学以后，逐渐接触老北京子弟，直至逐渐成人，进入外界北京社会而发生的影响。概而言之，老北京文化的影响貌似没那么明显，也没那么强大，却柔韧而绵长，日用而不觉。比如，王朔虽然否认老北京文化对自己的影响，然而他及其他大院子弟的作品大都具有浓厚的京腔京韵，并被世人视作"新京味"，可见老北京文化的影响之大。实际上，北京城对他们文学创作的影响之大，超乎他们自己所能想象。北京城不但是他们成长的场所，而且是他们创作的源泉。比如，刘心武的长篇小说《钟鼓楼》，便是他在北京城中生活数十年的经验之结晶：

> 随着天色由晶黄转为银蓝，沉睡了一夜的城市苏醒过来。鼓楼前的大街上店铺林立，各种招幌以独特的样式和泼辣的色彩，在微风中摆动着；骡拉的轿车交错而过，包着铁皮的车辖辘在石板地上轧出刺耳的声响；卖茶汤、豆腐脑、烤白薯的挑贩早已出动自不必说，就是修理匠们，也开始沿着街巷吆喝："箍桶来！""收拾锡拉家伙！"……卖花的妇女走

---

① 王一川主编：《京味文学第三代：泛媒介场中的 20 世纪 90 年代北京文学》，北京大学出版社 2006 年版，第 42 页。

入胡同,娇声娇气地叫卖:"芍药花——拣样挑!"故意在鼻子上涂上白粉的"小什不闲"乞丐,打着小钹,伶牙俐齿地挨门乞讨……而最古怪的是卖鼠夹鼠药的小贩,一般是两人前后同行,手里举着一面方形白纸旗,上头画着老鼠窃食图,前头一位用沙哑的声音吆喝:"耗子夹子——夹耗子!"后头一位用粗嘎的声音相呼应:"耗子药!花钱不多,一治一窝!"……

  钟鼓楼西南不远,是有名的什刹海。所谓"海",其实就是浅水湖,一半种着荷花,一半辟为稻田。据说因为沿"海"有许多寺庙庵堂,所以得"什刹海"之名。"什刹海"又分前海和后海,二"海"之间,有一石砌小桥,因形得名,人称银锭桥。(《这一段读读也无妨》)

如果说,《钟鼓楼》的北京城,是精雕细琢的现实描写;那么,刘心武的朋友王小波的《青铜时代》三部曲,则是对北京城的超现实再现及想象:

  王仙客到长安城里找无双,长安城是这么一个地方:从空中俯瞰,它是个四四方方的大院子。在大院子里,套着很多小院子,那就是长安七十二坊,横八竖九,大小都一样。每个坊都有四道门,每个坊都和每个坊一样,每个坊也都像缩小了的长安城一样,而且每个坊都四四方方。坊周围是三丈高的土坯墙,每块土坯都是十三斤重,上下差不了一两。坊里有一些四四方方的院子,没院子的人家房子也盖得四四方方。每座房子都朝着正南方,左右差不了一度。长安城里真正的君子,都长着四方脸,迈着四方步。真正的淑女,长的是四方的屁股,四方的乳房,给孩子喂奶时好像拿了块砖头要拍死他一样。在长安城里,谁敢说"派",或者是3·14,都是不赦之罪。(《寻找无双》第三章)

事实上,我们只要细读王小波的《青铜时代》三部曲(《万寿寺》《红拂夜奔》《寻找无双》)即可发现:三部小说的故事场景,甚至想象的基础,都以北京城为依托,如果没有北京城的生活经验,王小波或许也会写小说,但他不会这样写小说。

  不但如此,王小波的小说语言,是以北京话为基础的。虽然他宣称:"在中国，已经有了一种纯正完美的现代文学语言，剩下的事只是学习，这已经是很容易的事了。我们不需要用难听的方言，也不必用艰涩、缺少表现力的文言来写作。"① 但实际上，他的小说方言属于北京方言，所以他又讲："北京乃是文化古都，历朝历代人文荟萃，语音也是所有中国话里最高尚的一种。"② 在这方面，王朔比王小波更具代表性，学者开寅称："在语言上，王朔第一个将北京大院文化语言落纸成书，形成了一种特殊的文风：它既吸收了市民阶层犀利而富于想象力的表达思路，又兼容了文化阶层的精致趣味，同时一扫前者的庸俗粗鄙和后者的曲高和寡。这种大院文化特点不但体现在王朔的文学作品中，也成了随后他参与创作的影视作品的标配。"③

即使是表面上没有北京色彩的作家，北京城也是其灵感源泉。比如，北岛（赵振开）以诗歌著称于世，诗歌并无地域色彩，但他的自传性散文集《城门开》（生活·读书·新知三联书店 2010 年版）出版以后，改变了人们的印象。《城门开》的序言《我的北京》明确点明了他的人生、创作跟北京城的密切关联。他充满怀旧情绪地写道："我生在北京，在那儿度过我的前半生，特别是童年和青少年——我的成长经验与北京息息相关。而这一切却与这城市一起消失了。……我萌生了写这本书的冲动：我要用文字重建一座城市，重建我的北京——用我的北京否认如今的北京。在我的城市里，时间倒流，枯木逢春，消失的气味儿、声音和光线被召回，被拆除的四合院、胡同和寺庙恢复原貌，瓦顶排浪般涌向低低的天际线，鸽哨响彻深深的蓝天，孩子们熟知四季的变化，居民们胸有方向感。"④

由此可知，对于新北京第三代作家而言，北京城和北京文化不但是他们居住的"地理场所"，而且是他们创作的"灵感源泉"。忽略了北京城和北京文化的存在，我们对于这些作家文学创作的理解将产生一个很大的无法弥补的空缺。

---

① 王小波：《我的师承》，载《沉默的大多数：王小波杂文随笔全编》，中国青年出版社 1997 年版，第 317 页。

② 王小波：《京片子与民族自信心》，载《沉默的大多数：王小波杂文随笔全编》，中国青年出版社 1997 年版，第 196 页。关于这一问题的详细分析，见杨志《汉译汉：中国小说的方言问题》，《书城》2018 年第 9 期。

③ 开寅：《北京腔、大院文化与华语影视的渊源》，载吴琦主编《单读 16：新北京人》，台海出版社 2018 年版，第 76 页。

④ 北岛：《城门开》，生活·读书·新知三联书店 2010 年版，第 1 页。

总之，跟前两代作家相比，新北京第三代作家是特别的，时代赋予了这一批作家类似的文化背景与生活经历，同时他们在各自的创作中又能不断变革与自我更新，在写作理念、精神追求、艺术表现形式上不断突破，从一种历史共性中分化出来，各自构造自己的写作空间，走向成熟并铸就了个体风格。下文将着力于剖析他们文学创作的心灵发展历程。

第二章 全托记忆

一 "父母缺失"问题的提出

"二战"结束后，战后婴儿潮兴起，东西方幼儿园呈现生机勃勃的扩张趋势。1951年，英国精神分析学家鲍尔比（John Bowlby）向世界卫生组织提交报告《母亲看护与心理健康》（*Maternal Care and Mental Health*），批评欧美儿童机构拒绝父母参与看护的主流观念，指出幼儿极度依赖母亲，"机构看护"不能完全代替"家庭看护"，长期的母亲缺席可能造成心理创伤，影响婴孩的心理健康及其发展。他呼吁欧美社会注意"父母缺失"（parent deprivation）特别是"母爱缺失"（maternal deprivation）的潜在危害。[1] 报告发表后，鲍尔比继续研究父母缺失问题，发展出以亲子依恋为核心的依恋理论（Attachment Theory）。[2] 他相信，童年形成的依恋情结极重要，"幼儿对母亲的爱和存在的渴望，与他们对食物的渴望相当，也因此，母亲不在场会不可避免地造成一种强有力的丧失和愤怒感"。严重将导致心理障碍，一方面"表现为对他人提出过高的需求，在无法被满足时感到焦虑和愤怒"，另一方面"表现为无法与人建立深层次的关系"。[3] 鲍尔比的报告及理论引起欧美儿童心理学界重视，许多学者开展相关研究，儿童机构也纷纷改革看护模式，鼓励父母参与儿童

---

[1] Jeremy Holmes, *John Bowlby and Attachment Theory*, London and New York: Routledge, 1993, pp. 37–40.

[2] Frank C. P. van der Horst, *John Bowlby—From Psychoanalysis to Ethology*, Chichester: Wiley-Blackwell, 2011, pp. 32.

[3] ［英］鲍尔比:《依恋》，汪智艳、王婷婷译，世界图书出版公司2017年版，第19—20页。

看护，机构看护模式为之一变。①

跟鲍尔比报告发表的时间相契，刚成立的新中国也迅速迎来婴儿潮，幼儿园呈现扩张趋势。据不完全统计，1953年，全国幼儿园共有424900名幼儿，比国民党统治时期人数最高的年份（1946年）增加了226.4%，这个数字还未包括发展最快、人数最多的机关和工厂幼儿园。②为了提高幼儿园教育水平，教育部从苏联引进幼儿园制度及幼教思想，先后聘苏联幼儿教育专家戈琳娜和马弩依连柯为幼教顾问，根据她们的建议，于1952年颁布了《幼儿园教学大纲》。那么，其中的寄宿幼儿园是否跟欧美一样，也有父母缺失的心理问题？此期的幼儿园工作，管理者和教养员不乏记录。为了推广苏联幼儿园的经验，教育部幼儿教育处编辑出版了《幼儿园教养员工作经验——北京、天津两市幼儿园教养员工作经验教育会报告资料汇编》，苏联专家以"斯大林的语言学和巴甫洛夫学说"为基础，强调"教养员一定要知道儿童心理学和学前教育"③。但幼儿园里寄宿的孩子什么体验？他们如何看待自己的寄宿生活？这对他们的亲子关系有何影响？至今仍乏人关注。

事有凑巧，笔者在查阅老鬼、北岛、李南央、王小波、毕淑敏、陈凯歌、冯同庆、张辛欣、王朔等新中国成立前后出生的北京作家（也称"新北京第三代作家"）材料的过程中，发现部分作家撰有寄宿的回忆，或者写进了小说。回忆和小说不算一手资料，因记忆往往靠不住，何况还是幼儿时期的记忆。比如，王朔自传《致女儿书》中称，自己"一岁半送进保育院"④，其母

---

① 鲍尔比毕生研究父母缺失，跟他童年跟父母的分离有关。跟当时其他英国中产阶级家庭一样，他童年主要跟保姆和佣人度过，一天只见母亲一小时，一周才见父亲一次。虽然他宣称童年生活不错，但私下坦诚经历过"痛苦，但不是特别受伤"的"父母缺失"的童年。参见 Frank C. P. van der Horst, *John Bowlby – From Psychoanalysis to Ethology*, Chichester: Wiley – Blackwell, 2011, pp. 6 – 8.

② 韦悫:《教育部韦悫副部长在开幕会上的讲话》，载中华人民共和国教育部幼儿教育处编《幼儿园教养员工作经验——北京、天津两市幼儿园教养员工作经验教育会报告资料汇编》，文化教育出版社1955年版，第6—7页。

③ 马弩依连柯:《苏联幼儿教育专家马弩依连柯的发言》，载中华人民共和国教育部幼儿教育处编《幼儿园教养员工作经验——北京、天津两市幼儿园教养员工作经验教育会报告资料汇编》，文化教育出版社1955年版，第144页。

④ 王朔:《致女儿书》，北京十月文艺出版社2015年版，第27页。新中国成立初期的幼儿园，也叫"托儿所"或"保育院"。1952年后，中央政府进行区分，规定"托儿所"收三岁前的孩子，"幼儿园"收3—7岁的孩子，但两者仍长期混用。

薛来凤回忆录《一家人》则称三岁,[①]显然母亲的说法准确。尽管如此,笔者以为,上述资料仍相当宝贵:首先,虽然回忆的细节不尽准确,却也有其"情绪真实",比如前述记忆就反映了王朔的不满;其次,因为幼儿时期很难清楚表达自身,事后回忆是窥见其感受的直接材料;最后,作家往往个性鲜明,敢于暴露心路历程,这些资料有一般访谈所不能替代的价值。有鉴于此,本章将上述材料与鲍尔比理论比照,分析幼年寄宿生活对他们的影响,这必将有助于理解他们的文学世界。

二 新中国成立初期的送托情况

在分析这批作家的全托记忆之前,我们需要先对新中国成立初期的北京幼儿园制度及送托情况略作了解。

民国时期,社会动荡,北平幼儿园发展缓慢。据1948年统计,北京城只有15所幼儿园和2403名幼儿。[②]新中国成立后,百万干部及家属进京,北京人口暴增,幼儿园纷纷成立,从街道幼儿园到集体幼儿园再到大院幼儿园,发展迅速。本书的研究对象都上大院幼儿园,几无例外。大院幼儿园最初以日托为主。比如,中国人保创始人之一的秦道夫回忆1956年人保大院托儿所:"院子里有托儿所,职工不用出院门,就送孩子上日托了。……托儿所的南小院里有儿童玩具、转椅、攀登架等。"[③]幼年北岛上的就是人保幼儿园。也有个别大院例外,如新华社大院:"因为新华社的许多记者常年驻在国外,大院幼儿园也是当时中央机关少有的全托制幼儿园之一,孩子们一星期或更长时间才被接送一次。"[④]全托大多是慢慢增设的,比如,北京煤矿设计院幼儿园"经过整风运动,工作有了大跃进。以前是日托,只收三岁以上的孩子,

---

① 薛来凤:《一家人》,华艺出版社2009年版,第84页。
② 王卉、许红:《新中国成立初期北京市托儿所、幼儿园的改革与发展》,《北京党史》2011年第2期。
③ 秦道夫:《我和中国保险》,中国金融出版社2009年版,第72页。
④ 杨音:《"秀才"们的孩子爱读书》,载吴勇主编《北京大院记忆》,学苑出版社2015年版,第119页。

现在只要是家长需要，几个月的婴儿也可以送托"①。当时的幼儿园全托，一般是一周回家一次；但如果父母工作繁忙，孩子两周甚至三四周才回家一次，也很常见。

送孩子去幼儿园全托，符合当时人的革命理念和制度安排。跟民国幼儿园比，新中国成立初期幼儿园有强烈的革命色彩，被赋予了解放劳动妇女和培育革命一代的"双重任务"。出身海军大院的魏忠回忆："新中国成立初的军人都经过战火洗礼，从祖国各地来到北京的军事机关，他们的家属子女就生活在这些大院里。……那时家长经常要出差、下部队，孩子还小就送保育院，可以说，我们一些人在保育院就是同班，那时就养成了集体生活的习惯。"② 北京出生的学者叶维丽回忆："当时的说法是我们都是国家的财产，归根结底是属于国家的。我们的父母也是国家的人，'组织'的人，他们的责任是为国家培养好后代。把咱们从小就送进幼儿园，过集体生活，大概和这个有关系。"③ 另一名北京出生的学者米鹤都指出："大院的管理、特别是干部子弟寄宿制学校的管理，起重要作用。那一代革命者的信念要求他们必须把革命利益和工作放在首位，家庭的亲情始终是从属的。因此，相当多的干部把子女交给幼儿园和寄宿制学校管理。那一代的中小学生中，寄宿的学生绝大部分是干部子弟。"④ 王朔也在自传体小说《看上去很美》中回忆："保育院也有不少孩子父母是高级干部，也没见谁当个宝似的。还不是交出来就不管了跟参军一样，随保育院怎么调教。这样风吹过雨打来的孩子将来才能曲能伸，坐得金銮殿，进得劳改队。"⑤

此外，不少投身革命的职业女性希望有自己的事业，不甘困于柴米油盐，却因子女多，深以为苦。女作家杨沫怀上老鬼后，在日记里写道："整整4个多月，我陷入痛苦中。……我将要为4个孩子的母亲，再加上革命所赋予我的任务，我常常觉得肩上是那样沉重，所应当做的是那样多，而实际做的却

---

① 施达伟：《保育工作的多面手》，《中国妇女》1958年第10期。
② 魏忠：《那群剽悍的男孩》，收入吴勇编《北京大院记忆》，学苑出版社2015年版，第66页。
③ 叶维丽、马笑冬：《动荡的青春：红色大院的女儿们——叶维丽、马笑冬对谈录》，新华出版社2008年版，第40页。
④ 米鹤都：《大院的精神文化》，《炎黄春秋》2016年第2期。
⑤ 王朔：《看上去很美》，云南人民出版社2004年版，第36页。

那么少。"（1947年4月6日）① 李南央的母亲婚后，时时担心"如不自己努力独立工作，将永远成为附属品"②（1947年5月29日信）。作家邢小群回忆母亲张今慧"属于工作型的人。母亲在外面认真、亢奋的工作状态，让你觉得只有工作才能实现她的生命价值。偏偏事与愿违，1949年以后，她十年当中生了七个孩子（一个六岁时夭折），无情地消耗着她年轻的生命"③。王朔的母亲薛来凤是军医，自述"'事业第一'已经在我的脑海中深深扎根，不能因为私事影响工作是我的原则"，"从事治病救人的医疗工作，我一向全神贯注，不敢马虎，生怕出事。有时晚上回家，脑海中想的还是病人，特别是尚未确诊的病人，这样就难免把家里的事忘在脑后"④。因此，不少父母乐于把孩子送全托（据说有的孩子只一岁）。

从材料看，新中国成立伊始，百废俱兴，多数干部父母忙于工作，无暇陪伴孩子，即使孩子回家，也未必见得到。父母缺失的情况是比较普遍的。王小波哥哥王小平回忆："我父母没法花太多心思在我们身上，对我们采取了粗放的放养方式，我被送进全托，而小波也被早早送进了托儿所。"⑤ 陈凯歌回忆："那时的孩子大多住在幼儿园里，因为父母忙。"⑥ 老鬼在自传体小说《血与铁》中也写道："只有吃饭时，我才能见到父母。吃完饭，他们就回到自己屋，忙他们的事。"⑦

三　父母缺失的心理影响

这样一种程度的父母缺失，对这批作家的心理产生了什么影响？虽然材料零碎，不够系统，但我们还是可以概括出如下三点：

---

① 参见老鬼《我的母亲杨沫》，同心出版社2011年版，第283—284页。日记也见《杨沫文集》卷六《自白：我的日记》上册，中国言实出版社2015年版，第28—29页，但文字有删节。
② 李南央编注：《父母昨日书：李锐、范元甄通信集（1938—1949）》第二部，广东人民出版社2008年版，第706页。
③ 邢小群：《我的父亲》，载丁东主编《追忆双亲》，中国工人出版社2011年版，第236页。
④ 薛来凤：《一家人》，华艺出版社2009年版，第94、127页。
⑤ 王小平：《我的兄弟王小波》，江苏文艺出版社2012年版，第18页。
⑥ 陈凯歌：《我的青春回忆录》，中国人民大学出版社2009年版，第14页。
⑦ 老鬼：《血与铁》，中国社会科学出版社1998年版，第2—3页。

第一，大部分送托的孩子常为久不见父母而感痛苦。 对此，北岛父亲有日记记录："庆庆（北岛）很不愿意上托儿所，每到星期六去接他，总是特别高兴，而星期一早上送回去就难了。有个星期一早上，怎么劝说也没用，他只有一句话：'我就不去托儿所！'我们急着上班，只好骗他说去动物园，他信了。快到时他脸色紧张起来，看出是去托儿所，便大声哭叫，我紧紧抱住他，怕他跳车。到了托儿所门口，他在地上打滚，我只好硬把他抱进托儿所。他看见阿姨才安静下来，含着眼泪说了声'爸爸，再见！'"①

王朔在大院幼儿园长大，十岁才离开："和那个时候所有军人的孩子一样，我是在群宿环境中长大的。一岁半送进保育院，和小朋友们在一起，两个礼拜回一次家，有时四个礼拜。"② 他还在《锵锵三人行》节目（2007年3月26日）中回忆："其实我觉得我们像毛泽东婴儿。我10岁以前不认识我父母，因为我们住在幼儿园，我一生下来第一印象，就在一个大屋里，全都是小朋友。那时候两个礼拜回次家，可是我父亲那时候，天天出去看地形啊什么的。部队天天在准备打仗，从来没松懈过。……我10岁以前我不认识我爸爸，就是他们大人也不认识我们小孩。"母亲薛来凤晚年也承认："当年为了工作，我早出晚归，特别是小儿子来到这个世上才56天，也就是我的产假刚满时，我就离开他去执行任务，到湖北防治血吸虫病去了。那时他是多么需要得到母亲的关爱和呵护，却失去了和母亲接触的机会，这给他幼小的心灵蒙上了一层阴影。"③

毕淑敏回忆："每两周我才可以回一次家。记得父亲说过，周六回家，我都不认识他们了。待到熟悉之后，我能叫出他们'爸爸妈妈'的时候，已是星期天的下午，我就要返回幼儿园了。我放声啼哭，母亲没有办法，只好由父亲将我紧紧抱住，强行送回幼儿园。每次都待我哭得昏过去之后手才松开，家人才能离开。（我后来想，那可能是一种儿童全力哭泣之后筋疲力尽的睡眠，并非真的昏厥）。留在生命中的图画，就是我在窄小的围有铁栏的小床内昏昏醒来，爸爸不见了，只有从家中带来的一个玻璃的小汽车紧握在我的手

---

① 参见北岛《城门开》，生活·读书·新知三联书店2010年版，第173页。
② 王朔：《致女儿书》，北京十月文艺出版社2015年版，第27页。此处一岁半入园有误，据母亲薛来凤回忆，王朔三岁入园。
③ 薛来凤：《一家人》，华艺出版社2009年版，第177页。

中，证明我曾回过家，它不是一个梦……"①

冯同庆在自传体小说《敕勒川年华》中回忆："那幼儿园实行寄宿制，家长周末才来接，有时候，家长忙于工作，周末也不来，我们常常两三周才能回一次家。趴着窗户等家长，等不着，就偷偷抹眼泪，小驹（小说人物）可不管不顾，扯着嗓子，号啕大哭，我记得，自己走过去帮她揩眼泪呢，她不哭了，就帮我揩。"②

张辛欣在自传体小说《我》中写道："我爸真的是一个鬼魂。爸爸的背影在我的周末夜晚出现，在星期一的早晨到来之前消失。……甚至星期天白天的时候，是我很少的能跟爸爸一起玩的时候，他也得写作。"③

笔者2020年采访一位出身北京部队大院的L教授（1953年生），她回忆幼儿园和小学寄宿生活："都是一周回家一次。极其痛苦的经历，非常无依无靠的感觉。每周只有周六最高兴，可以回家了。但第二天就完了，想的是又要回去了。非常不人道，坚决反对寄宿式幼儿园。"

当时的寄宿幼儿园，几名阿姨（教养员）照顾几十甚至上百个孩子，无论在精力还是在情感上，实难面面俱到，有些回忆难免对阿姨颇有微词。王朔的《看上去很美》写了阿姨让他饿肚子，被探视父亲发现后责骂的情节，也有从幼儿园逃回家的情节（均见第三章）。这些也见于回忆录，可见是事实。里面有个李阿姨，王朔序言里说她"有一点可笑，仅此而已"，但实际描写不尽然，第十二章，李阿姨被主人公方枪枪激怒：

> 只见李阿姨大步流星奔向自己，说时迟那时快，飞起一脚正中自己胸膛。也看见天也看见地看见四周每一堵墙和一扇扇窗户。没有疼痛的感觉，也不害怕，只有那迫在眉睫骤然巨大的皮鞋底子上弯弯深刻的纹路和李阿姨眼中野蛮的眼神使他终生难忘。④

王小波在小说《三十而立》中写了大班时的一桩事：

---

① 毕淑敏：《我的故事》，载《毕淑敏自述人生》，时代文艺出版社2010年版，第3—4页。
② 冯同庆：《敕勒川年华》，世界知识出版社2018年版，第17页。
③ 张辛欣：《我》，北京十月文艺出版社2011年版，第74页。
④ 王朔：《看上去很美》，云南人民出版社2004年版，第128页。

> 我永远也不会忘记那天午睡过后，阿姨带我们去大便。所有的孩子排成长龙，蹲在九曲十八回的长沟上排粪，阿姨躲在玻璃门外监视。她应该在大家屙完之后回来给大家擦屁股，可是那天她打毛衣出了神，我们蹲得简直要把肠子全屙出来，她也不闻不问。①

最后，主人公被阿姨激怒，要"在幼儿园里合谋毒杀阿姨"。王小波有两本小说都写了此事，当有真事的影子。

不过，上述作家也有喜欢寄宿生活的，陈凯歌回忆：

> 园长是个严厉的妇人，可只要看见孩子，又笑成了一尊佛。记得我们在北房，一有太阳，阳光就好。后面高高伸出一个平台，有栏杆围着就在上面游戏玩耍。春日最爱的是养蚕，有时一上午趴在平台看着它们"沙沙"地吃掉一张张漂亮的桑叶，又换上新的。时候一到，蚕箩里一夜之间就寂寞了。早上，我们举着亮晶晶的蚕茧大声问阿姨：蚕宝宝哪儿去了？然后就一二十个地一齐放声大哭。阿姨张开手，眼睛湿湿地笑，不知说什么好。②

最喜欢幼儿园全托的，当数老鬼。因父母忙于革命，他出生就被寄养在农村的姑姑家，四岁才接到北京。他在自传体小说《血与铁》中回忆："父亲把我从农村接到城里，对我却并不热情。记忆中，几乎没陪我玩过，从未单独带我到公园或陪我去河边抓小鱼。跟他上街，永远不要奢望会得到一块糖吃，也不记得他给我买过任何玩具。……在北京这个大院子里，总有一种寄人篱下的感觉。和父母呆在一起拘束又拘束，没话说。平时很少到他们的屋，一见了他们就惶恐不安。"不久，他被送到新华社幼儿园，一星期回家一次，"幼儿园给我的感觉特别好。它甜蜜、温馨、柔爱。我跟其他孩子一样，没有受到任何歧视"，"还记得离开幼儿园上小学的情景。那天是母亲接的我。新华社幼儿园的年轻阿姨对我说：'欢迎你以后再来幼儿园。'她的相貌在记忆

---

① 王小波：《三十而立》，载《黄金时代》，花城出版社1999年版，第52页。
② 陈凯歌：《我的青春回忆录》，中国人民大学出版社2009年版，第15页。

里早已荡然无存,但这幼儿园里的温暖气息却终生难忘"。① 他对全托的喜欢,说到底,也是之前的长期父母缺失导致的。

第二,对上述作家的性格产生了一定影响,主要表现在孤独感和合群性,还可能有想象力的激发。首先是孤独感。毕淑敏回忆全托生活,坦承有被遗弃感:"写到这里,我泪流满面。如果不是正值深夜,家人熟睡,我会放声痛哭。我也明白了,为什么在我的经历中,那样地害怕父亲的死亡和被母亲抛弃。在精神的磨难中,那样难于启齿向他人呼救……童年时惨痛的记忆,就这样烙在我心底最稚嫩的地方,多少年之后,依旧血迹斑斑。"② 崔健幼年在空军的全托幼儿园度过。母亲是中央民族歌舞团的舞蹈演员,父亲是空政文工团的功勋演奏员,两人因工作忙碌,送崔健进了全托幼儿园,"对他来说,每星期六回家享受一下母爱是唯一的奢侈,其余时间,他就像孤儿一样独自坐在幼儿园的长凳上望着天空发呆。……后来事实表明,崔健的沉默寡言和孤独感与他的童年经历不无关系"③。L教授也回忆寄宿生活"非常无依无靠"。

其次是合群性。长期过集体寄宿生活的孩子往往比较合群。孤独和合群看似冲突,其实互补,恰恰因为父母缺失的孤独,驱使孩子更趋向群体,形成权威人格。王朔这样介绍寄宿幼儿园的合群:"我很习惯在公共场合生活,每件事都和很多人一起干,在集体中吃喝拉撒睡是我熟悉的唯一生活方式。一天的多数时间里我都是和大家一起躺在床上,睡了又睡。"④ 因长期父母缺失,许多孩子对父母印象不深,更亲近小伙伴,关系特"铁"。王朔跟女儿抱怨:

> 我小时候最恨大人的就是不理解小孩的友谊,把小孩贴上标签互相隔离,自己家孩子是纯洁的羔羊,别人家孩子都是教唆犯,我最好的几个朋友,都被爷爷堵着门骂过,害人家挨家长的打,简直叫我没法向朋友交代……⑤

---

① 老鬼:《血与铁》,中国社会科学出版社1998年版,第3—8页。
② 毕淑敏:《我的故事》,载《毕淑敏自述人生》,时代文艺出版社2010年版,第3—4页。
③ 赵建伟:《崔健:在一无所有中呐喊》,北京师范大学出版社1992年版,第106—107页。
④ 王朔:《看上去很美》,云南人民出版社2004年版,第4页。
⑤ 王朔:《致女儿书》,北京十月文艺出版社2015年版,第32页。

《看上去很美》写到的几个小朋友,即幼儿园结交的"发小",反复出现在王朔其他小说中,有的已成为当代文学的典型人物。王朔的小说中,发小地位不逊父母,胜于情侣,《过把瘾》有一个细节,男主人公见妻子对哥们不逊,甩手就一记耳光。与此类似,冯同庆的《敕勒川年华》,出场人物也以出生在北京友谊医院的"发小"为主(该医院由斯大林提议创办,所以他们被称为"斯婴"),极力描写了他们从幼年到晚年的生死交情,跟王朔的小说人物模式相似。总体而言,上述作家虽有各自的个性,但都擅长表现集体主义的情感,描写集体主义的人物,连最离群不驯的老鬼也如此。这是特定时代的影响,然而时代最初是从幼儿寄宿生活开始发挥影响的,至少对他们是如此。这是我们理解这批北京作家不可或缺的背景。

再次是想象力的激发。父母缺失的无依无靠,似乎激发了上述作家的想象力,即弗洛伊德说的"白日梦",他们最后成为作家,或许与此有一定关系。自称有表演型人格的王朔确认自己人格的形成跟保育院有关:

> 保育院的房间高大,门窗紧闭也能感到空气在自由流通,苍蝇飞起来就像滑翔。寝室活动室向阳的一面整体都是落地窗。一年四季,白天黑夜不拉窗帘。人在里面吃饭、睡觉、谈笑、走动如同置身舞台。视野相当开放,内心却紧张,明白意识随时受到外来目光的观看,一举一动都含了演戏成分,生活场面不知不觉沾染了戏剧性,成就感挫折感分外强烈,很多事情都像是特意为不在场的第三者发生的。[①]

另一例是老鬼。他的重要作品,除了文学性传记《母亲杨沫》(修订版改名为《我的母亲杨沫》)之外,便是两部小说《血与铁》《血色黄昏》,后两者虽然冠名"小说",《血色黄昏》初版甚至冠名"新新闻主义小说",其实也是文学性自传。可见,"人生戏剧化"是老鬼的文学风格,跟王朔所说的"一举一动都含了演戏成分,生活场面不知不觉沾染了戏剧性"何其相似。不过,这方面的材料有限,这个观点还需更多资料的证实。

第三,对这批作家与其父母的亲子关系产生了一定不良影响,对部分作家的亲子关系影响尤为严重。依恋理论之于父母缺失,特别关注对亲子关系

---

① 王朔:《看上去很美》,云南人民出版社 2004 年版,第 4 页。

的影响。从材料看，部分作家的亲子关系未受影响。比如，冯同庆始终对父亲充满感情，赞扬他"达观，也待人宽厚"，"任何时候，都是乐天派"。① L教授也回忆自己"和父母的感情没有影响，每次回去，母亲都尽可能准备一些好吃的让我带着，可以吃个两三天，孤独无依无靠的时候看看那些吃的，心里也有些安慰"。陈凯歌承认，小时跟父亲陈怀皑疏远："父亲总是忙，难得见到。我觉得他很严厉，也不记得他年轻时的样子。他去外地拍电影我总是很高兴，临走他摸摸我的头顶，说一句'好好念书'，我就点点头。"② 但两人的关系不紧张。

但也有部分作家，长期的父母缺失对亲子关系产生了不良影响，甚至发生剧烈冲突。

王朔跟女儿交代："很长时间，我不知道人是爸爸妈妈生的，以为是国家生的，有个工厂，专门生小孩，生下来放在保育院一起养着。"③ 还在《看上去很美》中描述："保育院的孩子每天都住在那儿，两个星期接一次，有时两星期也不接。孩子们刚进去时哭，慢慢也就不哭了，好像自己一出生就在那个环境。长期见不着父母的，见到父母倒会哭，不跟他们走。有些孩子甚至以为自己是烈士子弟，要么就胡说自己爸爸是毛主席、周总理什么的，净拣官大的说。保育院有一千条理由让一个孩子哭，但没一条是想爸爸妈妈。"④ 鲍尔比指出："我们相信，观察母亲在或者不在时（尤其是不在时），年幼的孩子对母亲行为的反应，非常有助于我们理解人格的发展。"美国心理学家安斯沃斯（Mary Ainsworth）根据其理论，设计了"陌生情境"（strange situation）测试法，把亲子关系归纳为安全型关系、焦虑—矛盾型关系、回避型关系三种。其中，回避型关系体现为孩子与母亲的关系表现为疏远和冷漠，妈妈离开不焦虑，母亲回来也不高兴。⑤ 王朔跟父母似乎属于这一类型。他在《致女儿书》中写道："知道你小时候我为什么爱抱你爱亲你老是亲得你一脸口水？

---

① 冯同庆：《敕勒川年华》，世界知识出版社2018年版，第333页。
② 陈凯歌：《我的青春回忆录》，中国人民大学出版社2009年版，第15页。
③ 王朔：《致女儿书》，北京十月文艺出版社2015年版，第27页。
④ 王朔：《看上去很美》，云南人民出版社2004年版，第4页。
⑤ 参见［英］鲍尔比《依恋》，汪智艳、王婷婷译，世界图书出版公司2017年版，第3、324—328页；也参见 Jeremy Holmes, *John Bowlby and Attachment Theory*, London and New York: Routledge, 1993, pp. 49–50。

我怕你得皮肤饥渴症,得这病长大了的表现是冷漠和害羞,怕和别人亲密接触,一挨着皮肤就不自然,尴尬,寒毛倒竖"。① 对于父亲,他跟女儿承认:"我对爷爷的第一印象是怕。现在也想不起来因为什么,可以说不是一个具体的怕,是总感觉上的望而生畏,在我还不能完全记住他的脸时就先有了这个印象。"② 他的小说,从《顽主》到《我是你爸爸》,均对"父亲"大加嘲讽,比如《动物凶猛》中这样谈论父亲:"他们的父亲大都在外地的野战军或地方军区工作,因而他们像孤儿一样快活、无拘无束。我在很长时间内都认为,父亲恰逢其时的死亡,可以使我们保持对他的敬意并以最真挚的感情怀念他,又不致在摆脱他的影响时受到道德理念和犯罪感的困扰,犹如食物的变质可以使我们心安理得地倒掉它,不必勉强硬撑着吃下去以免担上了个浪费的罪名。"③ 王朔也不时嘲讽母亲,比如《看上去很美》中写道:"从记事起我们就不住在一起。很多年我不知她的下落,后来才发现她只在夜间出现,天一亮又消失了。她不是我生活中重要的人。我甚至从不知道她的名字。……看了太多回忆母亲的文章,以为凡是母亲都是死了很多年的老保姆。至今,我听到有人高唱歌颂母亲的小调都会上半身一阵阵起鸡皮疙瘩。生拉硬拽拍马屁的还好一点,谁也不会太当真。特别受不了的是唱的人声情并茂自以为很投入恨不得当着大伙哭出来那种。查其行状总觉得几近叫卖。因为我们身心枯竭,所以迷信自娱,拿血缘关系说事儿。人际关系中真的有天然存在,任什么也改变不了的情感吗?"④

老鬼出生后,父母忙于革命工作,把他留在农村,四岁才接回身边。对自己跟父母的长期分离,他认同依恋理论的分析:"儿童心理学家认为,三岁前的幼儿是与父母建立依恋关系的黄金时期。如果错过了这段时期,父母即使付出再多,也很难扭转两代人的隔阂。三岁前的孩子由谁带大,他就会跟谁亲,而且此种感情会是终生的。由奶奶抚养的孩子就永远跟奶奶亲;由保姆抚养的孩子,就永远跟保姆亲。我生下来后就送到了老家深泽县,由姑姑带到四岁才被接到北京。我对姑姑的感情远远胜过父母。"⑤ 不用说,寄宿生

---

① 王朔:《致女儿书》,北京十月文艺出版社2015年版,第28页。
② 王朔:《致女儿书》,北京十月文艺出版社2015年版,第29页。
③ 王朔:《动物凶猛》,载《王朔自选集》,云南人民出版社2004年版,第347—348页。
④ 王朔:《看上去很美》,云南人民出版社2004年版,第3页。
⑤ 杨沫:《我的母亲杨沫》,同心出版社2011年版,第386页。

活进一步加深了他跟父母的疏离。

李南央是"两岁进全托幼儿园,七岁住校,两个礼拜回家一次","确切地说,其实我也从来不曾非常地亲近过他。小时候打有了记忆起,父亲很少出现在生活中,对于我,他几乎是一个不存在的人。我上幼儿园和上小学的头五年半都是两个星期回家一次,在那些周末,他很少在家。与他的工作相比,我没有什么分量,是个很不重要的物件"①。可见心理创伤之深。

北岛也跟父亲关系紧张,经常争执,被赶出家门。父亲退休后,两人还是"互相看不惯","闹别扭,但很少争吵,相当于冷战"②。两人关系不和,原因复杂,但幼儿园时父亲的缺失当是一个因素。

但我们发现,再紧张的亲子关系,也未摧毁彼此亲情。王朔对父亲有怨言,然而父亲去世对他打击沉重。他跟女儿坦承:"大大(王朔哥哥)去世后,我陷入这个空虚。爷爷去世后,这空虚更无边际。他们是我的上线,在的时候感觉不到,断了,头顶立刻悬空,躺在床上也感到向下没有分量地坠落。我也常常想他们,想他们的最后一刻,"③ 感叹"我爸墓前除了我偶尔去带一束花,长年累月就那么秃着。知道我为什么努力活着么?还有一个人记着我爸——这世上有过这么个人——是原因之一。他死的时间越久,我越感到这个连系揪着心,想着一天我不在了,他的墓前也彻底空了。虽然我在他眼里不是东西,也就剩我一人还惦念他。一直想写一个关于他的东西,把他放下,只怕写起来又没好话……"④

杨沫说:"儿子(老鬼)直到年届四十才有了自己的儿子后,才对母亲有了深挚的情感。"⑤ 老鬼则在《我的母亲杨沫》里写道:"母亲已经离开了我10年,也不知她的魂灵飘浮在苍穹中的哪一个遥远的角落。不过,她生前用过的很多东西还在陪着我,继续散发着母亲温暖的体温。10年了,母亲的粗毛线帽子我冬天还戴,母亲的尼龙袜和肥裤衩我偶尔还穿,母亲的大羽绒服我午休时天天盖。母亲擦过的口红,我虽不抹,却也保留了10年。一闻见那

---

① 李南央:《1978:找回父亲,找回自我》,《书屋》2008 年第 6 期。
② 北岛:《城门开》,生活·读书·新知三联书店 2010 年版,第 192—194 页。
③ 王朔:《致女儿书》,北京十月文艺出版社 2015 年版,第 60—61 页。
④ 王朔:《和我们的女儿谈话》,人民文学出版社 2008 年版,第 210 页。
⑤ 杨沫:《儿子老鬼》,载《我的母亲杨沫》"附录一",同心出版社 2011 年版,第 425 页。

甜甜的香味，就想起了母亲身上的芳香。"① 他最不满父亲马建民，"在他的遗体告别仪式上，我没掉一滴眼泪，只戴了会儿黑纱，告别式结束后，立刻摘掉"，多年后也开始怀念，"每年清明我会到八宝山去看看他，擦拭一下他骨灰盒上面的灰尘"。②

北岛跟父亲则在诀别时和解："第二天我就要返回美国了。中午时分，我喂完饭，用电动剃须刀帮他把脸刮净。我们都知道，最后的时刻到了。他舌头在口中用力翻卷，居然吐出几个清晰的字：'我爱你。'我冲动地搂住他：'爸爸，我也爱你。'记忆所及，这是我们第一次也是最后一次这样说话。"③

四 对依恋理论的修正

依恋理论及相关调查表明，长期的父母缺失对孩子有不良影响，甚至会造成心理创伤。本章的材料也证实了上述观点，可见依恋理论对中国语境也有一定解释力度。但与此同时，上述材料对依恋理论也有补充修正，主要表现在三点：

第一，虽然父母缺失对孩子成长有影响，但孩子也有修复能力。如前所述，大部分寄宿孩子并未产生心理创伤，部分孩子如毕淑敏、老鬼、北岛、王朔等，虽有一定心理创伤，最终还是能自己修复，跟父母修复关系。这证明了英国精神分析学家克莱因（Melanie Klein）的观点，即儿童有很强的情感修复能力，能清除对父母的怨恨，原谅他们让自己遭受的挫折。④ 上述结论也可得到欧美实证调查的支持：有研究发现，一半以上父母缺失的儿童，后来成长不比其他儿童差；还有研究指出，不宜过度迷信家庭看护，实际上，某些大家族中成长的孩子，也可能因家族忽视而导致心理创伤。⑤ 对依恋理论的

---

① 老鬼：《我的母亲杨沫》，同心出版社2011年版，第412—413页。
② 老鬼：《我的父亲马建民》，《炎黄春秋》2016年第1期。
③ 北岛：《城门开》，生活·读书·新知三联书店2010年版，第197页。
④ [英]梅兰妮·克莱因：《爱·恨与修复：梅兰妮·克莱因与琼·里维埃演讲录》，吴艳茹译，中国轻工业出版社2014年版，第58—59页。
⑤ Jeremy Holmes, *John Bowlby and Attachment Theory*, London and New York: Routledge, 1993, pp. 49-50.

实证调查，欧美学界尤其关注以色列公社基布兹（kibbutz）的育儿实践。基布兹的孩子出生四月后，母亲恢复工作，孩子转由公社保育员照顾，母亲晚上可到托儿所哺乳和哄睡，但不许超过一岁。此后，父母只能每日下班与孩子相处两三小时，不能过夜，孩子们集体生活，直至成人。美国学者 A. I. Rabin 在 1955 至 1965 年持续追踪一批基布兹孩子的成长，发现虽然父母缺失在早期对孩子有一定心理影响，但多数孩子逐渐能克服，成年后跟普通家庭无太大差异。① 结论跟我们所见材料吻合，可见鲍尔比多少夸大了父母缺失的心理影响，低估了孩子的适应修复能力。

第二，亲子之间的"互动质量"可能比"共处长度"更重要。鲍尔比创建依恋理论初期，强调孩子与父母相处的时间长度。随着研究的进展，安斯沃斯及其他研究者逐渐发现，许多婴儿更依恋父亲，尽管他们与父亲相处的时间较少。比如，基布兹的孩子虽在成长中更依赖母亲，但因母亲太忙，缺少互动，反导致婴儿更依恋父亲。② 鲍尔比由此意识到亲子之间的"互动质量"可能比"共处长度"重要，在依恋理论的第二版作了修正。③ 本章所见材料也支持这个修正。一个例子是李南央。她跟母亲相处的时间比父亲多，跟母亲的关系却很糟："在我九岁的时候，家里没有了爸爸。妈妈失去了发泄的对象，我就成了爸爸的替身，挨骂自此成了我的家常便饭。那真不是人过的日子！常常整晚上地挨骂，不许睡觉。"④ 直至母亲去世，两人关系都没能恢复；反之，她虽然跟父亲相处短，小时关系疏离，但因成年后跟父亲频繁交流，共处融洽，最终恢复了亲情。同样，陈凯歌儿时跟父亲相处较少，跟父亲疏离，但成年后跟同是导演的父亲有共同语言，经常深度交流，亲情也转为强烈。

第三，注重亲情的中国文化在一定程度上可弥补父母缺失的不良影响。如前所述，即使是遭遇长期父母缺失的王朔、老鬼，他们跟父母发生过剧烈冲突，甚至有怨恨情绪，但他们对父母始终抱有强烈的亲情。这种情况，强调父母与子女彼此独立的欧美社会较少见。华裔美国人类学家许烺光根据自

---

① A. I. Rabin, *Growing up in the Kibbutz*, New York: Springer, 1965, pp. 9-18/pp. 196-199.
② Jeremy Holmes, *John Bowlby and Attachment Theory*, London and New York: Routledge, 1993, p. 107.
③ ［英］鲍尔比：《依恋》，汪智艳、王婷婷译，世界图书出版公司 2017 年版，第 303—304 页。
④ 李南央：《我有这样一个母亲》，载《追忆双亲》，中国工人出版社 2011 年版，第 267 页。

己在美国、中国和印度三国的田野调查指出,欧美是"个人中心和自我依赖"的社会,中国是"情境(家庭)中心和相互依赖"的社会,即使是家庭文化相似度很高的中国和印度,中国文化对亲情的强调也胜于印度。[①] 对亲子关系与中国文化之关系,同为新北京第三代作家的刘心武根据自己经历,做过如下思考:"西方基督教文化的浸润,使大多数西方人觉得在人与人之上有一个上帝,因此在上帝面前人人平等,代间的差异冲突和个体生命与上帝的差异和冲突相比,因有质的不同,所以简直微不足道。人与人的关系是面对上帝的平行线。我们中国人,尤其汉族人,其绝大多数人,人与人之间是亲族的链环关系,一个人,只是这链中的一环。比如我,我没有上帝,我只能这样来确定我的位置:我是我祖父祖母的孙子、父母的儿子、子的丈夫、儿子的父亲,以及谁谁谁的朋友、谁谁谁的对头、谁谁谁的邻居,等等。我需对以上种种人际关系负责。……没有宗教,我们只能格外重视亲情。"[②] 这个观点,未必所有人认同,但亲子关系之于中国文化的重要,相信无人否认。注重亲情的中国文化在一定程度上可弱化父母缺失的影响,起一定心理疏导作用。这点是置身欧美文化的鲍尔比意识不到的,也是中国文化对依恋理论的一个修正。

---

① [美]许烺光:《宗族·种姓·俱乐部》,薛刚译,华夏出版社1990年版,第1页。
② 刘心武:《祖父、父亲和我》,载《刘心武文学回忆录》,广州人民出版社2018年版,第12—13页。

第三章 顽主叙事[*]

一 神话与真实

顽主,也叫玩主,为北京土话,原指坐地收受小偷(俗称"佛爷")贿赂并提供庇护者,后泛指"不务正业、胡闹瞎混、好打架斗殴的人"[①]。2016年,管虎导演、冯小刚主演的电影《老炮儿》走红,票房达九亿,把新时期以来趋热的北京顽主故事推向高潮。此类人物最早现身当代文艺,成为主人公,见于王朔小说《顽主》(1987)、续篇《一点正经没有》(1989)和《动物凶猛》(1991)。《动物凶猛》这样描写一名顽主:

> 那是一个著名的属于"老炮"一级的"顽主"和他那同样著名的一伙。此人在北京以好勇斗狠声闻九城,事迹近乎传奇,很多名噪一时的强徒都栽在他手里。从"文化大革命"一开始就崭露头角,"玩"了近十年,长盛不衰,令我们这些小坏蛋十分敬畏。[②]

《动物凶猛》,后被姜文改编为电影《阳光灿烂的日子》(1995年)。他嫌此处的顽主力道不够,以著名顽主"小混蛋"为原型,增写了如下情节:大院子弟跟平民顽主因追女孩械斗,双方聚集上千人,相持不下,最后找小混

---

[*] 本章主要内容曾刊载于《澳门理工学报》2018年第3期。
[①] 高艾军、傅民编:《北京话词典》(增订本),北京大学出版社2001年版,第848页"顽主儿"条。
[②] 王朔:《王朔文集·顽主》,云南人民出版社2004年版,第274页。

蛋调停。由王朔出演的此人，轻松摆平矛盾，众人化敌为友，齐聚莫斯科餐厅，把酒言欢。小混蛋傲居主席之位，睥睨群雄……此人原型周长利，1951年生，父亲因开过铁匠铺，新中国成立后被定为小资本家，全家八口住在德胜门附近，靠父亲一人工资过活，艰难度日。1967年"文化大革命"夺权后，包括他在内的平民顽主兴起，与老红卫兵（简称"老兵"）冲突，他在打群架中崛起，颇有"名气"，后于1968年6月被红卫兵们扎死。电影《老炮儿》里的主人公六爷，同样有周长利的影子在。

事实上，从《阳光灿烂的日子》起，周长利陆续出现于多部小说、影视及回忆录，如王山的自传体小说《天伤》（北岳文艺出版社，1992年）和《天祭》（金城出版社，1993年）、王朔的《看上去很美》（华艺出版社，1999年）、东子的《烟盒》（中国青年出版社，2003年），都梁的小说及电视剧《血色浪漫》（2004年）、叶京的电视剧《与青春有关的日子》（2006年）、边作君的回忆录《血色并不浪漫》（自印稿，2007年）、萨苏的《京城十案》（金城出版社，2011年）、赵群的《风月十五不归人》（九州出版社，2014年）等，成了北京顽主的神化符号。

以上作品，有的把周长利视为坏人甚至敌人，比如，都梁的《血色浪漫》描写周长利："面目狰狞的脸……左脸颊上一道深深的刀疤在微微颤动，无声地表明其主人心狠手辣。"[①] 描写语为"冷笑""低吼""沉下脸""典型的亡命徒"，将其视为敌人加以丑化。同名电视剧甚至把他渲染为偏执的"京城第一杀手"。东子的《烟盒》则写他：

> 那里（指菜市口）的流氓头外号叫"小混蛋"，名震四海，刀子玩得好，二尺来长的三棱刮刀就在腰里别着，一身的国防绿，两把菜刀叉车把，在大街上横冲直撞，无人敢管。据说他下辖的流氓团伙有3000人之众。据说，一提认识"小混蛋"，在饭馆吃饭都不要钱。[②]

有的作品，因作者王山、边作君、赵群等为周长利的朋友，对其颇多同情，比如边作君的回忆录《血色并不浪漫》（此名针对《血色浪漫》）回忆周

[①] 都梁：《血色浪漫》，北京联合出版公司2012年版，第21页。
[②] 东子：《烟盒》，中国青年出版社2003年版，第74—75页。

长利为人热忱，能团结平民子弟："长利这人特别懂事，能吃苦。刚上中学就经常和一些家庭困难的同学，一到放假的日子，就出去打工赚钱。在外辛苦一天才挣8毛钱，回家交给妈妈7毛钱，帮妈妈补贴家中的生活用。剩下的1毛钱，他总是给弟妹们买米花糖或糖豆等零食。"①

周长利最著名的事迹，是被杀，北京城沸沸扬扬（《老炮儿》结尾的六爷之死即脱胎于此）。王山为大院子弟，但也是周长利的好友，他的半自传体小说《天伤》和《天祭》，主人公之一周奉天，原型即周长利。《天伤》写周临死，"没有呼救，没有哀求，就一声不响地去了"②。但是，继出的《天祭》，转而竭力渲染他临死的英勇无畏，说他"用手死死地抓住树干"，一字一句地说："你们……也得死！""手指像钉子似的深深地嵌进树身里"，"是站着死的"。③

王朔的《看上去很美》，也描写此事：

>　　小混蛋是城里的顽主头，后来我遇到过很多当年的"老炮儿"都号称跟他交过手或打过照面，也就是说是个打遍北京城的角色。各大院的孩子走得一空，街上像过兵一样过了一个上午，一眼望不到头。听说他们在白石桥小树林里堵住了小混蛋，一共7个人。小混蛋还说：给我留口气儿。王小点说：我饶你，但我这刀不饶你。然后他们就排着队一人一刀，扎到天黑，小混蛋千疮百孔地咽了气。……关于这件事已经成了北京的一个民间故事，小混蛋这个人也已成为民间传说中的英雄。④

上述均属文学渲染。周长利的朋友边作君，为《天伤》另一主人公边亚军的原型。据他和其他亲历者回忆，周长利乃是缴械投降后被杀，非搏斗至死。⑤ 边作君还反驳了周长利之死的神话："我听了这些都不信，没打过架的人可能还不知道，几十人甚至上百人打一人时，哪儿还容得你这一人再放狂话、再说软话。就是不用刀砍或扎，拳打脚踢也够这人受的。还能够扶树不

---

① 边作君：《血色并不浪漫》（自印稿），第十二章，2007年版，第109页。
② 王山：《天伤》，北岳文艺出版社1992年版，第269页。
③ 王山：《天祭》，金城出版社1993年版，第2页。
④ 王朔：《看上去很美》，云南人民出版社2004年版，第201—202页。
⑤ 参见米鹤都《小混蛋之死》，《中国新闻周刊》2014年第20期。

倒大放狂话，我觉得这是有点给长利吹牛了。"① 从当时情况看，周长利未满十八岁，不过是一名叛逆的底层男孩，再好勇斗狠，也不可能有市井渲染的三头六臂，边作君及其他亲历者的回忆当更可信。但王山对小混蛋从《天伤》到《天祭》的"神化"，对我们理解顽主故事的"想象生产机制"是重要参考。

二　两批顽主

　　顽主，清末民初即为北京城常见势力。民国时期的北平城是华北游民谋生之首选，灾荒和战乱更迫使大量人口流入，加剧了原有的就业危机。许多人长期寄居小旅店（俗称"鸡毛店"），就业无望，无以为生，少数人铤而走险，成为犯罪分子。② 与此同时，北京旗人在辛亥后丧失"铁庄稼"，大批被抛入底层，也增加了部分犯罪人员。③ "内"与"外"的原因，加上"城头变幻大王旗"，民国北京城的底层暴力很厉害，强徒普遍被街头巷尾敬畏，黑吃黑的顽主之兴盛，这是社会基础。解放军入城之初，此类势力仍很猖獗，对此，北平市人民政府1950年2月8日颁布《关于摧垮封建流氓组织的工作方案的指示》，要求"对首要分子予以逮捕后武装看管"，"对次要及一般分子，分别通知其驻地派出所传讯之，令其具结悔改前非"，④ 数年之间，底层犯罪群体销声匿迹，社会风气为之一变。

　　与此同时，百万革命干部及家属移居北京（占人口三分之一），住进大院，改变了北京城的阶层结构。这批红色移民的后代，即大院子弟。⑤ 他们在

---

① 边作君：《血色并不浪漫》（自印稿），2007年版，第234页。原文中个别明显错字直接做了修正。
② 马静：《民国北京犯罪问题研究》，北京师范大学出版社2016年版，第314—315页。
③ 此类记录，史不绝书，小说也不鲜见，民初旗人小说家穆儒丐的长篇自传体小说《北京》就有详细描写，而老舍的《骆驼祥子》所写的底层人物，其实都是旗人。民初京城满人生计的史学研究，参见常书红《辛亥革命前后的满族研究——以满汉关系为中心》（社会科学文献出版社2011年版）第五章。
④ 北京市档案馆、中共北京市委党史研究室编：《北京市重要文献选编》（1950），中国档案出版社2001年版，第56—59页。
⑤ "大院"和"胡同"，只是社会阶层的借称，像干部子弟如刘索拉、北岛住在胡同里，却不能说是胡同子弟，而应视为大院子弟。大院子弟叶维丽如回忆："真正的高级干部是不住大院的，他们住胡同里的独门独院。大院里住的是中下层干部。"见叶维丽、马笑冬《动荡的青春：红色大院的女儿们——叶维丽、马笑冬对谈录》，新华出版社2008年版，第53页。

相对独立的大院长大,朋友多为结识于幼儿园、小学、中学的内部子弟,自成阶层,与周长利、边作君等胡同子弟属于不同阶层,如王朔所说,是"大院文化割据地区"①。"文化大革命"前,两者的社会区隔泾渭分明。吴勇主编的《北京大院回忆》(学苑出版社2015年版)汇集了许多大院子弟的回忆,多处可见与其他阶层子弟的区隔。出身部队大院的李晓梅在《吃食堂的饭长大》中这样分析:

> 生长在部队大院,让这些孩子从小就有一种与外面小孩格格不入的现象,不是我们的家长不教育,而是现实生活让我们的确有无数的情况让我们"优越"。例如部队的等级制度,父母的职务决定你家里的待遇,决定着你的生活条件(住房),这些也决定了你的小朋友圈子。部队自己有幼儿园、小学、中学,生活在自己的小国里,这就是优越的来头。……部队大院生活的方方面面,有着外人不知的优越,这就是我们的生活。部队大院就是一个小社会,我们不用出院子就能解决基本生活。②

《动物凶猛》写有一则逸事:"我们是不和没身份的人打交道的。我记得当时我们曾认识了一个既英俊又潇洒的小伙子,他号称是'北炮'的,后来被人揭发,他父母其实是北京灯泡厂的,从此他就消失了。"③ 可见大院子弟之排外。对此,《天伤》《天祭》有详细描写。

两批子弟,起初泾渭分明,井水不犯河水,但到"文化大革命"初期,两者产生了剧烈冲突。1966年8月,北京学生在出身论辩中发生矛盾,有人用刀子扎伤了红卫兵,被北京市委定性为"阶级报复",在首都体育场召开群众大会,批斗涉案的唐畏等三名中学生。④ 在公安机关"挂了号"的犯罪人员,由派出所提供名单和地址,由红卫兵抓到各个学校,实施群众专政,多

---

① 王朔:《自序——现在就开始回忆》,载《看上去很美》,云南人民出版社2004年版,第4页。
② 李晓梅:《吃食堂的饭长大》,载吴勇主编《北京大院记忆》,学苑出版社2015年版,第37—38页。
③ 王朔:《王朔文集·顽主》,云南人民出版社2004年版,第233页。
④ 此事详情,见亲历者穆欣的《办〈光明日报〉十年自述(1957—1967)》,中共党史出版社1994年版,第335—336页。

人被打死打伤,是为"打流氓"事件。① 此事,当时还是中学生的马波(老鬼)印象深刻,后来写进自传《血与铁》:"1966年8月,北京体育场批斗小流氓的10万人大会,我们学校的'红红红'是召集人之一,因为他们组织的一个人挨了小流氓的扎。在会上他们把小流氓打得极惨。"② 两个阶层的部分年轻子弟——老红卫兵和平民顽主——由此结怨。报复的机会很快来了,次年爆发的夺权运动,致使许多大院子弟的父母被审查,被打倒,部分红卫兵游荡街头,实际上也成了新的顽主。

与此同时,被压制的平民顽主乘乱兴起,时人称为"土流氓"③。据回忆,有东华门的小姚子,北京站的砖头会(就是用茶叶包着砖头,打仗的时候用砖头做武器)、棒子队(报纸裹着擀面杖),东四的铁片儿、猎狗,达智桥的菜刀队为首。而交游广泛的小混蛋"是公认的顽主中最厉害的角色"④。王山的《天祭》也列举了当时的著名顽主,语带夸张地称新中国成立后消失的顽主们"死而复苏,并迅速膨胀,最终形成了一个等级森严、分工明确、有严格行为规则的反社会集团"⑤。

导致的结果,是北京青少年们"打群架"频繁发生,刘仰东的《红底金字:六七十年代的北京孩子》回忆:

> 打群架之风,是大气候所致。停课以后,上了中学的孩子无正事可干,且精力和火气正旺,属于没事滋事的年纪。瞎折腾、疯玩、"闹革命"之外,就着"横扫一切"的社会风尚,孩子之间群殴之风的兴起,便在所难免。导火索很容易形成,因琐事产生的摩擦,因争风吃醋(所谓"拍婆子")引发的恩怨,因这个院的孩子多看了那个院的孩子一眼(所谓"犯照"),都会酿成院和院之间的"战争"态势,甚至两院结下宿怨,"战争"时起时落,有如巴以关系那样。有时候混战的规模更大,出现"三国演义"甚至"战国七雄"的局面。打架的前奏,有不少孩子常用的形容术语,如"叫茬呗"、"挡横"、"犯各"、"乍刺"、"装丫

---

① 参见米鹤都:《"小混蛋"之死》,《中国新闻周刊》2014年第20期。
② 老鬼:《血与铁》,中国社会科学出版社1998年版,第304页。
③ 邹静之:《九栋》,法律出版社2010年版,第6页。
④ 葛维樱:《1968年的北京江湖》,《三联生活周刊》2007年第43期。
⑤ 王山:《天祭》,金城出版社1993年版,第4页。

的"、"执拗"、"来劲"等等。粗话如"装什么丫的",在孩子圈里常听得见。①

大院子弟东子这样回忆不同大院子弟之间的争斗:

  我家附近没有电影院,看电影得去红塔礼堂。红塔礼堂坐落在计委一区边上。来回十几里路,路上不太平,要过三道门坎,途经铁道部第一住宅区(简称一住宅)、三里河三区、计委一区。这三个地方在我们眼中就像"鬼门关"似的令人生畏。那里的孩子打架特别厉害,远近闻名。尤其是一见到不认识的外院的孩子从此路过,就围追堵截,痛打一顿。
  我们把这三个地方称之为"鬼见愁"、"三门峡"。因为我们玩的烟盒里有《三门峡》,故借用之,以此来形容其地势险要。若要绕道而行,那走得可就太远了,绕不起。所以必须是成群结伙地过门马关,仗着人多势众,可保平安。倘若人少,就凶多吉少了,得低着头赶紧走,哪儿也别看,高度警觉,耳听八方,一经察觉动静不对,撒腿就跑。跑慢了可就要"铁炮"的给了。即便如此,还是免不了遭袭击,像个过街老鼠似的,人人喊打。本院好几个孩子的军帽都被飞了(即被抢了的意思),我纳闷得紧:咋谁看着我们都不顺眼呢?我们招谁惹谁了?②

高校大院子弟同样热衷打群架,王小平回忆:

  当时我们住在西郊人大,过的是一种半城半野的生活。周围的孩子,虽然也算是高等学府的子弟,却带有一种疯疯癫癫的野性。我从没见过比我上三年级那个班更加疯狂的地方。每个人都在苦心积虑地琢磨着如何捉弄别人。……武斗是雄性的本能。当孩子们碰到一块的时候,经常有人无缘无故地恶语相向,接着就互饱老拳,拉拉扯扯,倒在地上,像两条狗一样在尘土中滚动。有时候还会有几十人互殴的场面,像后来的"文化大革命"武斗一样。记得有一回我们在家里坐着,听见楼下吆喝:

---

① 刘仰东:《红底金字:六七十年代的北京孩子》,中国青年出版社2005年版,第283—281页。
② 东子:《烟盒》,中国青年出版社2003年版,第85—87页。

"嘿，打三建的去"。"三建"是人大南边的第三建筑公司的简称。也许是因为白领阶层和蓝领阶层之间的根深蒂固的隔阂，人大和三建的孩子互相看不入眼，总是发生殴斗。到后来我们只要发现三建的孩子到人大校园来玩，就要聚众把他们打出去……①

实际上，不但不同大院的子弟彼此争斗，而且平民顽主反过来挑衅红卫兵以及大院孩子，双方剧烈争斗，甚至斗殴。肖长春在自传《北京大院的"熊孩子"》中回忆，有色院子弟经历了从初期的"约架""单挑"，到中期的"碴架""叫人"群殴，又参与了顽主团伙无数次的打斗。②

刘仰东这样回忆两者的差异：

> 大院里孩子多，容易成"势"，然后借势而起，顶多出几个登高一呼的"顽主"，全院孩子出门，全仗着提这几个名字"抖份"。他们起哄行，动真格的，绝对"野"不过城里胡同的孩子。胡同的孩子，多出身劳动人民家庭，"造反"是他们身上的天性，打起架来豁得出去，个顶个。真正意义上流氓团伙，多出自那里，泛称为"城里小痞子"。城外机关宿舍的孩子都怵他们几分，不敢轻易叫板。最有名的，当属菜市口菜刀队。当年北京孩子中流传一个尽人皆知的顺口溜："刀子、板带，口里、口外，大开门、小开门。""口里"，即特指菜市口菜刀队，据说"队员"有数千之众，在整个京城横行无阻，逮谁灭谁。60年代末的一个冬天，军院（解放军军事学院）一帮孩子和菜刀队在颐和园冰场上遭遇，我的一个朋友当时就在军院的孩子堆里，他回忆说，军院的孩子仗着家门口的地利，开始还想叫叫板，后来弄清对方的来头，领头的"顽主"终于心虚，不战而退，认怂了。另一个例子也是他说的，大概发生在颐和园附近的河边，俩城里孩子被他们院的孩子围住。那俩孩子是一身蓝，懒汉鞋，一个拿一根角铁，另一个拿一把刀，都不短，摆出誓死一拼的架势。这边部队子弟一片"鸡屎绿"，拿什么的都有，双方力量是2比无

---

① 王小平：《我的兄弟王小波》，江苏文艺出版社2012年版，第55—56页。
② 肖长春：《北京大院的"熊孩子"》，中国文史出版社2015年版，第4页。

第三章　顽主叙事

数。就这么对峙着，有半个多小时，军队院里的孩子到了也没敢动手。①

这里所说的统领"菜市口菜刀队"的顽主，不是别人，正是周长利。王朔在自传《我是王朔》中也承认，自己这帮大院子弟不是胡同顽主的对手，在"打架打得最热闹"的1975年，自己和院里的几十个子弟让六个"土流氓"追着"满胡同儿跑"。②

但历史如此吊诡，大院子弟一方面与平民顽主冲突，另一方面又对其背后的老北京文化产生了一定的羡慕甚至认同，这首先体现在传统技击文化的复兴上面。"文化大革命"时期的混乱以及种种身体暴力，首先导致的是青少年们对传统技击的兴趣，即使是高校内部也不例外，王小平回忆人大武斗期间的"全武行"：

> 在相当于翰林院的北京学府里，学子们竟披着土造的甲胄，挥舞着中世纪的武器狂呼乱喊，相互砍杀。……时势造英雄，在非常时期，每每有平日默默无闻的人物崭露头角。人大有个学生自幼习武，武功精湛，在高校运动会上拿过冠军。一般人攥起拳头时，指骨隆起，拳顶凸凹不平。此人多年练习以拳击树，拳顶的凹处被老茧填平，居然长成了个平面。他在武斗中施展身手，犹如虎入羊群，使人大的孩子们佩服得五体投地。当时的两派武斗已经进化到棍棒阶段。有一天，对方一派瞅了个空子，十几个人手执棍棒围上了他。只见他会家不忙，劈手打翻一个，抢过一条棒来，舞得如雨打梨花，无移时，打得那十几人横七竖八倒了一地，真有宋太祖一条杆棒，打得天下三十六座军州都姓赵的英雄风范。听说他使棍时不用长棍，只用齐眉短棍。一般人喜欢用长棍，因其能及远，却不知道长棍打人只是一下子，如果打不中，被人近了身，就成了俎上鱼肉。他使棍时手握中间，对方一棍打来时，他用棍头一拨，另一头就顺势挑上，打得人家满脸开花。③

---

① 刘仰东：《红底金字：六七十年代的北京孩子》，中国青年出版社2005年版，第283—284页。
② 王朔等：《我是王朔》，国际文化出版公司1992年版，第7页。
③ 王小平：《我的兄弟王小波》，江苏文艺出版社2012年版，第121页。

大学尚且如此，初高中可想而知。由此毫不奇怪，以天桥为中心的旧式江湖文化，无形中在北京城的民间弥漫开来，吸引了一批青少年"粉丝"，获得了一定程度的"复兴"。老鬼痴迷摔跤，他在自传体小说《血与铁》中写道："那一阵子，我最大的苦恼不是处分，不是入不了团，不是考得了3分，而是觉得自己背挎使得不漂亮。这绊子能把人摔飞来，是我最梦寐以求的几招儿，可直到'文化大革命'开始，也没能掌握，技术难度很大。……没事就琢磨着摔跤绊儿，冥思苦想。并设计了几组连续进攻法，把常用的绊子3个编成一组，连续进攻，让对方躲过一波，难躲第二波。如先左波脚——左手别——右大背挎……我不垂涎门门5分，上好大学，就希望能有一般人抵挡不了的摔跤技术。"①

当代剧作家过士行这样回忆：

> 我能有幸接触过中国式摔跤是我的福分。六十年代摔跤盛行，青少年男子无不钟情于此。我小学同班同学"小眼子"的哥哥老二曾经拿过纺织系统次轻量级冠军。他是前清善扑营扑傅郭八爷的关门弟子，跤摔得聪明极了。小眼子跟他耍完了上班里来卖，我总是第一个再传对象，他先教我们如何使绊子，等我们学会了他再破我们。再怎么破他，他不教了，要等到他学了新绊子才教。那时候我正背"白日依山尽，黄河入海流"，他则背诵"欺拿相横"、"通天贯日"、"手是两扇门，全凭腿赢人"、"踢抽弹肘卧，轴折反space空。绷拱排滑套，把拿搋倒勾"。听着不像唐诗，一问作者何许人也，原来是大名鼎鼎天桥儿撂地摔跤的宝三爷。

他从摔跤中领略到传统江湖文化的魅力，终生难忘，自称"迷恋不已"②。比他小七岁的宁肯少年时也到跤场学摔跤，拜师学艺，也充分领略到了江湖文化之魅力，但认为其复兴的时间在1973年。他在《北京：城与年》中回忆：

> 北京"天桥"堪称是"戏曲/武侠小说/武术""三位一体"的集大

---

① 老鬼：《血与铁》，中国社会科学出版社1998年版，第218页。
② 过士行：《我和鱼，还有鸟》，中华书局2015年版，第145—146页。

成之地,事实上也是乡村集镇文化的放大,虽然解放后"天桥"消失了,但"天桥"的余脉始终在胡同中活跃着,"文化大革命"期间彻底销声匿迹,但到了1973年再度复燃。

……像南城总有民间传奇一样,由于种种原因,蹬三轮这一行的人也偶或有世外高人。甚至一看他们的眼神儿就不同,肌肉线条也不同,或者说这种人什么时候都不同。别看苦力负重,一招一式,举手投足,都透着内心的东西。哪怕他一身酒气,喝了半斤八两,你走近他都会感到一种从容的东西,与酒不同的东西,一种稳定的气场。唯一不同的是酒后他的眼睛越发亮,但也越发深不可测。的确,无论从事什么工作的人,只要有本事,最终都会内化为一种内在的东西。[①]

宁肯认为,"传统文化以'内部资料·仅供批判'的变态民间形式又具有了某种合法性",最具标志性的事件,当为1972年4月,四大古典文学名著由人民文学出版社公开出版发行,并且是竖排繁体字版。自新中国成立以来,采用繁体字出版的书,本身即具独特的政治意味。这套书的出版,对北京孩子产生了很大影响,亲历者这样回忆,"那时男孩都爱看《水浒》,没有谁能说得清自己看了多少遍,不少孩子背得出一百单八将的名字、绰号和星号,有的孩子甚至到了能按次序倒背的地步。毛泽东说,《红楼梦》至少要看五遍,也有人说《红楼梦》是一部可以放在枕边天天看月月看年年看的书。其实《水浒》这部小说,在一些大人以及更多的孩子看来,比《红楼梦》更具吸引力"[②]。

宁肯只摔了三四年跤,后来"很少记述这段生活,甚至忘记了。作为文人,它就像我人生的一块飞地,属于我,实际上又好像与我无关",但这段经历对他产生了巨大影响。他这样回忆他的师爷:"他让我紧张,但不再慌,他传导了一种不明的东西,让我终身受益。他的硬度,漫不经心的目光、手臂、胸、腿,让我的身体像云一样。不仅是如何使某一种'绊子',关键是让我找到那股'劲',那股精气神儿,我那时不能完全体会出来,只能是照猫画虎。但是有一种东西在我身上种下来,我无法形容这种东西,深不可测,难以言

[①] 宁肯:《北京:城与年》,北京十月文艺出版社2017年版,第207—209页。
[②] 刘仰东:《红底金字:六七十年代的北京孩子》,中国青年出版社2005年版,第186页。

说，我不能直接说其中有某种哲学的东西，但肯定是有奥义的。他蹬三轮，普通的不能再普通，远远看和任何苦力任何蹬三轮的没有任何区别，可走近了，他就是不同。"① 传统江湖文化之于青少年的吸引力，由此可见。

其实，传统江湖文化也未离这代人很远。1942 年出生的王学泰回忆，1954 年那会儿，还许可租书店存在，专门租武侠小说，两分钱两天，租书店的人总是把一本武侠小说拆作好几本，能多租出点钱来，"我一天能看三四本，一个硬木椅子上跪在那儿看。郑政因的《鹰爪王》，前后一共 33 本，还有附集、旁集大概有七八十本，都看得差不多了"。初中开始读武侠小说，最喜欢以郑政因为代表的武侠小说，"这个人是保镖出身，他保过镖，你想他写武侠小说还不真实吗？"王学泰的父亲 16 岁离乡，到内蒙古绥远学织地毯，满师之后，到北京办厂子，逐渐发展起来，全家便定居北京，政治身份上也算"老北京人"。此事说明，年龄较长并不属"新北京人"的同代人，接触传统江湖文化还是不难的。

宁肯这样记述了一名小顽主与江湖文化之关系："小徒子是我叔叔的儿子，比我大几岁，七一届的，没赶上插队，十六岁初中毕业分到石景山热电厂工作。七节鞭、三棱刮刀、大砍刀都是小徒子在厂里偷着加工的。他喜欢冒充部队大院的，一身国防绿，军大衣，绿帽子，别的都不新鲜，但七节鞭非常新鲜，区别于一般的顽主。……那年插队的人走了，留下年龄空当，小徒子先是在院里称王，然后打到街上，打遍附近的胡同，认识了很多人，分分合合，据说最远一次打到了海淀，那次据说纠集了上百人，最后没真正打起来，但小徒子的顽主地位大增，成为远近闻名的人物。"但他发现，这位小徒子"认识了（天桥师傅）王殿卿并拜其为师，打架反而少了，特别是开了跤场，请来了师父，小徒子就好像归了正果，再没打过什么架。或者用不着打了。流氓顽主最怕两种东西，官府不必说，再有就是真正的江湖——跤场或武馆这类殿堂，后者与前者有着千丝万缕的联系，同时后者又是前者的克星。戏曲武侠反映的是这样，现实有时更是这样，很多时候现实与文化已经互文，水乳交融，至少在七十年代的北京没变"②。

以天桥文化为代表的老北京文化潜移默化汇入了新北京文化。原先，顽

---

① 宁肯：《北京：城与年》，北京十月文艺出版社 2017 年版，第 217—218 页。
② 宁肯：《北京：城与年》，北京十月文艺出版社 2017 年版，第 210—211 页。

主特指平民顽主,到了"文化大革命"后期已变为大院顽主和平民顽主的合称。大院顽主吸收平民顽主及其他文化元素,形成了自己的青春亚文化——服饰癖好(如军大衣、匕首)、胡同黑话(如"雷子""洗佛爷""拔份儿")、英雄谱系(如小混蛋)、活动仪式,等等。到了70年代中期,这类团体已经形成一定的地下传统,我们从仅比宁肯大一岁的王朔的自传体小说《动物凶猛》中可见一斑:"男孩子很自然地形成一个个人数不等的团伙。每日放学,各个团伙便在胡同里集体斗殴,使用砖头和钢丝锁,有时也用刀子。直到其中一个被打得头破血流便一哄而散。"这些描写,王朔坦承"完全是真实的"①。这不是王朔一人的经验,而是一批大院子弟的共同经验。比如,姜文读《动物凶猛》,"内心有一种强烈的涌动。王朔的小说像针管插进我的皮肤,血'滋'地一下冒了出来……就像是引线或者是炸点,把埋在我心里的东西炸开了",于是决心要把它改编成电影。②

《阳光灿烂的日子》被视为美国黑帮片《美国往事》的"中国版",王朔和姜文的确借鉴了《美国往事》,但他们也有"文化大革命"时期的街角经验,否则拍不出这样一部影片。

三 阳光灿烂·动物凶猛

街角生活是所有青春亚文化改写主流文化的重要来源,"文化大革命"时期的大院顽主,同为60年代世界青年亚文化一支。事实上,当时北京大院子弟了解法国1968年革命,有的还读过《在路上》《麦田的守望者》《带星星的火车票》等有嬉皮士意味的文学作品。青年亚文化流行并迅速改写主流文化,一大心理动因是其蕴含有"越轨想象",即对违法分子的"害怕并羡慕着"。对权力及自由的羡慕,一向是文艺想象的原动力,《水浒》不正是丛林世界渴望的"逍遥游",暴力阶层的《庄子》吗?顽主故事,如《美国往事》《好家伙》《古惑仔》等影片,都源于越轨想象。如果说,王山、王朔、冯小

---

① 王朔等:《我是王朔》,国际文化出版公司1992年版,第57页。
② 姜文等:《诞生:一部电影的诞生》,长江文艺出版社2005年版,第4—6页。

刚他们有什么特别，那只是他们讲述的，是"革命时代的越轨想象"而已。①

最早意识到顽主有文艺价值的，是王山，其友赵群回忆：

> （王山）把他深入"顽主生涯"，结识了一大批扫荡江湖的"精英人士"，像周长利（小混蛋）、边作君、小秋子、瘸四、大生子、老七等人的实践，看做是"采风"，是"卧底"，是他构思宏大小说题材的储备。（《王山逝世三周年祭》）②

王朔谈到影响自己的作家时，坦承受过王山的影响。③"文化大革命"时期北京城的青年亚文化，世人往往想到食指、北岛、李零等文青，却疏漏了王山、王朔、叶京等人。其实，"英雄"的北岛也好，以"痞子"颠覆北岛的王朔也好，两人不但并存于北京城，还并存于大院。大院子弟，内部有差异：按年龄分，食指、北岛、李零等，跟周长利同龄，属于红卫兵，王朔、叶京、吴思、崔健等，属于红小兵；按大院分，王朔、叶京、崔健等是部队大院，李零、王小波、陈凯歌等是高校大院；按成分分，王朔、崔健等根正苗红，北岛、阿城等就边缘些。他们虽有差异，但也有共通的精神底色，即王朔和姜文概括的——"阳光灿烂＋动物凶猛"。

阳光灿烂，不用说，指革命文化及其制度的影响。食指的红卫兵背景，早已熟为人知，北岛的红卫兵背景则知者寥寥，学人周平在《今天的起源：北岛与20世纪60年代地下青年思想》中指明了此种联系，认为"如果不联系'文化大革命'造反派中的'怀疑一切'思潮，也很难理解北岛的代表作"：

---

① 关于青年亚文化的理论研究，参见 Stuart Hall 和 Tony Jefferson 合编的《仪式抵抗：战后英国青年亚文化》（*Resistance Through Rituals*：*Youth Subcultures in Post - war. Britain*. Harper Collins Academic，1991），特别是 John Clarke、Stuart Hall、Tony Jefferson 与 Brian Roberts 合著的论文《亚文化、文化及阶层：一个理论视角》（"*Subcultures*，*cultures and class*：*A theoretical overview*"）。

② 此文见赵群博客，http://blog.sina.com.cn/viczhao。

③ 王朔在访谈中这样回忆："后来大批中外作家不断影响我，这要开名单也很长。中国的，先是几个姓王的，王蒙、王小波、王朔、王安忆、王山。王蒙的华丽文风，那种叠床架屋，一语多向，后边的不断倾覆前边的，最后造成多棱效果对我有直接影响，不瞒你说，我模仿来着，很过瘾，因为有时的确觉得一言难以穷尽，有时又觉得下什么断语也是偏狭。后三王是作品和我的某些生活经验重合，阅读时有亲和力，对他们我区别不开喜欢和影响的关系。"参见王朔《无知者无畏》，春风文艺出版社2000年版，第171页。

第三章 顽主叙事

从北岛回忆的这些只言片语中，可以清晰地看出"新思潮"乃至于"怀疑一切"在当时对于他的影响。人民出版社 1957 年出版的译著《回忆马克思恩格斯》（苏共中央马克思列宁主义研究院编）记录着马克思将"怀疑一切"视为座右铭，1966 年秋部分造反派红卫兵据此提出"怀疑一切"的激进思想，北岛显然对此并不陌生。"告诉你吧，世界，我——不——相——信！"，不能被抽象化地理解为现代主义情绪，而是深刻地交织在 60 年代以来青年的思想轨迹之中。①

至于王朔，他离美回国时四十九岁，出版《我的千岁寒》，自序云："我是共产党，我们全家都是共产党！我的亲戚朋友父母两系无一不是共产党，我们那个院全是共产党，我们那条街全是共产党。"又说：喜欢毛主席的诗：为有牺牲多壮志，敢教日月换新天。②此话出于王朔，出人意表，却在情理之中。

有学人认为，"由于武装斗争传统，由于农民出身的干部占绝大比例，由于强调阶级斗争的暴力形式，因此在大院文化，崇尚'英雄主义'的意识中，总是掺杂着尚武轻文和暴力倾向"③。在此环境，强人很容易成为孩子的偶像，深入骨髓。王朔承认自己从小"净挨打"（包括父亲的打），对强人极其羡慕。崇尚力量的大院子弟，他不是特例，老鬼也坦承："我信奉肌肉，信奉块儿，信奉实力，与别人产生纠纷时，首先考虑的是用武力制胜。"④《狼图腾》作者姜戎甚至将其发展成一种政治思想："必须把中华的民族存在尽快地转变为经济政治上具有充分竞争性的民族存在，尽快培养出强悍进取、永不满足的民族性格。这是决定中华民族命运之根本。"⑤ 热衷顽主故事者，还有如王山、王朔、冯小刚、姜文等。

一言以蔽之，顽主文化，在王山王朔们身上同时打下了深深的烙印，组成了其人格系统的一个部分，用王朔的话来命名，那就是"动物凶猛"。

---

① 周平：《今天的起源：北岛与 20 世纪 60 年代地下青年思想》，《文艺争鸣》2017 年第 2 期。
② 参见王朔《我的千岁寒》，作家出版社 2007 年版，第 1—6 页。
③ 米鹤都：《大院的精神文化》，《炎黄春秋》2016 年第 2 期。
④ 老鬼：《我的母亲杨沫》，同心出版社 2011 年版，第 399 页。
⑤ 姜戎：《狼图腾》，长江文艺出版社 2014 年版，第 401 页。

四 从"怀旧"到"寻根"

周长利是"文化大革命"中最早兴起的平民顽主,也是王山等大院文青的朋友,还是许多大院子弟心中的"恶魔+英雄",且有市井相传的硬汉之死,他成了顽主的神话符号,不奇怪。但他死时,王朔十岁,冯小刚九岁,姜文七岁,管虎未生,这批大院子弟在他死后三四十年间,反复讲述其故事,越写越神话化——这出于何种心理?

直接原因,自然是怀旧。不管青春是好是坏,于亲历者总是"阳光灿烂的日子",如《血色浪漫》封面语所云:"那是一个没有炮火的年代,一代人的青春挥洒在武斗与呐喊声中,这是他们阳光灿烂的日子,他们的浪漫在血色黄昏中弥漫成昨日的记忆。我们在他们的故事中心随波动,却发现,青春不过是一场绽放到极致却结束得太过仓促的事。"《动物凶猛》,原题目就叫《残酷青春》。《与青春有关的日子》和《天伤》、《天祭》、《天爵》系列小说,更是大院子弟和顽主的"青春编年史"。致青春——这是讲述顽主故事者的共同情绪。

他们的怀旧,又被改革开放带来的"不是我不明白,这世界变化快"(崔健歌词)的社会变迁所激化。2001年,北岛回到"阔别了十三年的北京",被眼前的巨变惊住了:

> 即使再有心理准备,也还是没想到,北京已面目皆非,难以辨认,对我来说完全是个陌生的城市。我在自己的故乡成了异乡人。①

王朔的冲击更大,《动物凶猛》开篇即说:

> 我羡慕那些来自乡村的人,在他们的记忆里总有一个回味无穷的故乡……我很小便离开出生地,来到这个大城市,从此再也没有离开过,我把这个城市认做故乡。这个城市一切都是在迅速变化着——房屋、街道以及人们的穿着和话题,时至今日,它已完全改观,成为一个崭新、

---

① 北岛:《城门开》,生活·读书·新知三联书店2010年版,第1页。

按我们标准挺时髦的城市。

没有遗迹，一切都被剥夺得干干净净。①

考究王山、王朔、冯小刚、叶京等顽主故事讲述者的人生轨迹，都有入伍、退伍、从商或从文（艺）的经历。大院子弟，外人往往以为他们都拥有大量社会资源，衣食无忧，其实并非如此：这批部队大院子弟有关系，有资源，但在退伍或毕业时，因为改革开放的巨变，同样遭遇巨大生存压力。王朔入伍时的北京籍战友周大伟这样回忆："在我们那一批北京兵里，有很多人有军队家庭的背景。他们大多来自北京的各个军队大院，比如海军大院，空军大院，总参大院，总政大院，炮兵、装甲兵大院，铁道兵大院，工程兵大院，北京军区大院，北京空军大院等。王朔来自那条著名的复兴路西头的解放军政治学院（后来更名为中国人民解放军军政大学）大院。"恢复高考的消息传来，对他们都产生了巨大的震动：

> 在经过位于青岛馆陶路北海舰队水兵招待所的时候，正好看到王朔穿着一身深蓝色水兵服走出来。我们站在路边随意地聊了起来，他好像从其他战友处得知我参加高考的消息，问我："听说你参加今年的高考了？感觉怎么样？"我回答说："还不知道结果。能不能考上还很难说。"王朔说："能考上就好。实在考不好，总还可蹭一考场经验吧！"王朔说话时，似乎若有所思，神态特别认真。不知道为什么，王朔当时的认真神态给我留下的印象实在太深了，几乎成为王朔本人形象在我脑海中的定格。以至于在后来的日子里，每当有人提起王朔的名字，王朔站在青岛馆陶路上和我交谈时的神态就会浮现在我的脑海中。这副神态在他后来成为名人后，我就再也没有发现过。
>
> 很多人以为，王朔一直是个浑不吝无所顾忌的人。其实不然，王朔内心很细腻很好强。此时此刻，即便他是个含着宝玉来到这个世界的天才，他也必须面对自己今后的前程。军队生活毕竟是暂时的，回到北京后，我们这些人马上就会面临人生的新的选择。这就是：要不要去赶赴高考这趟人生的高速列车？如果国家没有恢复高考，我们中间的大多数

---

① 王朔：《王朔文集·顽主》，云南人民出版社2004年版，第222页。

人会毫无悬念地回到北京。不少人可以期待通过父辈们的权势和关系，在一家国营企事业单位找一份还算体面的工作。像很多在城里的普通人一样，大家都吃差不多质量的饭，穿差不多质地的衣服，过着差不多平淡的日子。彼此之间不会明显地拉开距离。现在，高考恢复了，它不仅使我们的生活出现了新的亮点，而且使大量的权势和关系变得爱莫能助。①

事实也是如此，王朔后来辞职做生意，"呱呱呱跟人做生意，全没戏"，跟朋友开饭馆失败，"做买卖，饥一顿，饱一顿"，最后"走投无路去卖字"。② 叶京自述"混迹街头，倒买倒卖，并开过北京第一家个体川菜馆，不久倒闭。南下广东深圳，几经商场沉浮，空手而归"③。冯小刚退伍后，"被分到了西直门粮食仓库宣传科"，不肯赴任，"除了四处托人找工作，就是等消息"，"听人说，往后转业更难找工作了"。④ 崔健中学毕业后待业，"一家四口人住在仅14平方米的小屋里"，为让弟弟能有床睡，他不得不出去"打游击"，后托父亲关系，才找到吹小号的临时工。⑤ 而且，这批部队大院子弟不像李零、王小波这些高校大院子弟，拥有进入学术圈、获得稳定生存环境的"文化资本"。崔健的中学老师告诉他父亲，别让他搞音乐，让他搞文科，结果，他父亲说家里没有学文的，只有玩乐器、跳舞的，最后给他一个选择，要么上山下乡，要么玩乐器。⑥ 王朔考大学，因无人指导，"根本不知道从何复习起"，结果没考上。⑦ 他们进入商业文化领域，最初的生存压力是巨大的。也就是

---

① 周大伟：《我的战友王朔》，载《北京往事：法律学者周大伟随笔集》，法律出版社2013年版，第101—104页。

② 王朔等：《我是王朔》，国际文化出版公司1992年版，第19、246页。周大伟则回忆："王朔从部队复员回到北京后，曾尝试参加高考。据战友裴真告诉我说，他当时在北京三里河附近的一个高考补习班里见过王朔。王朔喜欢坐在教室的最后一排，穿一件草绿色的军大衣。老师在前面讲课时，常常听到他和后排的几个女孩子在悄悄说话，有时还忍不住笑出声来。在1980年和1981年期间，王朔是否进过高考考场？他自己从来没有谈起过。也许他进过考场，估计肯定没考好；也许他后来放弃了考试。"见《我的战友王朔》，载《北京往事：法律学者周大伟随笔集》，法律出版社2013年版，第109页。

③ 叶京：《与青春有关的日子》，作者的"自我介绍"，人民文学出版社2007年版。

④ 冯小刚：《我把青春献给你》，长江文艺出版社2010年版，第14—20页。

⑤ 赵建伟：《崔健：在一无所有中呐喊》，北京师范大学出版社1992年版，第112页。崔健的《一块红布》提及"这种感觉真让我舒服/它让我忘掉了我没地儿住"。

⑥ 崔健、周国平：《自由风格》，湖南人民出版社2013年版，第7页。

⑦ 王朔等：《我是王朔》，国际文化出版公司1992年版，第16—17页。

说，他们经历过两次大的冲击：先是"文化大革命"，使他们部分丧失了大院的保护，不得不直接面对街角世界；再是改革开放，使退伍的他们经历了生计困难。这两次社会变迁，第二次的冲击比第一次剧烈，并使平民子弟和大院子弟的部分阶层壁垒迅速消解。

对此，除了奋斗求存，他们还要重新定位自己，解决精神困惑，那就是——我是谁？我从哪里来？人生天地间，飘如陌上尘，是"生命中不能承受之真"。对于这批成长于都城中的"红色移民军二代"，因改革开放造成的从精神到阶层的双重震荡，他们的漂泊感更剧烈。其结果是，他们的怀旧迅速演化为寻根，如《与青春有关的日子》开头的主人公独白——"我们这些各自寻找不同归宿的人，只想知道我们到底是谁……"此种心路历程，王朔最典型：三十六岁写《动物凶猛》，感慨"没有遗迹，一切都被剥夺得干干净净"；四十一岁写《看上去很美》（1999），宣称"游泳游得快，来到这世上，不能白活，来无影去无踪，像个孑孓随生随灭"[1]；四十九岁写《我的千岁寒》，自序即《我是谁？》。他还在五十岁时出版的自传体小说《和我们的女儿谈话》中这样写道：

> 复兴路一带也是上世纪八十年代开始败落的。我小时候那是很好的住宅区，有自己供应系统，军人那时都是高工资，政治地位也高，一个尉官就可以满城招摇。八十年代以后北京逐渐往东朝阳这边发展，新洋楼一起来，西边五十年代的苏式建筑就显旧了，几个老的军队大院聚集区复兴路红山口，几个老的地方干部宿舍区三里河百万庄和平里，都一副潦倒的样子，被东区新兴资产阶级和外国买办的销金窟五星酒店公寓商场玻璃大楼比下去了。我回西边最明显的感觉是商店里的商品比东区差不止一个档次，同样吃的用的东西，西边这边净是假冒伪劣产品，国外名牌几乎没有，商店也多是小商小贩，便宜呗，消费能力不够嘛。后来我回西边经过复兴路看那些大院出来的孩子，看不到一双明亮自信的眼睛，而这种眼神在当年复兴路上随处可见，失去了这等眼神的西郊变得极其平庸，男孩子女孩子也都不可爱了。[2]

---

[1] 王朔：《自序——现在就开始回忆》，载《看上去很美》，云南人民出版社2004年版，第4页。
[2] 王朔：《和我们的女儿谈话》，人民文学出版社2008年版，第128页。

崔健的歌曲，如《一块红布》《红旗下的蛋》《盒子》，其实全都是"寻根歌谣"，《盒子》所唱"那个旗子包着的盒子/盒子里装的是什么/人们从来没见过/旗子是被鲜血染红的/胜利者最爱红颜色"，实为大院的直接心理投射。王朔说："我第一次听《一块红布》都快哭了，写的透！当时我感觉我们千言万语写的都不如他这三言两语的词儿。它写出了我们与环境之间难以割舍的，血肉相联的关系。"① 正源于此种共鸣。

即使是王朔、叶京、冯小刚、崔健这些反对"矫情"之人，也逃脱不了还乡情结：剧烈的社会变迁激发漂泊感，"孤云漂泊复何依"——再由漂泊感滋生怀旧，"满地芦花和我老，旧家燕子傍谁飞？"——最后演化为寻根，"问我从来处"。而他们热衷的顽主故事，如树叶之于风暴，随着他们起风的内心不断发生变化……

五　镜像自我·身份神话

可以发现，大院子弟讲述的顽主故事，顽主的阶层身份有两种相反的变化趋势：

一方面，从《顽主》（1987）到《动物凶猛》（1991），再到《老炮儿》（2015），主人公的阶层身份逐渐模糊，甚至颠倒。王朔的《顽主》，人物有平民顽主的言行（甚至被人误以为是"胡同串子"），却又是大院子弟。如果说，最初这只是王朔的个人行为，那么，《阳光灿烂的日子》剧组决定把"小混蛋"放进电影，表现了这批大院子弟对"小混蛋"的欣赏，甚至仰慕，则是群体行为了。再到电影《老炮儿》，管虎和冯小刚同为大院子弟，但两人联手演绎的老炮儿，竟是一名对抗官二代的胡同顽主！甚至可认为是老了的"小混蛋"。冯小刚谈老炮儿，宣称自己"完全不用去塑造，就完全胜任"：

> 首先我和他是同代人、同龄人，从我们年轻时到现在，社会发生了很大的变化，可以说是巨变，这是我们的共同经历。我也是从那过来的，再加上像他这种有江湖气的、有血性的这种人，从我们那年代过来的人

---

① 王朔等：《我是王朔》，国际文化出版公司1992年版，第76页。

第三章　顽主叙事

有不少是这样的，所以我不用去体验生活，一切都是熟悉的。①

至此，《阳光灿烂的日子》中王朔主演的"我们的敌人"，到《老炮儿》中变成冯小刚主演的"有江湖气、有血性"的"我们的英雄"，原先的阶层区隔，模糊乃至翻了个儿。

另一方面，都梁的《血色浪漫》和叶京的《与青春有关的日子》反其道而行之，刻意强调顽主的大院身份，洋溢着阶层自豪感。比如，都梁借人物这样赞美大院顽主：简单地说，这类人首先是好勇斗狠，有暴力倾向，一句话不合便拔刀相向。第二，这类人反感一切正统的说教，在别人看来很神圣的东西到了他们的嘴里便成了笑料。第三，这类人有一定的文化品位，也喜欢看书学习，其主要动力，是不愿把自己和芸芸众生混同起来，他们喜欢表现自己的与众不同，因此也具备了一定的独立思考能力。② 明确把自己这批人区别于"芸芸众生"（自然包括小混蛋）。《与青春有关的日子》同样充满了此种阶层自豪感。

上述两种趋势，貌似相反，但我以为，内里一回事，均源于讲述者的内心欲求。所谓寻根，说到底，是"我"在"寻根"。"我"，有欲望，罹痛苦，求慰藉，并非局外人。"我"的寻根，貌似指向"消逝的过去"，其实指向"困扰的当前"，意在重新定位"当前之我"，更准确地说，是要重塑"理想之我"。谁为了自轻自贱来寻根？又为了真实来寻根？寻根意在慰藉，虚构与美化是"心理装备"。王朔在《橡皮人》里写道："我知道我是有来历的。当我混在街上芸芸红尘中这种卓尔不群的感觉比独处一室时更为强烈。"③ "卓尔不群"四字，点清了寻根的自我慰藉特征。

对此，社会心理学有一个术语，叫"镜像自我"（looking-glass self），为美国社会人类学家库利（Charles Horton Cooley）所创，直白地说就是"想象中的自我"：

> 我们在镜中看我们的脸、身材和衣服，因为我们的兴趣在于这些形

---

① 李东然：《老炮儿，冯小刚》，《三联生活周刊》2015年第47期。
② 参见都梁《血色浪漫》，北京联合出版公司2012年版，第178页。
③ 王朔：《王朔文集·橡皮人》，云南人民出版社2004年版，第42页。

象是属于我们的。我们根据这些形象是否符合我们的愿望而产生满意或不满意的心情。同样,我们在想象中得知别人对我们的外表、风度、目的、行动、性格、朋友等等的想法,并受这些想法的影响。①

此处的"镜子",不只是真镜子,他人也是我们的"镜子"。我们对自己的想象、对他人如何看自己的猜测、对社会风俗的了解,共同形成了各自的"镜像自我"。但是,库利太强调"他人之于自我"的影响,低估了"我之于自我"的自恋因素。人为自利(利己)生物,自恋的影响必大于他人的影响,表现欲强者更如此。"镜像自我",首先是自我美化的想象,这好比照镜子,我们的眼睛是天生的"美图秀秀",看见的不是无爱无憎的客观照片,而是自我美化的主观印象。作家表现欲强,自恋较常人更甚,更难压抑把"镜像自我"写进作品之欲望,何况自传色彩浓厚的小说或剧本?②

我们知道,《水浒》的讲述者,不是盗匪,而是民间艺人,其中弥漫着他们对"盗匪"的"想象"。同样,顽主故事讲述者,除了边作君,全为大院子弟,③ 他们的顽主故事,也掺杂了他们对平民顽主的"想象",甚至"理想化"。《老炮儿》里的平民顽主,穿着打扮却是大院子弟的嗜好,喜欢的居然也是崔健的歌曲,正是此种"大院子弟想象"之产物。事实是,他们讲述的顽主,是阶层杂糅后的"理想人物"。崔健的歌曲《混子》,"我们没吃过什么苦也没享过什么福/所以有人说我们是没有教养的一代混子",貌似自贬,但读"我的内心深处藏有伟大的人格"可知内里实为自傲,意在借"混子"(顽主)的胡同身份,在"你过去的理想如今已变成工具了"的时代,"在失落中保持微笑",重塑"理想自我"。同样,都梁也让一名大院顽主如此夫子自道:"我们恰恰就是一群有点儿文化的流氓,我认为读书是种享受,虽然知识现在有些贬值,可将来一定会用上,即使当流氓也要有文化。"④ 上述言论,

---

① [美]查尔斯·霍顿·库利:《人类本性与社会秩序》,包凡一等译,华夏出版社1989年版,第118页。

② 关于"镜中自我"与小说虚构之关系的详细探讨,参见杨志《小说家谋杀小说?》,《书城》2012年第8期。

③ 边作君父亲,时任工业大学的药剂师,新中国成立前是傅作义部队的上校军医,"文化大革命"中被打为"黑五类",他本人文化程度不高,坦承写回忆录得不时翻阅《新华字典》,"怕写错别字对不住大伙儿"。

④ 都梁:《血色浪漫》,北京联合出版公司2012年版,第183页。

跟王朔的"我是流氓我怕谁"、崔健的"我再怎么没文化也比那混子强"（《混子》）意思一样，既宣称自己比流氓有文化，又自诩比文化人流氓，以"表现自己的与众不同"，实为自我美化的"精神胜利法"。

再一步分析，上述说法隐含着三个阶层——"流氓"、"文（化）人"和"我们"。他们从"对世界人民的解放负有不可推卸的责任"（王朔语）的天之骄子，转变成原先自己不以为意的文人阶层，内心是失落的。冯小刚退伍时，"忽然意识到明天我就沦为一名平头百姓了，一种对军队的留恋让我心如刀绞。我起来重新穿上军装站在大衣柜前，望着镜子里的军人依依不舍"①。王朔在《顽主》续篇《一点正经没有》中写道："我从小那么有理想有志气，梦里都想着铁肩担道义长空万里行，长大了却……现实真残酷……我爸要活着，知道我当了作家，非打死我。"② 虽是调侃，但对作家行当的不屑，阶层转换的失落，溢于言表。他们称自己是"有文化的流氓"（都梁语），或者"码字儿的师傅"（王朔语），是自我调侃，也是刻意让自己区别于文人阶层，其真实含义是——我们"文武兼修"，能"上马击狂胡，下马草军书"（陆游诗）。此种自我形象塑造，近似日本幕府时期武士阶层之自诩。

一言以蔽之，王朔们讲述顽主故事，不是要还原周长利等顽主的真实形象，而是要重塑"镜像自我"，慰藉自我。原先作为"恶魔的他们"的平民顽主们，被这批部队大院子弟修改了阶层属性，通过神话形式转变成"英雄的我们"。我们知道，在原始社会，神话不只是娱乐，还是信史，乃是"故事＋家谱＋史书"；同样，王朔们的顽主故事，是虚构的"神话"，又是他们有意无意要让自己相信的"家谱"，是当代的"故事＋家谱＋史书"。所以不奇怪，都梁是《血色浪漫》的作者，也是著名抗日小说《亮剑》的作者——面对"革命英雄"的父辈，子辈努力塑造了"顽主英雄"（掺杂了垮掉一代的影响）这样一个逊色于父辈但能被自己接受的"镜像自我"。后之视今，亦犹今之视昔，古代英雄神话与当代顽主故事，分享着同一种功用，也分享着"镜像自我"同一种心理原动力。换言之，顽主故事，实为这批部队大院子弟为自己"私人定制"的"身份神话"。

---

① 冯小刚：《我把青春献给你》，长江文艺出版社 2010 年版，第 20 页。
② 王朔：《王朔文集·顽主》，云南人民出版社 2004 年版，第 60 页。

第四章 胡同视角

1972年,毛泽东会见尼克松,对方赞扬他"改变了世界"。他回答说:"我没有改变世界,只改变了北京附近几个地方。"① 前半句是谦虚,后半句话是事实——他的确改变了北京城。其中一个改变,是新中国成立后,百万革命干部及家属移居北京,建起大批大院,是为"新北京人"。此后的50年代至70年代,如学者杨东平所述:"大院和新北京人,胡同、四合院和老北京人,构成北京城市社会的两个不同层面,两种异质的社会生活和文化空间。"② 新中国成立前后在北京出生长大的共和国第三代人有了"新北京人"(大院子弟)和"老北京人"(胡同子弟)的区分。改革开放后,新北京人中出现了许多著名作家,几乎占据文坛半壁江山,如老鬼(1947年生)、食指(1948年生)、阿城(1949年生)、王小波(1952—1997)、毕淑敏(1952年生)、陈凯歌(1952年生)、王山(1953—2012)、张辛欣(1953年生)、海岩(1954年生)、杨炼(1955年生)、刘索拉(1955年生)、顾城(1956—1993)、铁凝(1957年生)、王朔(1958年生)、止庵(1959年生)等。相形之下,老北京人出身的重要作家相对较少,据笔者统计,只有王学泰(1942—2018)、霍达(1945年生)、叶广芩(1948年生)、张承志(1948年生)、李龙云(1948—2012)、刘恒(1952年生)、刘一达(1952年生)、宁肯(1959年生)等,改革开放以来的北京文学空间主要是由大院子弟作家建构的。这也就意味着,原本立体多元的北京文学空间,因前者的强势存在,多少被遮蔽了。有鉴于此,本章以上述作家为研究对象,将他们与大院子弟作家进行比较,从身份认同、文化融汇和文学想象三个角度切入,探讨他们的整体特

---

① 中共中央文献研究室编:《毛泽东画传》,中央文献出版社2005年版,第396页。
② 杨东平:《城市季风》,东方出版社1995年版,第251页。

第四章　胡同视角

征，彰显这一群体的存在，呈现北京文学空间的内部多元性。

一　身份认同

所谓"身份"，其社会功能"是对社会成员所处的位置和角色进行类别区分，赋予不同类别及角色以不同的权利、责任和义务"，个体根据自己的社会网络，生成种种身份认同，① 下面以北京城为中心，探讨上述作家的社会身份、阶层身份和族群身份。

1. 社会身份

大量革命干部及家属子女迁居新北京后，重塑了北京社会身份系统，生成了"新北京人/老北京人"这对衍生于"新中国/旧中国"的政治区分概念。所谓"老北京人"，有狭义和广义两种，狭义指三辈以上住在老北京胡同的市民，即使在民国末期，这类人也不多，如李龙云认为：诺大的北京城，堪称老北京人者并不太多。除了清朝贵族中公侯伯子男留下的破败世家，除了保卫过大清皇朝的满汉旗兵的后裔，旧北京市民，大都是从山东、河北、山西流徙来的饥民……组成了旧北京"受制于人"的"劳力者"阶层；而状元及第的官宦豪门，大江南北的野心家，闽粤江浙的行商，投亲靠友的农妇村夫中的小爬虫，则组成了旧北京的"劳心者"一小撮。② 如取狭义，本书研究对象如王学泰、张承志、刘恒、宁肯的父母都是民国来京，不算"老北京人"。但"老北京人"后来也取广义，新中国成立前在京的都算，而且随着时间流逝，后者的使用越来越广。本书取广义，把上述作家都视为"老北京人"。

老北京子弟还有一个称呼是"胡同子弟"，跟"大院子弟"组成对应概念。实际上，北京人也是从"大院子弟"去定义"胡同子弟"的："大院子弟"一般在大院长大，朋友多为结识于幼儿园、小学、中学的内部子弟，自成群体，此外皆"胡同子弟"。要补充的是，因为"胡同子弟"有政治区分意味，住在胡同里的也不一定是胡同子弟，有些领导干部及机关宿舍也安排

---

① 张静主编：《身份认同研究》，上海人民出版社2006年版，第3页。
② 参见李龙云《古老的南城帽》，黑龙江人民出版社1986年版，第96页。

在胡同里，他们的子女（如刘索拉、史铁生、陈凯歌等）也是大院子弟。这样，因大院子弟的存在，老北京子弟又形成了模糊的胡同身份，如李龙云称："我们那条小胡同，雅称小井。它古老而又破败：古老到连明末刊刻的《京师五城坊巷》中，都有明明白白的记载；破败到眼睛再好的人，也难以辨清街门上的每副对联。它距龙须沟仅有一百五十步之遥。穷，可谓穷矣，但在我的记忆中，故乡的小胡同却是质朴而又多情的。"[1]

对于胡同子弟，胡同生活本身有其魅力，陆昕这样写道："我知道自己有一种深深的市民情结，市井生活对我来说有一种莫大的吸引力，在脏、暗、潮、破的小铺里，看那些所谓引车卖浆者之流出出进进，听着他们相互间高腔大嗓地笑闹，和老板娘粗鲁无羁地调情，以及老板娘回过来的笑骂，啃着火烧，吸溜着豆腐脑儿，我心里总有快乐和满足。在这最嘈杂最市井最乱纷纷闹腾腾的地方，我却有了远离尘嚣的感觉，身心彻底轻松的感受。"[2] 这是多数胡同子弟作家的感触。宁肯写散文集《北京：城与人》，追忆自己的胡同生活。刘一达写散文集《胡同范儿》，展示胡同的历史变迁和人物。对他们而言，胡同不但是生活的居住地，也是精神的栖息地。

反之，在大院生活过的大院子弟，再搬到胡同居住后，感触则不一定如此。王朔在北京胡同里住过近十年，但明确表示自己不喜欢胡同，"没给我留下什么美好的记忆"。原因是：

> 1970年我家从西郊搬到东城朝内北小街仓南胡同5号。那时我十岁。城里随处可见的赤贫现象令我感到触目惊心。……住在胡同里的同学家里大都生活困难，三代同堂，没有卫生设备，一个大杂院只有一个自来水龙头。房间里是泥地，铺红砖就算奢侈的了。
>
> 70年代是暴雨倾盆的年代，北京城西高东低。每逢雨季，大雨便会泡塌一些房子，我上学路过这些倒了山墙的房子，看到墙的断面竟无一块整砖，都是半拉碎砖和泥砌的。1976年大地震北京塌了7万间房，百分之百是胡同里的房子。
>
> 生活在这样的环境中有什么快乐可言？胡同里天天打架、骂街。大

---

[1] 李龙云：《古老的南城帽》，黑龙江人民出版社1986年版，第5页。
[2] 陆昕：《京华忆前尘》，北京出版社2018年版，第11页。

姑娘小媳妇横立街头拍腿大骂,污言秽语滔滔不绝。赤膊小子玩跤练拳,上学时书包里也装着菜刀,动辄板砖横飞,刀棍加身。毫不夸张地说,那一带每条胡同的每座街门里都有服刑的半大小子。据说"朝阳门城根儿"解放前就是治安重点区,可说是有着"光荣传统"。很多同学从他爸爸起就是"顽主",玩了几十年。一打架全家出动,当妈的在家烙饼、煮红皮鸡蛋。

他的结论是:"反正对我来说,满北京城的胡同都推平了我也不觉得可惜了的。"① 这体现出了部分大院子弟和胡同子弟的体验差异。

其实,大院中也有老北京人子弟,他们虽然在大院里生活,但主要住在平房,跟住在楼房的干部子弟有一定区隔。王朔在《看上去很美》中,通过小主人公方枪枪的眼光描述了这个群体:"穿过一排平房,家家门户散开,不少门口站着衣不蔽体,又黑又脏的孩子。……那些光屁股的孩子看方枪枪的眼神也不是很友好。他们和方枪枪差不多同龄,但都没上保育院,方枪枪一个也不认识。这几排平房是大院的贫民窟,住的都是不穿军装的职工:司机、炊事员、烧锅炉的、木工、电工、水暖工、花儿匠什么的。在方枪枪看来都是些老百姓。"②

两批子弟最初存在区隔,至 1955 年发生变化。1955 年 10 月,中共中央决定取消干部子女学校,改为普通小学,招收附近机关的工作人员和群众的子女为走读生,停招寄宿生。至 1957 年 9 月,北京干部子弟小学全部改为普通小学。这样,两拨孩子的交流密切起来。老北京子弟的张承志入读清华附中,后成红卫兵创始人之一。王学泰入读北京师范大学附中,跟张闻天的儿子是同学和朋友。③ 据学者李伟东调查,清华大学附中 1963 年入学的高 631 班,红五类一共 18 人,其中干部子弟 12 人,工人子弟 6 人,黑五类 8 人,其他 28 人;全年级红五类出身同学大概有 44—47 人,占全年级比例为 23%—25% 之间,干部子弟大概在 33—36 人之间,比例为 17%—19%;预科班中,红五类子弟 19—21 人之间,比例为 24%—26%,干部子弟 14—16 人,比例为

---

① 王朔:《烦胡同》,《中国作家》1994 年第 2 期。
② 王朔:《看上去很美》,云南人民出版社 2004 年版,第 77 页。
③ 闵家胤:《我所知道的王学泰》,《社会科学论坛》2018 年第 3 期。

18%—20%之间①。由此可见两者交集之一斑。

不过，区隔未完全打破。老北京子弟幺书仪回忆，自己班的干部子弟同学"有自己的圈子和远近亲疏的分别，并不想轻易和普通百姓出生的同学过从甚密"②。杨东平认为："相当多大院的子弟——建国后在北京出生长大的第二代移民，从来没有到过四合院，他们没有属于老北京人的亲戚，也没有家住四合院的私人朋友；从幼儿园、小学和中学，他都生活在单位或部门'内部'，生活在一群'同质'的同学和朋友中。在大院和胡同交集的老城区边缘，学校里的孩子自我认同地分为两拨：大院的子弟和胡同的孩子。前者显然有更强的身份优越感。"③ 出身北京大院的学者米鹤都把这一代人分为三拨：干部子弟、知识分子子弟和工农子弟，比较了三者的"社会性格"："干部子弟是传统学校里的新生力量。相较于知识分子子弟，他们有革命后代的自豪感，而没有任何心理上的压抑感，性格发展也很少障碍。与工农子弟相比，他们的生活和学习条件又优越很多。一般来说，他们知识面比较宽一些，对社会政治也更关心更敏感。加上他们受家庭的政治影响较多，各种政治消息的渠道也更多，因此，他们比其它群体的青年有更多的有利条件，形成较强的政治意识和政治敏感性，形成比较开朗的性格，比较开阔的视野，以及在学生中一定的思维深度。"④ 他笔下的干部子弟大致等于大院子弟，知识分子子弟和工人子弟大致等于胡同子弟。

2. 阶层身份

这些作家中，叶广芩和刘一达出身知识分子家庭。叶广芩是世居北京的满族，父亲新中国成立前在国立北平艺术专科学校（今中央美术学院）教书，小时生活无忧。刘一达也出身书香门第，祖父曾是张作霖的私人医生，父亲是徐悲鸿弟子，新中国成立后也执教于中央美术学院，外祖父是藏书家。新中国成立后两家家境衰败。叶广芩父亲去世后，母亲不擅置产，到"文化大革命"已是赤贫。刘一达15岁初中毕业，分配到京郊一家木器加工厂，当烧炭工，长年辗转在北京与河北、山西交界的荒山野岭。

其他作家出身平民。霍达出身珠玉世家，家境略好，其余则家境一般，

---

① 李伟东：《清华附中高631班（1963—1968）》，纽约：柯捷出版社2012年版，第40页。
② 幺书仪：《寻常百姓家》，台湾：人间出版社2010年版，第221页。
③ 杨东平：《城市季风》，东方出版社1995年版，第257页。
④ 米鹤都：《心路：透视共和国同龄人》，中央文献出版社2011年版，第72页。

甚至窘迫。李龙云出身南城："南城这么穷，这么寒碜！以致有些在这片土地上度过童年的伙伴，羞于承认自己是南城的孩子⋯站在哈德门的门洞里，望着东交民巷进进出出的洋人和骑马坐车的少爷小姐，他们往往自卑地低下头。"① 王学泰靠母亲织补地毯维生，家中还有姐姐和弟弟，因家贫，高中领国家颁发的助学金（每月8元），勉强够交学校食堂饭费。② 宁肯父亲民国来京谋生，起初有所成，后事业渐衰，改当工人。刘恒父亲原是京郊农民，后来京谋生，当了警察。

张承志出身棚户，是单亲家庭，据其回忆："一次班里的同学在聊天，有几个同学就在那说他们的家里怎么不吃窝头、不吃棒子面。……这件事也许是我作为一个人第一次受到的刺激。因为对于我们来说，吃棒子面是很正常的事。怎么居然有不吃棒子面的？这使大家都有一种说不出来的低下的感觉。"他感慨："当时北京确实存在不同的阶层，有一部分孩子有社会的保护，或者说阶层的保护，在饥荒时期，他们能通过社会获得保护，不仅是肚子的保护，而且是社会地位的保护。而更多的孩子是没有这种保护的。"③ 贫穷对张承志影响很大，朋友说"他的记忆中永远也赶不走那护城河沿低矮的棚户小屋里的童年"④。

3. 族群身份

从族群分，这些作家分为汉族、回族和满族：汉族有王学泰、李龙云、刘恒、刘一达、宁肯；⑤ 回族有张承志和霍达；满族有叶广芩。美国学者甘博1921年调查北京人口构成，汉人70%—75%，满人20%—25%，回族3%，蒙古族等其他族群1.5%—2.5%。⑥ 清末北京城及附近地区原有数十万京旗，清亡后仍居住于此。小说家老舍即满人，他的《骆驼祥子》及其他小说写的

---

① 李龙云：《古老的南城帽》，黑龙江人民出版社1986年版，第4页。
② 闵家胤：《我所知道的王学泰》，《社会科学论坛》2018年第3期。
③ 张承志：《城市饥饿的记忆像根金属线》，载邹仲之编《抚摸北京：当代作家笔下的北京》，生活·读书·新知三联书店2005年版，第205—207页。
④ 朱伟：《张承志记》，载《作家笔记及其他》，江苏人民出版社2006年版，第82页。
⑤ 李龙云2008年12月10日在厦门大学中文系演讲，谈到自己身世："我不是旗人，我是汉人，但是我前一段时间偶然得知，我的家族血缘中有北方胡人的血统。这份情感对我对于自己身份的肯定是很重要的。"（厦门大学中文系网页，https://chinese.xmu.edu.cn、info、1041、2088.htm）。在没发现其他材料前，本书还把他归为汉人。
⑥ ［美］甘博：《北京的社会调查》，邢文军译，中国书店2010年版，第88页。

大量平民都是满人。回族入住北京也很悠久,至30年代末,北京有清真寺五十余座,回民围绕清真寺而居,外城最多,主要从事小商贩和小手工业。[①] 由此可知,虽然作家的出现有偶然因素,但老北京人的这三大族群里都出现了重要作家,跟人口比例有一定关系,实有"偶然"中的"必然"。

还要指出,革命文化强调阶级关系,不否认族群身份,只是淡化对待。大院子弟的族群身份往往被大院身份覆盖,族群意识不强烈。王朔有满族血统,崔健有朝鲜族血统,但这不为社会和他们自己重视,两人倒成了大院文化代言人。反之,叶广芩、霍达和张承志因生活在大院之外,族群意识未曾弱化,族群经验始终是他们创作的一个重要源泉。叶广芩的《采桑子》以自己的满族家史为原型,"写了北京金家十四个子女的故事,也写了我自己","捋出了老北京一个世家的历史及其子女的命运历程"[②]。霍达称《穆斯林的葬礼》旨在写"自己所了解、所经历、所感受的北京地区的一个穆斯林家族的生活轨迹"[③]。

二 文化融汇

辛亥革命前,北京城有皇家文化(上层)、士大夫文化(中层)、市民文化(下层)、民族文化等融汇并存。辛亥革命后,皇家文化消亡,士大夫文化、市民文化和民族文化仍在,其中士大夫文化吸纳西方文化,转换为知识分子文化。新中国成立后,北京城转变为知识分子文化、平民文化、民族文化和革命文化的交融并存(西方文化的影响来自革命文化和知识分子文化)。新北京第三代作家出生时,革命文化来华只有二三十年,但因海纳百川,吸纳了欧美、苏俄及左翼文化精华,具有很强的感染力,新中国成立后更对城中其他文化产生了强大冲击,这些作家无不深受影响。

下面辨析这些文化对这些作家的影响:

---

① 沙之沅:《北京的少数民族》,燕山出版社1988年版,第8—10页。
② 叶广芩:《采桑子》,北京十月文艺出版社2015年版,第396页。
③ 霍达:《二十年后致读者——〈穆斯林的葬礼〉后记之二》,载《霍达作品精选》,长江文艺出版社2013年版,第182页。

第四章　胡同视角

1. 知识分子文化

作家本是知识分子，自然都受知识分子文化影响，但比较而言，霍达、叶广芩、刘一达、王学泰受士大夫文化影响更深些。从晚清到民国，中国文化向有"京派"与"海派"之差异，他们身上也有体现，传统色彩较重，不如海派那么洋气。霍达精熟古典文学，创作诗词，小说充满古典意境。叶广芩出身叶赫那拉家族，在京生息二百多年、久被儒学浸润。她在《采桑子·风也萧萧》中自称，"君子矜而不争，群而不党"是"历代祖宗对子弟们的要求"，希望后代能成为"克己复礼的正统人物"。刘一达外祖父是藏书家，他在外祖父身边长大，耳濡目染，深受影响。王学泰从事古典文学研究，也创作诗词，散文有浓郁的书香气。文学创作受西方文学影响最深的作家是宁肯，这跟他年纪最轻，较早经受改革开放后西方文学的冲击有关。

2. 市民文化

北京市民文化还可细分为胡同文化和江湖文化。胡同文化聚集于内城（今二环内），江湖文化集中于城南。刘一达亲近胡同文化，认为其"鲜明、集中地体现了本地文化的特色"，"小胡同、大杂院，特定的生存空间使北京人之间具有特定的亲和力"，"古道侠肠，具有人情味，讲究义气，有事大家都会搭把手"。[1] 李龙云也坦承：我的童年、少年时代都是在北京的陋巷穷街中度过的。小胡同里那种特有的古老文化可能会影响我一生。[2]

江湖文化也是市民文化的重要组成。清代南城允许汉人居住，除了文人雅士，还有大批底层艺人在天桥聚集，成为江湖文化的聚散地。有天桥艺人回忆："街南都是低层次的，下九流的，五方杂居，那里头它什么都有。地痞、流氓、混混，什么人全有，干什么的都有，所以它非常杂。"[3] 江湖文化对市民和知识分子都有吸引力。出身北京知识分子家庭的王蒙，民国时期住在西城，经常逛白塔寺庙会，他在回忆录《半生多事》（北京联合出版公司2017年版）的第5节"慈祥与温暖"，专门回忆了小时对庙会的热衷："白塔寺、护国寺，给我的童年带来许多欢乐，大声吆喝着（像侯宝林相声里说的那样）卖布头儿的，卖红绒花（春节时戴）的，卖空竹的、卖糖葫芦、大茶

---

[1] 沈文愉：《我以我笔写京华——记北京晚报记者刘一达》，《新闻与写作》2002年第4期。
[2] 参见李龙云等《小井风波录》，黑龙江人民出版社1987年版，第36页。
[3] 刘景岚：《天桥的艺人都是混饭吃——刘景岚访谈录》，载岳永逸《老北京杂吧地：天桥的记忆与诠释》，生活·读书·新知三联书店2011年版，第86页。

壶沏油茶（油炒面）和茶汤的……对过去白塔寺、护国寺庙会的兴奋也给我带来了灾难。一次看过庙会上的'练把式'（功夫表演），回到家我便在床上耍把起来，一阵头重脚轻，倒栽葱跌了下来，脸摔到了一个瓦盆上。"

上述两种平民文化的区别，本质上是久居北京和流浪北京的平民群体的区别。虽然江湖文化局限于城南，新中国成立后政府又对天桥进行清理，但它的影响仍在，上述作家都深受影响。宁肯回忆："'天桥'堪称是'戏曲、武侠小说、武术''三位一体'的集大成之地。……虽然解放后'天桥'消失了，但'天桥'的余脉始终在胡同中活跃着，'文化大革命'期间彻底销声匿迹，但到了1973年再度复燃。"① 李龙云家在南城胡同，姑姥姥的丈夫就是天桥武师。② 叶广芩的姥姥家在南城，幼年常随母亲逛市集："说评书的、说相声的、拉洋片的、唱评戏的、卖各样小吃的、卖绒花的、套圈的、变戏法儿的，间或还有耍狗熊的、跑旱船的，商贩艺人，设摊设场，热闹极了……那丰富的想象足以让任何一个小孩子着迷，艺术的感受力或许由此而诞生，艺术的表现力或许由此而培养，也未可知。"③

王学泰父亲16岁到内蒙古学织地毯，出师后到北京宣武闯荡，后在此成家。天桥是王学泰"幼时看热闹、玩耍和开心智的地方"，据其回忆，至1954年还有武侠小说租书店，他常去看武侠小说，一天看三四本。④ 他研究江湖文化的兴趣即萌芽于此。但是，他对江湖文化有亲近，也有警惕。他认为："游民的江湖，也是我们现在经常活跃在口头的江湖。这种江湖充满了刀光剑影、阴谋诡计和你死我活的斗争。"⑤ 这构成了他后来撰写《游民文化与中国社会》的基本思想。

宁肯出生较晚，出生时江湖文化暂时消失，"文化大革命"后期，社会动荡，江湖文化（特别是武学）又复苏，他跟天桥师傅学过掼跤（摔跤），承认"终身受益"，"有一种东西在我身上种下来，我无法形容这种东西，深不可测，难以言说，我不能直接说其中有某种哲学的东西，但肯定是有奥义的"⑥。

---

① 宁肯：《北京：城与年》，北京十月文艺出版社2017年版，第207—209页。
② 李龙云：《古老的南城帽》，黑龙江人民出版社1986年版，第6—10页。
③ 叶广芩：《琢玉记》，北京十月文艺出版社2015年版，第24页。
④ 王学泰：《一蓑烟雨任平生》，重庆出版社2013年版，第50页。
⑤ 王学泰、熊培云：《庙堂很远，江湖很近——对话学者王学泰》，《南风窗》2008年第15期。
⑥ 宁肯：《北京：城与年》，北京十月文艺出版社2017年版，第207—209页。

学者唐晓峰（1948年生，幼年来京）指出，老北京文化主流是"上层文化、旗人文化、士大夫文化"，市民文化不占"主流强势"。① 这是事实，但对于上述作家，市民文化的影响明显大于士大夫文化，这或许跟作家职业需要亲近生活有关。

3. 民族文化

如前所述，叶广芩、霍达和张承志的脱颖而出，既因个人才华，也得益于自身民族文化的滋养。霍达《穆斯林的葬礼》有大量北京穆斯林的风俗描写，可见一斑。张承志在为北京马甸清真寺写的《百五十年后再修马甸清真寺碑记》说："生而为人，不信仰何以为证。自古中国回民，虽身居棚户泥屋，而心怀真理高贵。盛世乱世紧靠清真寺求生，温饱饥寒仰仗伊斯兰迎送。想马甸一村寺耳，考古不能比攀唐宋古建，若论真诚，则自信与大方无异。"② 他承认"北京底层的精神"对自己有影响："遥远的孩提时代，遥远的喜爱北京的时代——大雪飘飞的北京，平民邻里的北京，贫穷勤劳的北京，无论如何真实地存在过。我生长于斯，我作证。我记得那个北京的神情，那神情依依在目。"③ 叶广芩《采桑子》的人物，无不背负几百年满人家史，连《醉也无聊》里的"老姐夫"，"祖籍北京，民族汉，文化程度大学，无职业，无党派"，"是个有文化的社会闲人"，也点明是"金朝贵族后裔，金世宗的二十九世孙"，家族在《满洲八旗氏族通谱》中"列为第一"。而且，北京旗人素有才艺传统，天桥艺人关学曾（1922—2006）回忆："一般旗人都会唱两口儿。……十户起码得有几户喜欢文艺，喜欢曲艺，有喜欢评书的，有的还喜欢自己说书。到夏天没事，把院子里的人凑一块儿，说书。"④ 叶广芩家族也如此，父亲和伯伯"不惟画画得好，而且戏唱得好，京胡也拉得好。晚饭后，老哥儿俩常坐在金鱼缸前、海棠树下，拉琴自娱。那琴声脆亮悠扬，曼妙动听，达到一种至臻至妙的境界。我的几位兄长亦各充角色，生旦净末丑霎时凑全，笙笛锣镲也是现成的，呜里哇啦一台戏就此开场。……戏一折连着一

---

① 唐晓峰：《老北京》，载《人文地理随笔》，生活·读书·新知三联书店2005年版，第181页。
② 张承志：《百五十年后再修马甸清真寺碑记》，《中国穆斯林》1996年第1期。
③ 张承志：《都市的表情》，载邹仲之编《抚摸北京：当代作家笔下的北京》，生活·读书·新知三联书店2005年版，第22—23页。
④ 关学曾：《现在说这有用吗？——关学曾访谈录》，载岳永逸《老北京杂吧地：天桥的记忆与诠释》，生活·读书·新知三联书店2011年版，第251—252页。

折,一直唱到月上中天"①。叶广芩后来成为编剧,小说也充满戏曲色彩,便有旗人文化的影响在。

4. 文化融汇

中华人民共和国成立之初,革命文化占主导地位,老北京文化受到一定抑制。但随着时间流逝,如以往的历史一样,上述文化开始新一轮的融汇并存进程。"文化大革命"后期,以1972年人民文学出版社重版四大名著为标志,老北京文化开始复兴。最早复兴的是武侠小说和武术,北京学者刘仰东回忆:"那时男孩都爱看《水浒》,没有谁能说得清自己看了多少遍,不少孩子背得出一百单八将的名字、绰号和星号,有的孩子甚至到了能按次序倒背的地步。"②摔跤风行北京城,宁肯、王山、过士行等都拜天桥师傅习武。改革开放后,京味文化和民族文化也同时复兴,文化融汇进程大大加速。

从上述作家而言,文化融汇分为两种:

一是老北京文化之间的融汇。三种文化共存数百年,本就隔阂不大。比如霍达的《穆斯林的葬礼》,民族风俗与诗情画意充分体现了回族文化与士大夫文化的融合。叶广芩创作体现了士大夫文化、民族文化和市民文化的融合。王学泰热衷江湖文化,也喜好古典文学,认为"我们无法不生活在现实生活中,尘俗中的短浅利益、世俗眼光、庸言庸行不能不给我们蒙上灰尘,美好的诗词作品就像清泉能给我们及时的洗涤"③。他如好友闵家胤所评,"是一个在旧诗词、旧小说熏染下成长起来的人物",体现了士大夫文化与江湖文化的融合。

二是老北京文化与新北京文化的融汇。上述作家先在家庭接受老北京文化,后到学校接受革命文化。跟大院子弟比,他们接受的革命文化不那么纯粹,也不那么正统,更杂糅些。刘恒15岁"信奉英雄主义,不论醒着梦着都压不住一种冲动,要为一个大目标慷慨赴死"④。中年回归老北京市民世界,在《贫嘴张大民的幸福生活》中宣扬:"没意思,也得活着。别找死!"但是,革命文化潜移默化地改变了他们的趣味和视角。王学泰深受江湖文化影响,但他"读了鲁迅和马恩的集子(二十卷本)。……'文化大革命'前我

---

① 叶广芩:《琢玉记》,北京十月文艺出版社2015年版,第6页。
② 刘仰东:《红底金字:六七十年代的北京孩子》,中国青年出版社2005年版,第186页。
③ 张杰:《王学泰:诗歌是理解知识人命运的重要渠道》,《中华读书报》2015年8月12日。
④ 刘恒:《乱弹集》,春风文艺出版社2000年版,第4页。

就喜欢鲁迅的书,但理解不深,到了'文化大革命'期间,反复读鲁迅,证之以现实,才真正认识到他的伟大"①。故他对江湖文化有一种批判的审视。李龙云受朋友影响,1967年春天读了《费尔巴哈与德国古典哲学的终结》、《德意志意识形态》和《自然辩证法》等马恩著作,"像一片瑰丽的星空似的紧紧吸引了我。那段时间我做过很多奇特的梦"②。叶广芩小学二年级加入少先队,写申请书决心为"解放全人类而奋斗",激动地把半条胡同扫得干干净净。她从小热爱俄苏小说,反复阅读托尔斯泰、契诃夫、高尔基的作品,深受影响。评论家雷达评论说:"她受新社会教育,还有红卫兵文化、知青文化,以至西方文化影响的背景,故而常抱着批判的眼光,扮演着理智的旁观者角色;但问题的复杂在于,她终究是家族的一员,遗传基因、家世烙印、寻根潜意识,并未消失……这样双重的视角,给小说平添了陌生化的美感。"③这段评论准确道出叶广芩创作的文化融汇特征。④

三 文学想象

发展心理学指出,青少年记忆有成年不具备的深度,规定了我们对世界的理解和想象。作家也不例外,"创作源于生活"的准确说法是"创作源于青少年生活"。上述胡同子弟作家与老北京文化有何种联系?老北京文化对于他们的创作产生了何种影响?下面从创作源泉、思想趣味及人物塑造三个角度试作观察。

1. 创作源泉

胡同子弟作家多习惯以老北京人为素材,但处理素材的方式有别:有的视老北京生活及文化为创作源泉,如李龙云、霍达、刘一达。李龙云称自己的《小井胡同》《正红旗下》:"体现了我对那种带有浓郁地域文化色彩的生

---

① 王学泰:《生活的第一课》,《文艺争鸣》2002年第3期。
② 李龙云等:《小井风波录》,黑龙江人民出版社1987年版,第16—17页。
③ 雷达:《小说见闻录之三——夜读三题》,《小说评论》1994年第6期。
④ 还要指出,大院文化和老北京文化是双向融汇的,老北京子弟受革命文化影响,大院子弟也受老北京文化影响。王朔否认跟老北京文化有渊源,但他和王山的小说、冯小刚和姜文的电影均受老北京江湖文化影响,其他大院子弟如刘心武、阿城、徐城北、过士行则对京味文化抱强烈兴趣。

活的热爱,体现了我对自己最熟悉的生活的回味与拥抱"①,上述作品的原型都是他的街坊。霍达的《穆斯林的葬礼》《红尘》《京韵第一鼓》等小说和话剧《海棠胡同》也多以老北京人生活展开。刘一达更几乎全写老北京。

也有作家早年不怎么写北京,中年后才侧重写,如刘恒、宁肯、叶广芩和王学泰。刘恒和宁肯是出于叙事的原因。刘恒早年侧重写京郊农村的凄惨,写得身心俱疲:"常年愤世不是过日子的办法,人是不可以长时间让自己不舒服的。前几年写《苍河白日梦》,终于掉到悲观的井里,竟然好几次攥着笔大哭不止,把自己吓了一跳。"②此后他努力摆脱悲观心态,转而发掘底层的韧性和乐观,写了《贫嘴张大民的幸福生活》。宁肯50岁写《北京:城与年》,坦诚:"我一开始就没有涉及到早年生活,上来就是写长篇小说,写西藏之类的,基本都是有意识地远离自己的童年生活。……因为当时我是写不了的,也没办法处理那种奇妙的经验。"③王学泰和叶广芩则因家世的顾虑,壮年回避写北京。叶广芩承认:"虽然写了不少作品,但以北京文化为背景的作品从未进入过我创作视野的前台,这可能与各种条件的限制有关,我回避了个人家族的文化背景,不光是不写,连谈也不愿意谈,这甚至成为我的无意识",至46岁才写。④王学泰至晚年才写《一蓑烟雨任平生》和《监狱琐记》两部回忆录。

只有张承志几乎不在小说中写北京,只散文偶尔提及,但承认"北京底层的精神"对自己有潜移默化的影响。

2. 文学趣味

老北京生活及文化为上述作家提供了素材,但他们的文学趣味差异很大,这从他们对待"京味文学"的态度可见一斑。

京味文学始于老舍,中经邓友梅、汪曾祺等作家,流脉近百年,是北京文学传统,作家如叶广芩、李龙云、刘一达,欣赏老北京生活,写北京话、北京人和北京事,凸显地域特色,普遍被视为京味作家。京味文学大家邓友梅特别欣赏叶广芩小说,为《采桑子》作序,称赞"够味儿"。李龙云的《小

---

① 李龙云:《杂感二十三题》,《戏剧文学》2000年第12期。
② 刘恒:《乱弹集》,春风文艺出版社2000年版,第146页。
③ 宁肯:《爱这个没有奇迹的世界——2017年10月答评论家徐兆正》,载《宁肯访谈录》,上海文艺出版社,第244—245页。
④ 叶广芩、周燕芬:《行走中的写作——叶广芩访谈录》,《小说评论》2008年第8期。

井胡同》也被视为当代《茶馆》。刘一达声称自己一直在苦苦地追求"京味儿",几十年来"几乎没有一天不动笔的,就是在追求或寻找着'京味儿'"①。他的不少作品被拍成影视以推广京味文化。

刘恒不被视为京味作家,其实他也属于京味文学。鲁迅对老舍笔下的市井小民不以为然,对此刘恒反驳:"通常提到阿Q精神的时候,就说劣根性,可是我倒觉得阿Q精神未必没有价值。……自救靠什么?就靠精神胜利法,而且心理学的最高境界不就是精神胜利法吗?"②他的主人公在《贫嘴张大民的幸福生活》中教育儿子:"没意思,也得活着。别找死!……我跟你打个比方吧。有人枪毙你,没辙了,你再死,死就死了。没人枪毙你,你就活着,好好活着。"这是老舍传统对鲁迅思想的反驳。

也有作家对"京味"持警惕态度。宁肯坦承:"不喜欢京味小说,我觉得京味小说把北京写小了。……我认为我应该去写作更广阔的北京,真正体现出作为一个大都市格局和气魄的北京。"③他的作品很少京味色彩,并且"反对用方言去写作的。如果是单纯地用北京话写作,等于是把北京给弄小了"④。张承志拒绝用北京话写作:"我生在北京,却不喜欢京腔。我常说我只是寄居北京。我常常不无偏激地告诫自己:京腔不同于任何幽默,若使用北京话而缺乏控制的话,会使文章失了品位。由于这偏颇的观点,我有意控制北京话的使用,更不让京油子的俚语流词,进入自己的作品。"甚至认为京味不代表"北京底层的精神":"我在北京贫贱的街区长大,我根据自己的童年认为——艺能化了的京腔,并不能代表北京底层的精神。"⑤

上述态度截然对立,各有道理,源于个性和处境的趣味差异导致了各自的文学风貌。

3. 人物塑造

素材和趣味的熔铸,最终体现于人物塑造。上述作家多写市井小民,这

---

① 刘一达:《有鼻子有眼儿》,北京出版社2004年版,第4页。
② 刘恒:《乱弹集》,春风文艺出版社2000年版,第184页。
③ 宁肯:《爱这个没有奇迹的世界——2017年10月答评论家徐兆正》,载《宁肯访谈录》,上海文艺出版社2019年版,第246页。
④ 宁肯:《爱这个没有奇迹的世界——2017年10月答评论家徐兆正》,载《宁肯访谈录》,上海文艺出版社2019年版,第245页。
⑤ 张承志:《都市的表情》,载邹仲之编《抚摸北京:当代作家笔下的北京》,生活·读书·新知三联书店2005年版,第22页。

是对自身群体地位的体认。大院子弟虽然也经历坎坷,但思想上不属于小民,而充满了精英意识。王朔的"市井人物",骨子里都是精英,其《橡皮人》写道:"我知道我是有来历的。当我混在街上芸芸红尘中这种卓尔不群的感觉比独处一室时更为强烈。"① 反之,刘一达坦承:"我把关注的焦点放在小人物身上,因为社会的主体是千千万万的小人物。"② 李龙云称:"我是那么热爱小井人民。这倒不仅仅因为他们生我、养我、哺育我长大,更因为他们都是小人物,是普普通通的人。而恰恰正是这无数小人物的躯干相互傍依在一起,才筑起了中国的脊梁。"③ 刘恒的主人公,如《狗日的粮食》的瘿袋、《虚证》的郭普云、《白涡》的周兆路、《贫嘴张大民的幸福生活》的张大民,都是被生活挤到边缘的小人物。

不过,他们塑造的虽是地位上的小民,德行上却多是君子。叶广芩的人物灌注了士大夫的人格理想,《采桑子·曲罢一声长叹》里的"七弟","一生只用一个'儒'字便可以概括,对父母、对兄弟、对恋人、对朋友,一概是严以律己,宽以待人;讲的是中庸之道,做的是逆来顺受,知足安命,与世无争",临终朗吟《离骚》而逝。刘恒的张大民也遵循一套平民道德,虽倡导"没意思,也得活着"的市民思想,但对妻子是好丈夫,对儿子是好爸爸,对妹妹是好哥哥,是一名理想的道德人物。

但也要指出,上述作家并非全写市井小民。张承志和霍达的主人公多是独立强者,绝非市井小民。被《穆斯林的葬礼》女主人公韩新月悲戚命运打动的读者,往往以为作者是林黛玉般的女子,然而,此书是霍达"为我的祖国、我的国家和民族而写","有我的血、我的泪、我的殷切期望和苦苦追求",④ 胸怀甚大,儿女情并非全部。霍达之于文学,"非常关心国家命运,老想把作家和政治家合一"⑤,后投入大精力写长篇历史小说《补天裂》,讴

---

① 王朔:《王朔文集·橡皮人》,云南人民出版社2004年版,第42页。
② 沈文愉:《我以我笔写京华——记北京晚报记者刘一达》,《新闻与写作》2002年第4期。
③ 李龙云等:《小井风波录》,黑龙江人民出版社1987年版,第10—11页。
④ 霍达:《我为什么而写作》,载《听雨楼随笔·抚剑堂诗抄》,人民文学出版社2009年版,第37页。
⑤ 霍达:《答〈信报〉记者问》,载《听雨楼随笔·抚剑堂诗抄》,人民文学出版社2009年版,第70页。

歌香港抗英英雄。张承志则渴求崇高，偏好"硬汉形象"，他的《黑骏马》和《北方的河》充满刚强力量，主人公并非市井小民。这两位作家的人物塑造，既受革命文化的影响，也受族群文化的影响，在上述作家中另成风貌，体现了文化融汇和文学想象的复杂关联。

第五章　时空体验

一　"家宅化"的"时空"

法国哲学家巴什拉（Gaston Bachelard，1884—1962）认为，我们的"空间感"，既受"几何空间"影响，也受"心理空间"影响，"被想象力所把握的空间，不再是测量工作和几何学思维支配下的冷漠空间。它是被人所体验的空间。它不是从实证的角度被体验，而是在想象力的全部特殊性中被体验"①，倡导对"心理空间"开展精神分析。

我们生产"心理空间"的"原型"是什么？巴什拉认为，是"家宅"：

> 面对敌意，针对风暴和飓风的动物性形式，家宅的保护和抵抗价值转化为人性价值。家宅具备了人体的生理和道德能量。它在大雨中挺起背脊，挺直腰。在狂风中，它在该弯折时弯折，肯定自己在恰当的时候会重新屹立，从来无视暂时的失败。这样一座家宅号召人做宇宙的英雄。它是战胜宇宙的工具。……在这个人和家宅的动态共同体中，在这个家宅和宇宙的动态对峙中，我们远离于一切单纯几何学形式的参照。我们所体验的家宅不是一个静态的箱子。居住的空间超越了几何学空间。②

---

① ［法］巴什拉：《空间诗学》，张逸婧译，上海译文出版社 2009 年版，第 23 页。
② ［法］巴什拉：《空间诗学》，张逸婧译，上海译文出版社 2009 年版，第 48 页。此处的"原型"说，显示出荣格心理学的强烈影响。荣格对巴什拉的影响，参见［法］安德列·巴利诺《巴什拉传》，杜小真等译，东方出版中心 2000 年版。

他甚至认为:"一切真正有人居住的空间都具备'家宅'概念的本质。"[①]一言以蔽之,是"敌意"迫使我们"空间家宅化",而"家宅化"有"空间乌托邦"的心理效应。

对此,巴什拉强调"梦想"的媒介作用:"家宅是一种强大的融合力量,把人的思想、回忆和梦融合在一起。在这一融合中,联系的原则是梦想。过去、现在和未来给家宅不同的活力,这些活力常常相互干涉,有时相互对抗,有时相互刺激。在人的一生中,家宅总是排除偶然性,增加连续性。没有家宅,人就成了流离失所的存在。家宅在自然的风暴和人生的风暴中保卫着人。它既是身体又是灵魂。它是人类最早的世界。早在那些仓促下结论的形而上学家们所传授的'被抛于世界'之前,人已经被放置于家宅的摇篮之中。在我们的梦想中,家宅总是一个巨大的摇篮。"[②] 正因于此,他把描述"空间"的文学作品视为探讨"空间诗学"的材料。

还要指出,上述引文提到"过去、现在和未来",以及"连续性",实际上巴什拉已经指出,"家宅化"现象也存在于"时间"。我们作为同时在"时间"和"空间"中生存的生命,我们的生命体验具有"时空家宅化"的模式。

综上,可得一个推论:我们对同一"时空"的感知,因为"家宅原型"不同,必有差异。因为,巴什拉所说的"梦想",并非无本无根,基础是"价值"和"感情"。根据相对论,均匀的"几何时空"被"质量"扭曲,发生快慢长短的差异;类似地,我们的"心理时空",也被"价值"和"感情"所"扭曲",或者加强,或者过滤,从而形塑我们的时空体验。这些"价值"和"感情"差异如何产生?受哪些因素影响?这需要个案分析。本章以新北京第三代作家之于北京城的时空体验为例,进一步探讨并拓展巴什拉的假说,增强其解释力。

二 时空体验的八例个案

中国文学有数千年发展历程,长期使用文言文,出现过大量诗人和作家,

[①] [法]巴什拉:《空间诗学》,张逸婧译,上海译文出版社2009年版,第2—3页。
[②] [法]巴什拉:《空间诗学》,张逸婧译,上海译文出版社2009年版,第5页。

但 1915 年后，它发生了一次"断裂"，从重视诗歌的"古典文学"，转变为重视小说的"现代文学"。当时，部分接受西式教育的人士反思中国的衰亡处境，试图挽救。他们从欧洲文化的现代历程获得灵感，认为中国应当像欧洲各国抛弃拉丁文转而采用本国语言文字一样，抛弃延续数千年的"文言文"，改用贴近大众的"白话文"开展社会启蒙和文学创作，唤起大众救国热情。由此，他们发动"新文化运动"，推行用白话文，很快出现了鲁迅、沈从文、老舍等重要小说家，缔造了现代文学。新文化运动是全国性的，但前期的重要作家聚集于首都北京，所以，现代文学的发生发展有强烈的北京因素，特别是，小说家老舍就是北京旗人，以擅长描写北京平民著称，开创了"京味文学"这样一个北京文学传统（下文提到的叶广芩、李龙云等作家都属于这一传统）。1949 年，中华人民共和国成立，被称为"新中国"；定都北京，被称为"新北京"。按习惯的代际划分，已近老年的土著作家如老舍，被称为"新北京第一代作家"；新中国成立时的青年土著作家，如王蒙、刘白羽、杨沫、邵燕祥等，被称为"新北京第二代作家"；新中国成立前后出生的北京作家，则被称"新北京第三代作家"。总之，"新文化运动"和"北京文学"是理解本书所研究作家的两个重要线索。

下面选取八名"新北京第三代作家"及其作品进行探讨：

1. 王朔

王朔是 80 年代崛起的著名作家，擅长描写北京大院生活。他有这样一段名言：

> 北京复兴路，那沿线狭长一带方圆十数公里被我视为自己的生身故乡（尽管我并不是真生在那儿）。这一带过去叫"新北京"，孤悬于北京旧城之西，那是四九年以后建立的新城，居民来自五湖四海，无一本地人氏，尽操国语，日常饮食，起居习惯，待人处事，思维方式乃至房屋建筑风格都自成一体。与老北平号称文华鼎盛一时之绝的 700 年传统毫无瓜葛。我叫这一带"大院文化割据地区"。我认为自己是从那儿出身的，一身习气莫不源于此。到今天我仍能感到那个地方的旧风气在我性格中打下的烙印，一遇到事，那些东西就从骨子里往外冒。[1]

---

[1] 王朔：《自序——现在就开始回忆》，载《看上去很美》，云南人民出版社 2004 年版，第 4 页。

第五章　时空体验

理解王朔所说的"新北京"和"大院文化割据地区",需要了解中国革命对北京城的影响。革命不但缔造了新中国,而且改变了北京城。1972 年,毛泽东会见美国总统尼克松。尼克松赞扬他"改变了世界",毛泽东回答:"我没有改变世界,只改变了北京附近几个地方。"① 所谓"改变了北京附近几个地方",指新中国成立后,百万革命干部及家属移居北京,建起大量大院,是为王朔所说"新北京"。此后,20 世纪 50 年代至 70 年代,北京人主要生活在两类空间:"大院和新北京人,胡同、四合院和老北京人,构成北京城市社会的两个不同层面,两种异质的社会生活和文化空间。"② 但 1976 年后,中国改革开放,转向以经济建设为中心,大院一度衰落,让王朔等"新北京人"对大院的未来产生悲观情绪。他的发小叶京导演过一部京味电视剧《与青春有关的日子》,主人公在开头独白——"我们这些各自寻找不同归宿的人,只想知道我们到底是谁……"王朔更感伤,三十六岁写中篇小说《动物凶猛》,感慨"没有遗迹,一切都被剥夺得干干净净";四十一岁写长篇小说《看上去很美》(1999),宣称"游泳游得快,来到这世上,不能白活,来无影去无踪,像个孑孓随生随灭"③;四十九岁写长篇小说《我的千岁寒》,自序即"我是谁?"。

可以看出,王朔之于北京城,空间的焦点是"新北京",时间的焦点是"革命史",其他时空的变迁,如北京城的明清遗址,他不关心,甚至嗤之以鼻,他在自传体小说《和我们的女儿谈话》中这样写道:

> 毛跟斯诺说,他没有改变世界,只改变了北京郊区的几个地方。我一直认为这几个地方里就有复兴路。现在看来他这话都说大了。
>
> 在一个北京里,曾经共存着清以降几个时代的文化行迹和建筑遗址,也是洋洋大观。民国昙花一现。毛时代的遗存现在也只剩一个天安门广场还基本完整。听说已经有呼声要把纪念堂人民大会堂几大块整体迁走,恢复故宫至正阳门的古建筑轴线,另外在廊坊单搞一个占地两千亩的革

---

① 中共中央文献研究室编:《毛泽东画传》,中央文献出版社 2005 年版,第 396 页。
② 杨东平:《城市季风》,东方出版社 1995 年版,第 251 页。
③ 王朔:《自序——现在就开始回忆》,载《看上去很美》,云南人民出版社 2004 年版,第 4 页。

命时代景观主题公园,还要把军事博物馆海军黄楼总后礼堂都迁去。还得说现实最魔幻。再过五十年,要凭吊那个时代恐怕只有去潘家园旧货市场了。①

王朔曾经追溯"家族史",发现自己不是纯粹的汉人,有满族血统,"完颜的汉姓就是王,不太较真的话,我也可以叫完颜朔"②。但王朔之于自己的"民族身份",远不如"革命身份"在意:他坦然承认,自己是"毛泽东的孩子"。

综上所述,王朔之于北京城的时空体验基础,时间上是中国革命,空间上是"大院""毛主席纪念堂""人民大会堂"等革命开创的城区,是为"革命史—新北京"的结构。

2. 叶广芩

另一名满族女作家叶广芩之于北京城的时空体验,则跟王朔有别。

按北京的习惯划分,世居北京三代以上,属"老北京人"。王朔家族在父母移居北京前,主要活动于东北,是"新北京人";叶广芩家族随满洲入关后,长居北京,隶属京旗,是"老北京人"。叶广芩家族属满族中上层,是慈禧太后远亲,她出生时,清廷已亡,但家庭教育继承了许多满族传统。她父亲生育十四个孩子,她是第十三个。她的兄姐,有参加共产党的,也有参加国民党的,她年龄小,未参与其中。"文化大革命"期间,她作为知青离开北京,往陕西插队。当时认为,慈禧太后对中国衰落负有重要罪责,她不敢承认自己跟慈禧是同族,直至年届50才写了自传体长篇小说《采桑子》,"写了北京金(叶)家十四个子女的故事,也写了我自己","捋出了老北京一个世家的历史及其子女的命运历程"。③

叶广芩家族长居北京两百多年,深受汉文化影响,家族里的纳兰性德是中国诗歌史中的著名词人(《采桑子》即以纳兰性德的词句为章回标题)。叶广芩擅于将古典汉文化巧妙交织,表达家族的沧桑命运。《采桑子》的人物,无不背负几百年"家族史"。《采桑子·醉也无聊》里的"老姐夫","祖籍北

---

① 王朔:《和我们的女儿谈话》,人民文学出版社2008年版,第129页。
② 王朔:《致女儿书》,北京十月文艺出版社2015年版,第12—14页。
③ 叶广芩:《采桑子》,北京十月文艺出版社2015年版,第396页。

京,民族汉,文化程度大学,无职业,无党派","是个有文化的社会闲人",但叶广芩还特意点明,是"金朝贵族后裔,金世宗的二十九世孙",家族在《满洲八旗氏族通谱》中"列为第一"。实际上,她的作品,不仅《采桑子》是"家族史",关于北京的小说无不是"家族史"。

王朔之于北京城,以"革命史"为时空体验基础;叶广芩之于北京城,以"家族史"为时空体验基础,特别关注跟家族关联的象征物,如宅邸、坟地和文物,特别是宅邸。她在《采桑子·曲罢一声长叹》写宅邸,说"祖父给后辈们留下的占了半条街近三百间房间的偌大府第,还有东直门外长着百余棵高大白果树的大片坟地,在我记事时就已所剩无几","这座我家高祖所盖小屋,原来是为府中辟邪而用,却不想住了几代十几口人";谈保存多年的御用宣纸,"本是传自大内,该大展风采的精品却抹上面糊糊,粘贴在窗棂之上,做遮风挡雨之用。纸命如斯,令人感叹";祭扫祖坟,愕然发现已变成水泥场,"几代祖先,灵无迹,物无痕,魂化逝,魄消亡。这就是祖坟!这就是我祖宗的长眠安息之地!"

她在长篇散文《感觉京城旧王府》中,历数了理郡王府、庆亲王府、涛贝勒府、恭王府等清代王府的过去和现状,感慨"沧海桑田,几经变换,其实却不过百年。……眼见着,老祖宗留给我们的东西在地面上越来越少,在一切向着现代化、标准化、高端化看齐的今天,在京城偶见一处老屋,便如同见到老旧的亲戚一般亲切,不由得要停下脚步,探寻个究竟,凭吊一番昔日的主人",最后说道:

> 匆匆地走,慢慢地感受,关于历史、关于文化、关于生命、关于未来。抓不住的靡丽苍凉,理不清的恩恩怨怨,看不完的万千变化,道不尽的前世今生……[①]

王朔和叶广芩又是相似的。他们时空体验的基础,按法国社会学家布迪厄(Pierre Bourdieu)的理论,是"政治资本"转化为"文化资本"的结果——家族过往的"政治资本",转化为"文化资本",成为遗物,赋予作者价值。他们的区别,套用编程术语,只是对"时空"的"赋值"有别。叶广

[①] 叶广芩:《感觉京城旧王府》,载《贵妃东渡》,作家出版社2016年版,第202、209页。

芩赋值最高的"时空",是清军入关到1911年以前的北京城;王朔赋值最高的"时空",是1949年以后到1976年以前的北京城。

3. 霍达和张承志

回族女作家霍达跟叶广芩一样,也是"老北京人",家族世代从事玉器行业。她的长篇小说《穆斯林的葬礼》描写北京回民与中国文化的融合进程,获得第三届茅盾文学奖。该书开篇,即写回民的漂泊命运:"这些'外来户',大部分在中国做军士、农夫和工匠,少数人经商、传教,也有极少数做官。这些人的后裔很少再返回故地,就在这块土壤上生根了,繁衍生息,世代相传,元朝的官方文书称他们为'回回',他们本身也以'回回'自称,一个新的民族在东方诞生了。"霍达称,《穆斯林的葬礼》旨在写"自己所了解、所经历、所感受的北京地区的一个穆斯林家族的生活轨迹"[①]。

该书大量描写北京回民习俗,同时以中国衰落时代为故事背景,抒写主人公对抗外国入侵的强烈情绪,"革命史"与"家族史"并存。跟王朔和叶广芩不同,"家族史"和"革命史"之于霍达,影响同等重要。其中原因,在霍达从小即是虔诚的穆斯林,又在中国革命氛围浓厚的"十七年"时期读书上大学,深受革命文化影响(喜欢中国左翼作家鲁迅),内心中形成了"伊斯兰教"(宗教)与"革命文化"(世俗)共存的"二元精神结构"。另一名北京回族作家张承志也是如此。

回族大多信仰伊斯兰教,他们对"神圣"的理解带有超验色彩,跟汉族有别。汉文化也有"圣地"一词,但无宗教色彩,"天安门"是中国革命象征,但它的神圣仍属世俗。反之,在《穆斯林的葬礼》,北京城的神圣空间是清真寺,有强烈超验色彩。霍达这样描写牛街清真寺:

> 远处,炊烟缭绕。迷濛的曙色中,矗立着这一带惟一的高出民房的建筑,尖顶如塔,橘黄色的琉璃瓦闪闪发光。那是清真寺的"邦克"楼,每日五次,那里传出警钟似的召唤:"真主至大!万物非主,惟有安拉;穆罕默德,主之使者。快礼拜啊!"
>
> 这儿是"达尔·伊斯兰"——穆斯林居住区,聚集着一群安拉的信

[①] 霍达:《二十年后致读者——〈穆斯林的葬礼〉后记之二》,载《霍达作品精选》,长江文艺出版社2013年版,第182页。

徒，芸芸众生中的另一个世界。(《序曲》)

同样，张承志在为马甸清真寺写的《百五十年后再修马甸清真寺碑记》里说道："生而为人，不信仰何以为证。自古中国回民，虽身居棚户泥屋，而心怀真理高贵。盛世乱世紧靠清真寺求生，温饱饥寒仰仗伊斯兰迎送。想马甸一村寺耳，考古不能比攀唐宋古建，若论真诚，则自信与大方无异。"①

综上所述，霍达和张承志赋予自己的宗教场所超越世俗的神圣，把北京城分成"神圣—世俗"的二元结构，这是他们时空体验的基础。

4. 刘恒和刘心武等

前述作家，王朔和叶广芩是满族，霍达和张承志是回族，但北京城是以汉族人为人口主体的城市，汉人之于北京城的时空体验又如何？下面选择刘恒、刘心武、李龙云和王小波四名汉族作家作品略作探讨。

刘恒跟王朔一样，也是"新北京人"，父亲是新中国成立后从华北农村来京，当一名铁路警察，母亲则无工作。他不像王朔那样属于住在大院的干部子弟，而是住在胡同的平民子弟。他回忆：

> 父亲做警察前是农民，五十年代初跑进城挎着大枪给粮食仓库站岗。后来在一个小派出所里干了一辈子。他读过小学，大约是四年级的水平，字写得不错。他年轻时喜欢乐器，拉二胡，吹口琴，不过等我懂事他就不干这些了。……直到现在，我的脑海里常有父亲在一个角落里并脚低头坐着，抬着双臂在那里呜呜地吹（口琴）。那时候他月工资四十几元，养着四口人，而母亲还得着痨病。他呜呜地吹，终于吹不下去了，哑了。②

正因为此，刘恒不像王朔那样写大院生活，而写底层生活。他在北京城长大，但也熟悉父母的农村，早年小说主要写农村底层；中年转向写京城平民，以《贫嘴张大民的幸福生活》（1998年）轰动一时。他坦承，该书主要取材于父母和自己的京城生活，有一定自传色彩。③

---

① 张承志：《百五十年后再修马甸清真寺碑记》，《中国穆斯林》1996年第1期。
② 刘恒：《警察与文学》，载《乱弹集》，春风文艺出版社2000年版，第112页。
③ 刘恒：《加减乘除》，载《乱弹集》，春风文艺出版社2000年版，第123页。

《贫嘴张大民的幸福生活》的主人公是底层平民张大民及其妻李云芳,"张大民的父亲是保温瓶厂的锅炉工,李云芳的父亲是毛巾厂的大师傅,同属无产阶级",其余一笔带过。在刘恒笔下,张大民虽在北京城生活,但对它的人文历史毫无兴趣,每日只关心如何从大杂院里腾挪出点"生存空间"。他结婚,还得跟家人"挤空间":

> 里屋的单门衣柜不动,外屋的双人床和三屉桌搬到里屋。镜子搁在三屉桌上,代替梳妆台用,李云芳对此没有意见。里屋的双层床搬到外屋东北角,三民睡下铺,五民睡上铺。上铺离窗户近,离灯也近,读书方便。五民呀,哥是真心为你好,你要明白。里屋的单人床架在外屋的单人床上,变成一个新的双层床,摆在靠门口的西南角,进出方便,在屋里洗不成的可以到小厨房洗。四民,你要心疼姐姐你就睡上铺。……(第一章)①

全书提到的"空间",主要是医院、派出所、百货大楼、锅炉房、毛巾厂这类"功能性空间",仅有两处略带人文色彩的空间,一个是"鸿宾楼"(吃),一个是"香山"(游),说到底,其实还是高级一点的"功能性空间"。张大民及其家庭的时空,只剩下了一个"生存"——极端的"去人文化"。

我们还发现,张大民及其家庭不关心信仰问题。不但如此,小说还提供了"信仰"的替代物,一种"乐观主义"——"有人枪毙你,没辙了,你再死,死就死了。没人枪毙你,你就活着,好好活着"。刘恒很赞赏这种乐观主义,认为"能把一个人的心灵从泥淖里拉出来","这是哲学,从老百姓里出来的哲学!"② 他甚至认为:"像那些特别虔诚的宗教信徒,他们对整个人世的慈悲,我觉得是次要的,而自我安慰是重要的——还是从自我出发。信仰宗教是为了寻求保护,保护谁呢?显然是保护自我。"③ ——极端的"去神圣化"。

这样一种极端处境,是刻意为之的叙事策略,不全是事实,但刘恒塑造张大民意在为北京平民创造"典型人物",④ 至少代表了部分汉族平民的思维——

---

① 刘恒:《贫嘴张大民的幸福生活》,载《四条汉子》,人民文学出版社2014年版,第17页。
② 刘恒:《没人儿枪毙就活着》,载《乱弹集》,春风文艺出版社2000年版,第193—194页。
③ 刘恒:《青春计划》,载《乱弹集》,春风文艺出版社2000年版,第169页。
④ 刘恒:《青春计划》,载《乱弹集》,春风文艺出版社2000年版,第190页。

第五章 时空体验

既不关心"神圣",也不关心"人文",只关心"生存"。这样一种世界观所产生的时空体验,跟霍达和张承志不同,跟王朔和叶广芩也不同。

刘恒之于北京汉族平民,有多大代表性?我们可以刘心武的长篇小说《钟鼓楼》(获第二届茅盾文学奖)作参照。该书以小说形式研究"起码在三代以上就定居在北京,而且构成了北京'下层社会'的那些最普通的居民",即"小市民"。① 其中,小部分是满族平民,大部分是汉族平民。

刘心武是大院子弟,八岁来京,但因父亲参加革命较晚,属于大院里的边缘人,比一般大院子弟跟胡同有更多接触,十九岁时"认为自己已经成了一个北京人"②。这是他写作《钟鼓楼》的经验基础。

我们发现,除了个别人之外,《钟鼓楼》里的大多数平民对北京城的人文历史毫无兴趣,只关心柴米油盐。刘心武评论《钟鼓楼》里的"小市民":"他们最关心的,主要还是粮店的粮食会不会涨价、购货本上所规定的一两芝麻酱的供应能不能兑现?只要这类生活中最基本的实际利益不被动摇,那么,无论报纸上在批判谁,或在给谁平反,他们都无所谓。由此可见,'浅思维'是他们这一群体的基本素质,并成之有因。"③

跟《贫嘴张大民的幸福生活》一样,《钟鼓楼》也很少涉及宗教,一方面,这是刘心武来京初期,因极左政策,宗教在北京城销声匿迹,钟鼓楼附近的大量庙宇,或被拆毁,或成为大杂院;另一方面,也因他承认自己属于淡漠宗教的儒家传统,"不是宗教徒……不觉得有一个至高无上的上帝在我们的肉体和灵魂之上"④。

《贫嘴张大民的幸福生活》和《钟鼓楼》里的汉族平民,之于北京城的"时间体验",既无"神圣",也无"人文",只视其为一个生存的"功能性时空"。生存即信仰,"人生一世,草木一秋",这是许多汉族平民根深蒂固的思维。浙江籍小说家余华描写汉族平民时,也持类似观点,他最著名的一部长篇小说,题目是《活着》,把"生物性存在"视为生命的唯一价值。

但是,刘恒和刘心武都是"新北京人",他们的时空体验能否代表"老北

---

① 刘心武:《钟鼓楼》,作家出版社2009年版,第108页。
② 刘心武:《我是最平常不过的人》,载《刘心武文学回忆录》,广州人民出版社2018年版,第7页。
③ 刘心武:《钟鼓楼》,作家出版社2009年版,第126页。
④ 刘心武:《祖父、父亲和我》,载《刘心武文学回忆录》,广州人民出版社2018年版,第12页。

京"的汉族平民？我们需另寻参照。

5. 李龙云

剧作家李龙云是"老北京人"，生于1949年北京和平解放时期："我是在民国38年的冬天降生在南城的。解放军围困北平的大炮，已然能越过护城河而炸掉历年殿的一角。"① 家族是世代生活于南城胡同的汉民（他晚年得知自己有"胡人"血统，但考虑到他在汉文化中成长，又一直自视为汉族，本书还归为汉族），"父亲上过两年小学，母亲不识字"②。北京城有"东富西贵、南贫北贱"的谚语，身在南城胡同往往意味着贫寒。李龙云坦承："南城这么穷，这么寒碜！以致有些在这片土地上度过童年的伙伴，羞于承认自己是南城的孩子…站在哈德门的门洞里，望着东交民巷进进出出的洋人和骑马坐车的少爷小姐，他们往往自卑地低下头。"③

李龙云的创作有怀旧的乌托邦色彩。中国文学不缺乌托邦，但因城市化较晚，多数乌托邦都是田园牧歌。李龙云不同，他的乌托邦在南城胡同："我的作品大致分为两类：一类是《荒原与人》，写的是那种人本的困境，体现了我在文学上的一点追求；另一类是《小井胡同》《正红旗下》，体现了我对那种带有浓郁地域文化色彩的生活的热爱，体现了我对自己最熟悉的生活的回味与拥抱……"④，后者就是胡同生活："我从小受的文化教育，包括小胡同中那种邻里之间的亲情，那种带有浓郁色彩的乡情，那种神秘的古老文化传统，对我的影响是根深蒂固的。我在这片土地上长大。"⑤

他有一段谈自己胡同的话，跟王朔谈"新北京人"的话恰成对比：

> 我们那条小胡同，雅称小井。它古老而又破败；古老到连明末刊刻的《京师五城坊巷》中，都有明明白白的记载；破败到眼睛再好的人，也难以辨清街门上的每副对联。它距龙须沟仅有一百五十步之遥。穷，

---

① 李龙云：《古老的南城帽》，黑龙江人民出版社1986年版，第5页。
② 李龙云：《心灵的底色》，载王江主编《劫后辉煌：在苦难中崛起的知青·老三届·共和国第三代人》，光明日报出版社1995年版，第131—132页。
③ 李龙云：《古老的南城帽》，黑龙江人民出版社1986年版，第4页。
④ 李龙云：《杂感二十三题》，《戏剧文学》2000年第12期。
⑤ 李龙云：《心灵的底色》，载王江主编《劫后辉煌：在苦难中崛起的知青·老三届·共和国第三代人》，光明日报出版社1995年版，第134页。

可谓穷矣,但在我的记忆中,故乡的小胡同却是质朴而又多情的。①

他在近乎回忆录的自传体小说《古老的南城帽》中评论一类"新北京人":"五十年代,北京人改了家风。北京城涌进来一批带着满身土味的'柴禾妞儿'。……想想看吧:一个从打落草儿就没见过火车的乡下媳妇,一旦傍上一位会开粪车、会修下水道的工人进了城,心里该是什么滋味儿?"② 可见对底层"新北京人"的不屑。他谈论家族跟大院人士的关系时说:"据说,姑姥姥有着一位门第极其显贵的朋友。在滕二爷进电车厂之前,两口子开个小小的布店。在兵荒马乱的年头,老两口留用自己的小布铺掩护过一位姓宋的地下党。这位地下党,解放后当了大官,成了北京市一批父母官之一。"③ 也可见对大院的不屑。只有胡同里的亲人和街坊,为他珍视,是心灵的寄托、灵感的来源。他的话剧《小井胡同》,场景和原型都取自自己长大的胡同。他唯一的长篇小说《落马湖王国的覆灭》,写"文化大革命"期间,主人公小马前往东北插队,遭遇困境,逃回北京,一见胡同即满怀深情地赞美,"故乡的月亮是这样美、这样亮、这样温柔"④。

其实,不只李龙云,刘心武、陈建功、汪曾祺等京味作家都喜欢描写胡同和街坊,视其为北京有"人情味"的文化。对此,学者赵园指出:

> 胡同造成了占旧城市最为基本的地缘关系:街坊。"街坊"远可指同一胡同的居民,近则指相邻数家。上述生态环境是以"家"为中心的辐射状人际关系的依据。通常情况下,胡同间人际、家际关系也由居住远近决定。所谓"远亲不如近邻",空间关系转化为情感关系。邻里亲和感,是对宗法式家庭内向封闭状态的最重要的补充。邻居关系是胡同人家家族亲缘关系外最基本的社会关系。⑤

对于个人,北京城太大,难以穷尽,巴什拉所说的"家宅",往往落实于

---

① 李龙云:《古老的南城帽》,黑龙江人民出版社1986年版,第5页。
② 李龙云:《古老的南城帽》,黑龙江人民出版社1986年版,第97页。
③ 李龙云:《古老的南城帽》,黑龙江人民出版社1986年版,第88页。
④ 李龙云:《落马湖王国的覆灭》,中国文联出版公司1986年版,第213页。
⑤ 赵园:《北京:城与人》,北京大学出版社2002年版,第170页。

更小的空间单位，如胡同、街区和大院。李龙云之于北京城的时空体验，就落实于"胡同—街坊"这样一种"城区乌托邦"：

> 北京南城这片土地养育了我，我有许多童年的美好记忆。我现在住的这所楼房，说是在丰台区，其实在方庄的最西北角（芳古园），过了玉蜓桥、护城河就是南城，我小时候常到这一带来玩。昨天晚上躺下之后我还在想，我小时候肯定常到这一带来玩过，从沙土山那边过来，到四块玉、东大地……这里就该是坛根儿。从天坛东门往南门走，这一带都是城垣。我儿时的印象，这里有半米多高的矮墙，堆在坛根儿，长满高高的野草，我在上面跳来跳去。我那时沿着东侧路往这边走——为什么叫东侧路？墙根的东侧。现在又住到这片土地上了，我和这片土地的确有缘。[①]

可以看出，他个人始终以"南城胡同"为中心，来测量和体验北京城。这样一种场景，跟刘恒笔下挣扎于"生物性时空"的平民世界截然不同。究其原因，一是刘恒家族是"新北京人"，新来不久，谋生不易，尚未建立和谐的街坊关系；二是家族跟农村还保持联系，城市和农村形成"家宅"的情感竞争。胡同之于刘恒家族，只是生存"场所"，尚未成为"家宅摇篮"。在这方面，"老北京人"李龙云倒跟"新北京人"王朔相似：王朔对"大院"赋值很高，"视为自己的生身故乡"；李龙云也对胡同赋值很高，"对那种带有浓郁地域文化色彩的生活的热爱"。一个空间被视为"故乡"，须能提供归属感、安全感和尊严感，虽然同是"新北京人"，但王朔和刘恒之于北京的时空体验不同，正因于此。

6. 王小波

如果说，刘恒、李龙云代表了汉族平民之于北京城的时空体验，王小波则代表了汉族知识分子（特别是，反传统的新派汉族知识分子）之于北京城的时空体验。

王小波是教育部大院子弟，也是新北京人。他父亲是抗日战争期间投身

[①] 李龙云：《心灵的底色》，载王江主编《劫后辉煌：在苦难中崛起的知青·老三届·共和国第三代人》，光明日报出版社1995年版，第138页。

第五章　时空体验

革命的新派知识分子，新中国成立后调京，后被划为右派，为自己和子女的命运带来阴影。当时右派子女无法考大学，也无法从军，只能插队或者务工，王小波哥哥王小平当了矿工，王小波则往云南插队。这样一种处境，令王小波寻求以诗性来反抗现实世界，宣称："一个人只拥有此生此世是不够的，他还应该拥有诗意的世界。"（《红拂夜奔》）

　　还要补充的是，王小波所说的"诗意世界"，不与理性冲突，实际上，他把"理性"归为"诗意"一种，认同"智慧即善"，甚至认为"科学是人创造的事业，但它比人类本身更为美好"[1]。王小波跟其兄王小平，"生来投契，在内心中很少隔膜"，"有一种灵魂上的同构关系"。据王小平回忆，他们兄弟都怕愚昧一生，遂自学高等代数、微积分、机械原理、控制论、文学、历史、哲学等学问："我们是把数学一类学问看作一种智力游戏，希望通过它们砥砺思想，努力积累必要的思想素质，一点点进入充满智慧的理想境界。"[2] 王小波小说的主人公，大多是文理兼通的科学家，这在以文科生为主的中国作家里凤毛麟角。

　　王小波在《红拂夜奔》中宣称："长安城"的设计师李靖（李卫公），"设计了三个长安，但是人们看到的只有一个。他不但设计了城市，还有和城市有关的一切东西"。三个北京城，一个是"现实形态"，"人力长安"，指"农耕民族"的长安；另两种是长安城的"可能形态"。一种是"风力长安"：

　　　　那里的人都穿白色的紧袖衣，白色的灯笼裤，头上的无檐帽有黑色的飘带，时时刻刻提醒每个人风从哪里吹来。这些人驾驶着风帆，从所有的地方运来必需的物资，修理索具和风车，使用六分仪和航海时计，必要的聪明实在是必不可少。为了头脑的需要，就得多吃鱼，而且必须吃好鱼，比方说金枪鱼、马林鱼之类。这些鱼可不像我们现在吃的带鱼、橡皮鱼那样好捞，只有驾了大船到远海才能钓到。这样我们就要变成一个航海民族了，每个人都是黑黝黝的，我们的都城也会沉浸在大海的腥味里。一个航海民族的兴衰取决于头脑聪明，技艺高超，所以不会有这

---

[1]　王小波：《科学的美好》，载《沉默的大多数：王小波杂文随笔全编》，中国青年出版社1997年版，第215页。

[2]　王小平：《我的兄弟王小波》，江苏文艺出版社2012年版，第10、181页。

么多的人。

还有一种是"水力长安":

……在第二个长安里也没有城墙,因为要让水流通过,所以用巨木为栅栏,整个城市淹没在一片绿荫中——到处都是参天巨树或者是连片的绿竹,因为没有木头竹子简直就不能活。除此之外,还特别潮湿,连大树的旋转水槽下面,木板墙上,到处长满了青苔,林下也长满了草。那里的人都穿黑皮衣服,衣襟到衣襟还有半尺宽,中间用皮条系住,以便露出黢黢黑毛。不管是砍树,还是扛木头,都得有把子力气才好。所以人都是一米九高矮,百公斤左右的大汉。像这样的人必须吃肉,所以我们就变成一个吃肉民族了。

在王小波的时代,因为中国的落后,中国知识分子对所属的农耕文化有强烈批评,对"航海民族"和"游牧民族"不无向往。"走向蔚蓝"是知识界的一个响亮口号;对"游牧民族"的向往不占主流,但不是没有,另一名北京作家姜戎的长篇小说《狼图腾》就在鄙夷"农耕民族"的同时赞美了"游牧民族"。这种语境下,王小波描述的后两种"长安城",也就是他所说的"诗意世界",其实暗喻了中国文化发展的"可能性",体现出强烈的知识分子批判色彩。

毫不奇怪,王小波不赞成余华的长篇小说《活着》的思想:"中国人喜欢接受这样的想法:只要能活着就是好的,活成什么样子无所谓。从一些电影的名字就可以看出来:《活着》、《找乐》……我对这种想法是断然地不赞成。因为抱有这种想法的人就可能活成任何一种糟糕的样子,从而使生活本身失去意义。"[①]"意义"二字,凸显了汉族知识分子与汉族平民的差异。

综上所述,王小波的时空体验,因为他的知识分子取向,呈现出"诗意世界—现实世界"的二元结构。他之于北京城的时空体验,跟李龙云一样,有强烈的乌托邦色彩,但基础不同:李龙云的乌托邦,建筑在"胡同—街坊"

[①] 王小波:《工作与人生》,载《沉默的大多数:王小波杂文随笔全编》,中国青年出版社1997年版,第553页。《找乐》是另一位北京作家陈建功的作品。

世界；王小波的乌托邦，建筑在"理性—诗意"世界。

三 对巴什拉假说的拓展

依据上述案例，我们进一步探讨并拓展巴什拉的"时空家宅化"说，以增强其解释力。

巴什拉自称以"精神分析"和"现象学"为自己的理论基础，但他赞成荣格的精神分析，却不认同弗洛伊德，因后者强调想象与作家的关联，认为："诗歌形象不受因果性的支配"，"我们把想象力的现象学，理解为对诗歌形象这一现象的研究"，"作品是那样地高于生活，以至于生活不能解释作品。"[①]他在随后完成的《梦想的诗学》中进一步强调："文学的心理分析批评，却把我们的兴趣引向别处。它将世人降格为普通人，但是在诗的伟大成就中，问题始终是：一个凡人何以超越生活而成为诗人？"[②] 由此，他切断了"梦想"跟现实和作家的联系，满足于只研究作品本身，实为一种另类的"新批评"。本书接受他的"时空家宅化"说，但采取"梦想"与现实和作者关联的研究模式，并且，据上述案例，我们可对巴什拉的"时空家宅化"说作如下补充。

第一，"时空家宅化"必然导致个体感知的"时空价值差序"（此词为笔者自撰）。王朔之于"革命史"、叶广芩之于"民族史"、李龙云之于"胡同"等，由上述案例可知，我们的时空体验有一个固定模式，那就是：我们对某一段特殊时空的"赋值"，往往高于其他时空。均匀的"几何时空"转换为我们的"心理时空"时，呈现一种"时空价值差序"——我们对哪一段时空赋值最高，往往决定了我们时空体验的"焦点"。直白地说，便利我们生存的"时空"，我们往往赋值最高；反之，赋值较低，甚至，被过滤或者删除。"几何空间"是均匀的，无所偏私；"心理空间"却由"情感"和"价值"主导，无时无刻不被扭曲、夸张、淡化、压抑，甚至删除。可以相信，这是人类感知时空的恒定状态。

第二，时空体验不由单一因素影响，而由多重因素形塑。 王朔、刘恒、

---

① ［法］巴什拉：《空间诗学》，张逸婧译，上海译文出版社2009年版，第3、20页。
② ［法］巴什拉：《梦想的诗学》，刘自强译，生活·读书·新知三联书店1996年版，第14页。

刘心武都是"新北京人",王朔、刘心武、王小波都是"大院子弟",霍达、叶广芩、张承志和李龙云都是"老北京人",但三组作家之于北京城的时空体验有较大差别。这是因为,他们的时空体验不由单一因素影响,而由多重因素形塑。北京是移民城市,种种群体汇集城中,形成各自的"圈子"及亚文化。"圈子"是比"新北京人—老北京人"、"胡同子弟—大院子弟"、"族群"、"阶层"、"宗教"等更小也更具体的群体聚合,不同圈子对北京城的时空感知存在微妙差异。可以推测,这种情况不独见于北京城,大城市如罗马、巴黎、伦敦、伊斯坦布尔等,均如此。

第三,我们的时空感知模式主要由群体形塑,并在青春期基本定型。后现代身份认同理论认为,个体之于身份认同有较大主动权。从上述案例看,事实并非如此。刘恒后来成为北京市文联主席,不再是平民;王朔后来成为流行作家和编剧,离开大院;叶广芩十九岁离开北京,长居西北……但他们之于北京城的时空体验模式,基本停留于青少年期,正如李龙云所坦承的:"北京南城那片土地对我的影响是根深蒂固的,绝不会因为后来的上山下乡有多大改变。"① 而在这一时期,对他们的时空感知模式影响最大的,往往是家庭,准确说,是家庭所隶属的社会、阶层、族群或者政治身份。法国人类学家莫斯(Marcel Mauss)指出:"我"的观念是在历史中缓慢形成,经历了从"族群"到"家族"再到"个人"的历程。② 我们的"价值"和"情感"往往来自"群体"的赋予,套用编程术语,是为"群体赋值"。这不是否定个体的因素,只是想指出——我们的时空感知模式受群体的影响是远远大于个体的。

第四,在"时空家宅化"背后潜藏着现实关系和权力关系。上述作家作品叙述的"时空",笔者以为,大致可以归为三类:"血缘时空"(家族)、"人文时空"(人文和历史)和"神圣时空"(宗教)。《贫嘴张大民的幸福生活》的时空,主要局限于血亲,可称为"血缘时空"。"血缘时空"以家族为基点,是最稳定的群体关系。对比《采桑子》和《贫嘴张大民的幸福生活》可知,有文化的群体更注重"家族史",可以凭借族谱建构更广泛的关系网,

---

① 李龙云:《心灵的底色》,载王江主编《劫后辉煌:在苦难中崛起的知青·老三届·共和国第三代人》,光明日报出版社1995年版,第138页。

② [法]马塞尔·莫斯:《社会学与人类学》,佘碧平译,上海译文出版社2014年版,第53—55页。

第五章 时空体验

获取更多资源；缺乏文化的群体，家族关系萎缩于三代之内，社会资源往往趋于匮乏。这一点，我们也同样可以从北京满族学者定宜庄采集的老北京人的口述历史里得到印证，比如：

> （1）（老北京旗人毓旗）我发现满族很有意思，受教育才能把家维系下来，如果不受教育，顶多就是"口述历史"。那一支就越来越破败。
> （2）（老北京回民满恒亮）我父亲在这儿（北京城）有根基了，落户了，家族人也都投奔这来了，你干这个，我干那个，你这儿发展了，他那也起来了，就是这样。反正离不开家谱，（家谱）笼络着这个家族的人都上这儿看来，就知道一家子人谁谁谁都在哪呢，就清楚了。①

文字的发明，导致了"家族史"的延长；没有文字的民族，家族史记忆往往很短。这是人类的共性。比如，英国人类学家普里查德（Evans-Pritchard）在民族志《努尔人》中指出，无文字的努尔人，"时间维度是很浅的"，"（他们神话中认为）人类由此产生出来的那棵大树，几年前还在！"②可见，"记忆"、"资源"和"文化"，三者实有互动关系。

但是，"家族史"毕竟还是逼仄，不能提供更多资源。相形之下，"神圣时空"和"人文时空"又比"血缘时空"广大。《穆斯林的葬礼》中，男主人公韩子云跟北京回民玉石家庭无血缘关系，但因宗教关系被接纳，最后成为玉石家族之主；其女韩新月的葬礼，"川流不息的穆斯林"涌进她家，"是那些久不走动的亲戚，很少往来的街坊四邻，和奇珍斋主有着多年世交的同行，曾经和新月一起上过小学、中学的青年，居住在清真寺周围的男女老少乡亲……这些人，新月并不都认识，见了面有些还不知道该怎么称呼呢"（第十四章）。汉族知识分子注重历史，"人文"和"历史"之于他们，有接近"神学"的作用。王朔的"革命史—新北京"，王小波的"诗意世界—现实世界"，李龙云的"胡同—街坊"乌托邦，不仅给予他们精神的"归属感"，也给予他们生存的"关系网"。"关系"即"资源"，关系网的拓展意味着生命

---

① 定宜庄：《没写入书中的历史：毓旗口述》，载《老北京人的口述历史》（上），中国社会科学出版社2009年版，第132页；《回民开的买卖：满恒亮口述》，载《老北京人的口述历史》（下），第646页。

② [英]普里查德：《努尔人》，褚建芳译，华夏出版社2002年版，127页。

资源的拓展，这是"家宅化"的动力。

　　从"血缘关系"走向"人文关系"和"宗教关系"，是"关系的升级"，是人类群体从家族到酋邦再到国家演化后，伴随而生的"时空体验的升级"。从历史来看，超血缘群体的形成，"暴力"是重要因素，与此同时。"想象"也起了很大作用。英国社会人类学家安德森（Benedict Anderson）认为，"民族"是一种"想象的政治共同体"[①]。其实，"超血缘群体"必有"想象"成分，区别只是有的用"宗教"建构，有的用"人文"建构，有的用"意识形态"建构。甚至，历史悠久的血缘群体也多少有"想象"成分。因为，长时间的通婚，祖先基因必然稀释，甚至可忽略不计，"血缘"因而更多是"文化建构"，更少是"生理事实"。安德森的"想象"，其实兼容了巴什拉的"梦想"，从"诗学"走向"人类学"，揭示了"想象"或"梦想"背后的物质关系和权力关系。

---

① ［美］安德森：《想象的共同体：民族主义的想象和散布》（增订版），吴叡人译，上海人民出版社2011年版，第6页。

第六章　亲子矛盾

亲子关系是我们最重要的人际关系，形塑了我们的性情及人际模式。一般而言，对亲子关系的研究，学界主要集中于"血肉亲情"，较少研究"亲子矛盾"。这是因为，作为成功繁衍至今的生命群体，"血肉亲情"是我们人类亲子关系的主要方面，"亲子矛盾"则是次要方面。在亲子关系中，"血肉亲情"大于"亲子矛盾"，这是毫无疑问的。但是，这不意味着我们在研究中要拒斥和忽略"亲子矛盾"的存在。实际上，按照发展心理学，虽然在亲子关系中，"亲子矛盾"只是次要力量，但也不可缺少。成长的子辈之于亲辈，常在"迎"与"拒"间反复。有时，子辈必须拒斥亲辈权威，否则无以建立主体性，故有学者指出：

> 叛逆只是一种摆脱由家庭出身所给定的等级结构的努力，针对的是家长权威，通过叛逆，他们为自己找到新权威，在新的等级结构中找到适合自己的位置，并完成社会关系的重组。[①]

由此可见，亲子矛盾之于个体成长，也有积极影响，并非全是负面，也不宜忽略。笔者长期研究"新北京第三代作家"，他们属于北京的共和国第三代人（共和国同龄人），阶层相近，同质性高；又擅长体察人情世故，敢于直面亲子矛盾，材料较丰富。中国人敬老，谈论亲子矛盾向有顾忌，新文化运动兴起后，直面家庭矛盾，甚至肯定子辈叛逆行为，才较多形之于文。这批作家成长于左翼传统，较敢直书，记父母不便传之言，写常人不敢录之事。上述特点使这批作家较适合作为研究亲子矛盾的群体案例，故笔者选择他们

---

① 辉格：《群居的艺术》，山西人民出版社2017年版，第55页。

的亲子矛盾叙事进行整体考察，以此深化我们对亲子矛盾之理解。

一 亲子矛盾的存在

本章研究以子辈叙事为主，适当参照亲辈叙事。子辈出于个人情绪而丑化亲辈的情况是存在的。比如，王朔小说往往把"父亲"写成喜欢道德训斥的退休干部，投射了对父亲的评价。但在其母薛凤来眼里，丈夫王天羽是"一个好丈夫，好父亲。事业上他很优秀，为人忠厚朴实。……为了支持我的工作，他承担了很多家务。他深爱两个儿子，为他们也付出了很多"[1]。又如，邢小群批评父亲不体恤兄弟姐妹，却也承认老同事"对他印象都很好，说他是老好人，很正派，能帮助人时尽量帮人"，"他对级别比他低的人，更友善、宽容；对级别相当或高于他的人，除了相知的好友外，总是比较矜持"[2]。再如，潘婧认为父亲"怨恨他的亲人，怨恨他的妻子，怨恨他的女儿。他对我们日见冷漠；相反，他对一切不相干的人倒很亲切，同事，邻居，保姆，甚至那些整过他的人。他喜欢博取同情，他在内心深处始终是软弱的"[3]。虽然可能存在"一面之词"的偏差，但考虑到本书视角是"子辈眼中的亲子矛盾"，研究框架仍是成立的。

"亲子矛盾"的剧烈形式，是"亲子冲突"。这代作家与其父母，"亲子冲突"是不乏见的。

刘心武晚年回忆："回想我的少年时代，和父亲很有几次非常严重的冲突，我毫不留情地说了毫无根据的故意惹他伤心败他声誉的话，气得他浑身发抖，竟一反常态地挥手打起我来。结果我拼力反抗，他的手竟被震麻痛。"[4]

北岛年轻时，常跟父亲争执，被赶出家门。父亲退休后，两人还是"互相看不惯"，"还会闹别扭，但很少争吵，相当于冷战"[5]。

王朔与母亲有矛盾，甚至同上电视辩论，自传体小说《看上去很美》称：

---

[1] 薛来凤：《一家人》，华艺出版社2009年版，第128页。
[2] 邢小群：《我的父亲》，载《追忆双亲》，中国工人出版社2011年版，第224页。
[3] 潘婧：《另一类的回忆》，作家出版社2010年版，第16页。
[4] 刘心武：《祖父、父亲和我》，载《刘心武文学回忆录》，广州人民出版社2018年版，第15页。
[5] 北岛：《城门开》，生活·读书·新知三联书店2010年版，第192—194页。

第六章　亲子矛盾

"她不是我生活中重要的人……看了太多回忆母亲的文章，以为凡是母亲都是死了很多年的老保姆。至今，我听到有人高唱歌颂母亲的小调都会上半身一阵阵起鸡皮疙瘩。"①（第一章）《动物凶猛》则对"父亲"大加嘲讽："我在很长时间内都认为，父亲恰逢其时的死亡，可以使我们保持对他的敬意并以最真挚的感情怀念他，又不致在摆脱他的影响时受到道德理念和犯罪感的困扰，犹如食物的变质可以使我们心安理得地倒掉它，不必勉强硬撑着吃下去以免担上了个浪费的罪名。"②发小周大伟回忆，曾与王朔父子同桌吃饭，"奇怪的是，他父亲自始至终没有和王朔或是我讲过一句话，只是默默地吃饭，然后离开饭桌回到自己的房间。我当时突然感到王朔和他父亲之间的关系有些蹊跷"，"后来，我在王朔的文字里，看到不少提及他们父子关系的文字，回想起当年在饭桌上的气氛，看来不是空穴来风"。③可见王朔跟父亲不睦，不纯是虚构。

潘婧也回忆："第一次弃家出走是在我十岁的时候。那一次不知为了什么事情顽固地与父亲争执，竟然挨了一记耳光。那是惟一的一次挨父亲的打。二十岁的时候，为了我的初恋又挨了母亲的一记耳光。小时候我也曾参与过男孩子的打'群架'，鼻子被打出血，但是再疼也不想哭。挨父母的打是另一回事，因为不可能还手，所以无法驱散屈辱的感觉。"④

甚至，性格柔弱的孩子也跟父母冲突。杨沫大女儿徐然坦承："我非常依恋妈妈，重感情、胆怯、敏感、认真是母亲和别人公认的我的本性。小时候，这个性导致我依恋妈妈以至于病态。"⑤即使如此，她青春期跟母亲闹翻，离家去了内蒙古。

更多时候，"矛盾"引而不发，未变成"冲突"。过士行承认"我和父亲经过了一段相当长的磨合"，"文化大革命"时期，因过士行看小说，父亲打了他一个耳光，后来，"远在北大荒的我接到父亲一封诚恳的信，对当年他不许

---

① 王朔：《看上去很美》，云南人民出版社2004年版，第3页。
② 王朔：《动物凶猛》，载《王朔自选集》，云南人民出版社2004年版，第347—348页。
③ 周大伟：《我的战友王朔》，载《北京往事：法律学者周大伟随笔集》，法律出版社2013年版，第106—107页。
④ 潘婧：《另一类的回忆》，作家出版社2010年版，第62页。
⑤ 杨沫、徐然：《爱也温柔，爱也冷酷——〈青春之歌〉背后的杨沫》，辽宁人民出版社2000年版，第84页。

我看小说一事道歉,我大为感动。那个年代没有父亲向儿子道歉的,父亲总是对的"①。

刘心武六十岁后坦承:"在内心的感情上,我曾同母亲有过短暂然而尖锐的冲突。那是一直深埋在我心底的,单方面的痛怨。母亲在世时,我从未向她吐过","对母亲的不悦,很快也就沉入心底,尘封起来了。"②

李大兴回忆与父亲李新:"我虽然内心叛逆,但是性格温和并且从小习惯尊重长辈。记忆里,我从来没有和父亲吵过架,他也从来没有对我高声发过脾气。只是从十几岁以后,我对他心里越来越缺乏尊敬,越来越不相信他的话,越来越少和他说话。"③

肖长春批评父亲:"我从没见过一点点情感的表示,我从没见过他流泪。从我妈死,到我那个异母的死,到我三姐的死,他没掉过一滴眼泪,没一点儿表情。……父亲是个彻底的现实主义者,现实得缺少人味儿。"④

此类矛盾,有的作家只是委婉表达。年龄较小的陈染介绍双亲:

> 父亲是个性情古怪的学者,终日埋头书海,著书立说,大有"语不惊人死不休"的顽强精神。母亲与父亲趣味性情上差距很大,她温良优雅,是个作家。她还酷爱音乐、绘画等艺术。我整个童年时代,在那个小鸟恋枝的年龄,生活在这样一个为着各自的爱好独立追求、紧张忙碌的家庭里格外孤单。我瘦弱且爱哭。父亲的慈爱表现为严厉,我有些惧怕他。小时候最幸福的事情就是跟着妈妈走街串巷,只要离开家,我就活蹦乱跳疯起来。我在母亲的万般珍爱、娇惯纵容与艺术的熏染下长大。……整个中学时代我都是在这种孤独的自我追求中度过。我辞掉了莫名其妙被选上的各种"长",为了更有时间练琴。当时的生命里只有两样:音乐和妈妈的爱。⑤

虽然承认父亲对自己有"慈爱",然而又指出那是"严厉的",最后坦承

---

① 过士行:《我和鱼,还有鸟》,中华书局2015年版,第111—115页。
② 刘心武:《母亲放飞的手》,载《刘心武文学回忆录》,广州人民出版社2018年版,第27页。
③ 李大兴:《在生命这袭华袍背后》,生活·读书·新知三联书店2017年版,第74—75页。
④ 肖长春:《北京大院的"熊孩子"》,中国文史出版社2015年版,第278—279页。
⑤ 陈染:《没结局》,载《时光倒流:陈染散文集》,新华出版社2003年版,第3—4页。

"当时的生命里只有两样：音乐和妈妈的爱"，其中情绪很明显。

也有作家通过小说形式来表达亲子矛盾，陈建功的《鬈毛》，其实是一个以"痞子"口吻讲述的父子矛盾故事。张承志幼年父母离异，屡以小说表达对父亲的怨恨。《黑骏马》（1982）中主人公离开父亲去草原生活，"心里升起了一种战胜父亲尊严的自豪感。我已经用不着他来对我发号施令了"。《北方的河》（1984）中主人公宣称："我从小……没有父亲。我多少年，把什么父亲忘得一干二净。那个人把我妈甩啦——这个狗杂种。"小说不是实录，但其中情感，自可窥见一二。

综上可知，"亲子矛盾"如同"血肉亲情"，是较普遍的家庭现象，无怪乎刘心武慨叹："和许多中国人一样，我经历了许多次有时是很激烈的代间冲突。因为政治，因为经济，因为道德观，因为兴趣爱好分流，因为认识分歧，因为感情波动，因为性格的变异，因为无端的烦躁，因为单向或双向的误解，以及什么也不因为……有时是被时代、社会的大潮流所推动，有时迫于具体处境，有时完全是主动出击，有时似乎非常清醒，有时实在是浑浑噩噩，有时始于理性而终于非理性……代间的冲突酿成了一出出悲喜正闹的活剧"，"想起来常常发愣，为什么父子间的冲突，即使在最亲和的家庭中，也往往不能避免？"①

二　亲子矛盾的焦点

上述亲子矛盾的焦点主要有二：

第一，人身管理权。最早的亲子矛盾，往往是父母对子女在活动、读书、工作、婚恋等方面的"管理"或曰"控制"。这是一种必要保护，但"管理"与"控制"不易分，也不见得孩子都能理解。如果某方或双方特别强势，矛盾必然激化，邢小群就有痛苦记忆：

> 父亲在家里，一切以他为中心。从我记事起，他与我们的联系，就

---

① 刘心武：《祖父、父亲和我》，载《刘心武文学回忆录》，广州人民出版社2018年版，第12—13页。

是支使我们做事：买东西、扫地、洗菜、倒垃圾、买煤球、打煤糕（用煤面和黄土做成的煤块）、给他洗衣服。他自己从来不上街采买。……1961年，我九岁，正是经济最困难时期，父亲有胃病，要吃精细一点的蔬菜，经常让我坐电车从北京和平里到东单菜市场给他买菜。那是十几站的路程。他大概觉得我胆子大，泼辣一些。一个九岁的小姑娘，挎着大篮子，上车、下车，走几步，歇一歇。在冬天的风雪中，我的双手冻得通红，裂开了那么多的口子，疼死了！父亲的眼睛，绝不会注意到我的手，他怎么会知道我的痛？当我一步一步往家走的时候，总觉得自己就像传说故事中的童养媳。[①]

子辈在青春期反抗父母意志，要求人身自主，这是历代的常见现象。这代作家中，一个重要表现是许多人不经父母同意，或者不顾父母反对，报名当知青，徐然、老鬼、王小波、徐小斌、铁凝、李银河等都是如此。铁凝母亲得知铁凝要到农村当知青，坚决反对，铁凝反复劝说才勉强同意。[②]

徐城北则是因报志愿跟父母发生冲突。他计划学戏曲，父母"虽然被打了右派，但对我的选择颇不为然。他们说，我们一生当记者，一生向前看。你年纪轻轻，京戏舞台演的都是死人，你怎么愿意向后看呢？我说，学校里说了，报新闻专业的，必须家庭出身没问题，恨不得本人得是学生党员才好。就凭我现在这个出身，报新闻专业不是开玩笑么？……有一次，我和母亲面对面争执起来，我恼了，我甚至是叫着说：'就冲你们给我的这个出身，还想让我考什么？'母亲愣住了，半响才喘着说：'要不是冲着孩子，我早就自杀了！'她声音不大，但表情坚毅，有一种横下心去死的表情。我从小就没看见母亲有这样的表情，吓坏了，当时不敢再说什么。许多天我躲避着母亲的眼光"[③]。

除了考学和择业，人身管理冲突的另一个焦点是择偶。新中国成立后，政府强调"自由婚姻"，父母传统管理权力发生了很大改变。学者李秉奎如此探讨政府与家庭之间对子女择偶权利的博弈：

[①] 邢小群：《我的父亲》，载《追忆双亲》，中国工人出版社2011年版，第232页。
[②] 何绍俊：《铁凝评传》，昆仑出版社2008年版，第13页。
[③] 徐城北：《母亲留赠三句话》，载《迟桂花开：母亲的母校》，社会科学文献出版社2001年版，第172—173页。

第六章 亲子矛盾

20世纪50年代，集体经济的建立从根本上削弱了父母在经济生活、家庭生活方面的领导地位。1958年11月，毛泽东明确表示"现在不是取消家庭，而是废除家长制"。即便如此，"废除家长制"也是父权被剥夺或被削弱的过程，同时也是青年获得更多生活支配权的过程。走出家庭的婚姻，越来越多地以"个人问题"的方式出现。①

他还指出，其中一个很重要的博弈细节，体现在政府以婚姻登记制度削弱了传统的婚礼仪式："1950年《婚姻法》颁布后，国家通过婚姻登记制度部分地取代了家庭及媒人所扮演的角色，传统烦琐的婚礼仪式逐渐简化为双方见面、结婚登记、结婚典礼（通常所说的'婚礼'）等几个程序。由此开始，男女双方的婚姻状况及所缔结婚姻关系的'合法性'，都是由国家通过基层政权及民政部门来判定，婚姻介绍信及结婚证书成为国家判定的直接体现。从某种程度上讲，婚姻登记制度削弱了家庭在婚礼仪式中的地位，使得婚姻更多地带有国家承认的色彩。"②

这批作家的父母，不少本是礼教叛逆，又受五四洗礼，较尊重孩子意志，干涉孩子婚姻的情况不多，但也不是全放任。比如，杨沫反对徐然婚事，认为双方"离得太远"，基础不牢，但也承认徐然有自主权："你已经这么大了，我们怎能干涉、阻止你呢？而且这样做也无用。最后，只有靠你自己的觉悟。……你自己考虑吧。"③ 从中可见五四及革命文化带来的时代进步。

子女逐渐成人，结婚离家，父母的控制权渐渐削弱乃至消失。这一点，大部分父母是接受的，但也有例外，比如邢小群父亲，瘫痪在床后：

> 仍然是君临全家的"主人"，一切都得他说了算，绝不迁就，绝不妥协。他已不会说话，耳朵也全聋，但他脑子清楚，"意志"坚定。

---

① 李秉奎：《狂澜与潜流：中国青年的性恋与婚姻（1966—1976）》，社会科学文献出版社2015年版，第184页。

② 李秉奎：《狂澜与潜流：中国青年的性恋与婚姻（1966—1976）》，社会科学文献出版社2015年版，第152页。

③ 杨沫、徐然：《爱也温柔，爱也冷酷——〈青春之歌〉背后的杨沫》，辽宁人民出版社2000年版，第142—143页。

首先，一天三顿，每顿吃什么，必须经过他的同意。他不能说话，字也写得无法辨认。我们就把他喜欢吃的东西写在纸板上，每次指点，让他点头，再去采买烹饪。但是，即使这样也不能建立一个好的秩序。他的主意不断在变，一会儿想吃这个，一会想吃那个。如果你想说服他，下顿再改变，他会把碗摔到地上，让你重做。……经常闹绝食。①

接近临终，还如此千方百计掌握对子女的控制权。这是极端例子，却提醒我们，人身管理权的争夺，虽不像原始社会明显，却不是完全不存于家庭内部。

关于择偶的亲子矛盾，不只存在于父母对于子女的婚姻，也存在于子女对于父母的婚姻。笔者找到了两个例子：一个例子，是叶广芩反对母亲的再婚。叶广芩属于老北京旗人家庭，跟父母关系很好，父母也特别疼她。她回忆1955年中秋节和父亲在颐和园景福阁中赏月的情景，"当时我口啃糕饼，偎依在父亲怀抱，举目望月，银白一片。居月光与亲情的维护之中，此情此景竟令我这顽劣小儿也深深地感动了"。天有不测风云，当年父亲因病去世，全家没了依靠，生活逐渐陷入困境，邻居出于好心，给母亲介绍了个对象，"只是提起，并未见面"，叶广芩知道后，"视为世界末日的降临"，剧烈反对，"当着四姐的面大声指责母亲"，"有意地让她下不来台"，甚至"以绝食来抗议这件事，每天一言不发，坐在廊子上晒太阳"：

孩子们当中，也只有我一个人在跟母亲对着干。而我的执拗、我的霸道，在叶家又是出了名的，这就苦了母亲。她几次找人叫我去吃饭，我均不理睬，我的心里装满了愤懑。我不能管父亲以外的任何男人叫爸爸，也不允许毫不相干的人进入这个家庭充任父亲的角色。我的父亲不是谁想当就能当的，叶家的大门不是谁想进就能进的。现成的大宅院，现成的妻子，现成的子女，在我们面前指手画脚地当现成的爸爸，没门儿！

甭管他是谁！

绝食的第三天，我已无力在廊下呈夜叉状，而改为静默卧床。傍晚

---

① 邢小群：《我的父亲》，载《追忆双亲》，中国工人出版社2011年版，第249页。

第六章 亲子矛盾

时,母亲端着一碗红小豆粥来到我的床前,母亲将粥放在桌子上,搓着手并不离开,明显地她是想跟我说什么。我将身子掉过去,把后背冷冷地甩给了母亲。

半天,我听见母亲声音低低地说:"……那事儿,我给回了……"泪水由我的眼中涌出,依着我的本意,该是抱着母亲大哭一场。但倔强的我有意不回过头去,以继续显示我的冷淡,显示对她行为的不屑,让她做进一步的反思。

无奈中的母亲,再没有说什么,她……跪在了我的床头。①

另一例,是老鬼及其兄妹对于母亲杨沫的婚外情的反对。据《我的母亲杨沫》,杨沫在处境困难的时候,得到了男秘书的支持,两人逐渐产生了感情。老鬼这样写道:"男秘书长时间与母亲单独住在一起,吃在一起,周围又没旁人,自然让人有想法。很多人都劝告母亲,要注意影响,与小罗保持距离。可母亲却相当逆反,别人越劝她,她越与这病号密切,谁的话都不听。她有点像邓肯,喜欢接近年轻男子,我行我素,旁若无人。(姐姐)小胖最先怀疑,说母亲找了一个面首。老家的侄女也认为,她和那个助手关系不正常。那人一到柳荫街的家,只去她的屋,说是给母亲打针,可打针也不至于大白天拉窗帘呀。但母亲坚决否认。"与少年的叶广芩不同,老鬼虽然对男秘书深恶痛绝,但对此事本身倒表示理解,认为"母亲于极度苦闷之中,或许在这个秘书面前有一些感情软弱的举动,这很正常,母亲也是人,也有人性的脆弱。多年守活寡,受伤害,她渴望渴求温暖和呵护"②。

第二,利益纠葛。亲子矛盾也跟利益纠缠。杨沫对自己父母的怨恨,经济问题是要因——母亲多次以中断经济支持威胁,甚至迫她嫁人,儿子老鬼回忆:"母亲在提到她的父母时,从没说过他们一句好话。"③ 但我们发现,这批作家很少提财产问题,唯一的例外是老鬼:"父亲去世后,母亲纵容小秘书大肆强掠家里的财产,我们几个孩子自然对母亲不满。……1986年1月某天深夜,我开摩托车到小红楼,从门上的窗户钻进母亲的房间,撬开她的大

---

① 叶广芩:《琢玉记》,北京十月文艺出版社2015年版,第34—35页。
② 老鬼:《我的母亲杨沫》,同心出版社2011年版,第217—218页。
③ 杨沫:《儿子老鬼》,载《我的母亲杨沫》,同心出版社2011年版,第6页。

衣柜，寻找字画。翻了半天也没找到，只好偷了她的一个照相机。"① 这可能是因为他们是干部子弟，又有革命文化"何必言利"的影响，较少考虑物质问题。

然而利益是比金钱更宽泛的概念，金钱是利益，但利益不一定是金钱。市场经济转型前，金钱远不如关系网重要。虽然研究对象之于父母有矛盾甚至冲突，但他们许多人生大事（如读书、工作、出国）之达成，离不开父母或隐或显的支持。许多父母都有给孩子寄钱、调动、帮忙找工作的情况。

上述作家与其父母虽然较少经济矛盾，却存在一种利益矛盾，那就是父母的"事业"与养育孩子的"责任"的矛盾。这一矛盾对父母都有影响，但对母亲的冲击更大，因为母亲在抚养孩子上负担更多。然而她们又接受了五四解放思想，投身革命工作，革命是一种"信仰"，也是一种"事业"。她们在工作与家庭之间的压力大于父亲，负担更重。李大兴母亲参加革命，生了几个孩子后，"渐渐失去了工作的热情"，最后"辞去公职，回到家庭"②。

不用说，选择辞职的母亲很少。作家宁肯的母亲十八岁背着家人，投身革命，入了党，1944 年被冀中边区授予"抗日群众英雄"模范称号，正计划参军时，被家人所阻，未能成行。宁肯回忆：

> 母亲在农村妇女中是个具有独立品格、敢作敢为的人。一方面与她的天性有关，另一方面也与抗击日本人的那场战争有关。我母亲比我父亲小近十岁，他们是完全不同的人。1987 年我姐姐返乡在中共河间县委档案室查到了母亲在抗日战争中珍贵的历史资料。作为那个时代敌后抗战的传奇人物、一个拥有短枪的劳动妇女，她被载入冀中抗战史册是必然的。母亲"红莲"的名字，许多年来被故乡人传诵。但事实上她光辉的历史早在 1945 年就结束了，到她上了我父亲的船，算是正式画上了句号。③

一旦参军，便成了彻底的职业革命妇女，但宁肯的母亲最终未走到这一步，"随着 1945 年的胜利，我大哥的出生、二哥的出生、姐姐的出生，到了 1957 年举家迁往北京时，母亲已完全认同了和平年代的生儿育女生活。战争

---

① 老鬼：《我的母亲杨沫》，同心出版社 2011 年版，第 402 页。
② 李大兴：《在生命这袭华袍背后》，生活·读书·新知三联书店 2017 年版，第 101 页。
③ 宁肯：《北京：城与年》，北京十月文艺出版社 2017 年版，第 276 页。

已远去,到了1959年我最后的出生,忙碌的母亲早已忘记那场战争,或者看上去忘记了"①。

多数投身革命的母亲不甘心困于柴米油盐,而希望能有事业,对性别限制倍感痛苦,我们可从杨沫、张今慧及薛来凤身上窥见一二。杨沫日记经常提及育儿与事业难以兼顾的痛苦,比如:"总不甘心真的为孩子沉陷到狭小的圈子里。我总想高飞,想大喊,想飞出这个圈子,到群众当中去,到更丰富的战斗中去。可是现实呢?缝衣做饭,哄着胖胖,亲着胖胖,服侍着她……成了我生活中的全部——我常常无言地恐慌着,可不要永远这样下去呀!"(1946年12月22日)② 怀上老鬼后,她在日记里写道:"整整4个多月,我陷入痛苦中。从12月25日,我突然闹起病,以后发觉是怀上孩子,精神更加了一层痛苦。中间,1月底,我曾得到组织许可到唐县附属医院去堕胎,刮子宫,但因未得卫生部许可,来回20天白跑一趟,现在肚子一天天大了,我只好等着把孩子生下来。我将要为4个孩子的母亲,再加上革命所赋予我的任务,我常常觉得肩上是那样沉重,所应当做的是那样多,而实际做的却那么少。"(1947年4月6日)③

邢小群回忆,母亲张今慧"属于工作型的人。母亲在外面认真、亢奋的工作状态,让你觉得只有工作才能实现她的生命价值。偏偏事与愿违,1949年以后,她十年当中生了七个孩子(一个六岁时夭折),无情地消耗着她年轻的生命"④。

王朔母亲薛来凤自述:"'事业第一'已经在我的脑海中深深扎根,不能因为私事影响工作是我的原则","从事治病救人的医疗工作,我一向全神贯注,不敢马虎,生怕出事。有时晚上回家,脑海中想的还是病人,特别是尚未确诊的病人,这样就难免把家里的事忘在脑后。"与前三者比,她只生了两个孩子,丈夫也支持她,痛苦稍弱。⑤

生育三四个孩子,如果不考虑其后的抚养付出,只按怀孕一年和母乳一

---

① 宁肯:《北京:城与年》,北京十月文艺出版社2017年版,第28页。
② 老鬼:《我的母亲杨沫》,同心出版社2011年版,第283页。
③ 老鬼:《我的母亲杨沫》,第283—284页。此则日记也见《杨沫文集》卷六《自白:我的日记》上册,中国言实出版社2015年版,第28—29页,但文字有删节。
④ 邢小群:《我的父亲》,载《追忆双亲》,中国工人出版社2011年版,第236页。
⑤ 薛来凤:《一家人》,华艺出版社2009年版,第95、127页。

年计算，最少也要耗费七八年精力，对有志于事业的革命女性，这当然是巨大牺牲。她们对自己期许越高，痛苦越强。家庭和事业的双重压力，导致她们照顾孩子的时间少于其他家庭。

对于儿子，"革命母亲"形象更多导致的是指责。王朔《看上去很美》中的"方妈妈"，即以薛来凤为原型，他评论"方妈妈"说："是那种标准新中国女性，电影上也有这一路人，身份一般为教师、文工团员或大学生：刚毅较真，意气风发，一遇见错误倾向就坚决斗争。你一看见她们就会产生幻觉，仿佛看到一个高举火炬向我们跑来的女子马拉松运动员。"[①] 老鬼也说："母亲作为一个作家是杰出的，但作为一个母亲，却有严重的欠缺。……我的母亲整天醉心于她的写作，都同样不管孩子，儿女情很淡。孩子生下后，她嫌带孩子麻烦，影响工作，5个孩子有4个是找别人带的。"[②]

对于女儿，母亲的革命观念及现实困境，更多导致了她们对女性身份的恐惧。马笑冬坦承："我一直把自己看作一个特殊的女人，男人能做的事，我也能做，我不能接受一般女人的命运。"[③] 李爽也认为："我一直不喜欢做女人，感到做一个女人到处是弱点，甚至觉得性生活讨厌。生活经验告我：周期里你要来月经，工作上你要听指挥，事业上你被排在男人后面，性生活上你是一个被动者，做爱只是为了生儿育女。如果你喜欢一个男人渴望他的爱情，你所做的应该是牺牲，这就是女人的现在未来吗？那我更喜欢做一个男人。"[④]

三 亲子矛盾的根源

第一，父母个性强烈，关系不和谐。这批作家的父母辈大多叛逆性强，行动力强。王方名在川东师范上学时，因包办婚姻跟父亲闹翻，父子断绝关系，断了经济来源。王方名不屈服，在朋友帮助下读到毕业，奔赴延安。[⑤] 张

---

① 王朔：《看上去很美》，云南人民出版社2004年版，第75页。
② 老鬼：《我的母亲杨沫》，同心出版社2011年版，第281页。
③ 叶维丽、马笑冬：《动荡的青春：红色大院的女儿们——叶维丽、马笑冬对谈录》，新华出版社2008年版，第168—169页。
④ 李爽：《爽：七十年代私人札记》，新星出版社2013年版，第239页。
⑤ 李新：《我的好友王方名》，载《流逝的岁月：李新回忆录》，山西人民出版社2008年版，第407页。

第六章 亲子矛盾

今慧出身宗法观念很强的乡村,爷爷、奶奶、父亲都重男轻女,两个妹妹都因有病不给治,在不闻不问中死去。抗战时期,"她不顾家庭反对,随抗日小学东躲西藏地读书,1944年又带着强烈的反抗精神参加了革命"①。徐小棣父亲"是贫苦渔民的儿子,童年时给人放牛","恨我母亲那样的家族。……爱斥责妈妈,说她在用资产阶级思想影响我们"。② 这样的个性,使他们跟伴侣和孩子相处时,容易产生矛盾。

父母关系不和谐也是影响亲子关系的要因。李南央"什么时候回家,只要赶上两个人都在家,就什么时候吵架,吵得昏天黑地"。她成了父母矛盾的牺牲品:"在我九岁的时候,家里没有了爸爸,他去了北大荒劳改农场。妈妈失去了发泄的对象,我就成了爸爸的替身,挨骂自此成了我的家常便饭。那真不是人过的日子!常常整晚上地挨骂,不许睡觉。"③

老鬼父母本为革命伴侣,后因情感破裂而分居。《我的母亲杨沫》中收录了父亲给母亲的一封信,称:"为了孩子们能凑合就凑合吧。可是能再这样凑合下去吗?有这么凑合的吗?你既然不满意我,不满意这个家,为什么却还要凑合下去?"这自然影响他们对孩子的感情,也影响了孩子对他们的感情。

潘婧承认,自己小时对父亲和母亲都抱有幻想,但随着父母不和谐导致的家庭关系紧张,最后对父亲和母亲的幻想都破灭了,"有很多年,我无法理解母亲性格中的那种暴虐的倾向,无法理解她与我父亲之间的恩恩怨怨,他们就像两条缠绕在一起的毒蛇,彼此怀着怨毒,又纠缠不清","父亲和母亲都自认为,没有离婚是为了我们,这样,就把他们的女儿们置于生而有罪的地位。有很长时间,我一直相信他们的这一理论,后来我发现真正的原因并非如此。在他们身上,有一种怯懦的惰性,使他们没有勇气改变自己的生活"④。

有的父母存在精神创伤,影响了对待孩子的态度。杨沫幼时,母亲从不关心她,醉心于打牌串门。后来杨沫对自己孩子也是如此。老鬼回忆自己患重病,几乎丧生,但杨沫不理不睬,连医院也不去。"幼时身心受过摧残,把母亲的心变冷变硬。她也承袭了她母亲的毛病,对孩子缺少关爱,甚至有些

---

① 邢小群:《我的父亲》,载《追忆双亲》,中国工人出版社2011年版,第236页。
② 徐小棣:《颠倒岁月》,生活·读书·新知三联书店2012年版,第89—90页。
③ 李南央:《我有这样一个母亲》,《书屋》1999年第3期。
④ 潘婧:《另一类的回忆》,作家出版社2010年版,第51、21页。

冷酷无情。"① 后来她投身革命，见证了大量死亡和暴力，又患上了"疑病症"。老鬼说："母亲参加革命斗争，虽有不怕死的一面，更不怕死的一面……因为她对死极度敏感，所以她身边的每一个战友牺牲都给了她超强刺激，撕裂着她柔弱的神经。"她一旦患病，总怀疑得了绝症，"看她的日记，就像看一个在死亡线上挣扎着的灵魂，不住地哀号"，"就在死亡的阴影下生活"。②

　　第二，政治运动导致的家庭压力。新中国成立后到改革开放前，运动频繁，不少父母是落难者，长期承受巨大精神压力。压力无法"消化"，往往选择家庭宣泄，有意无意把自己的恐惧与创伤传给了子辈。有的作家跟父母的情感联系，跟"惩罚"关联。王小波就是一例。他小说和杂文里多次提到父亲，主要情节就是挨揍，甚至说父亲揪着他的耳朵，把他拎得离开地面，以至他到医院去看耳朵，医生惊叹说，这根本就不是耳朵，而是起重机的吊钩。这不是幽默，其兄王小平证实："不知从什么时候起，手拎耳朵就成了我爸爸接触他身体的主要方式。"③ 王小波出生前夕，正值"三反"，王方名因给领导提意见，被开除党籍，打成阶级异己分子，故以"小（风）波"为他取名。④ "小波"不小，持续二十多年，后因李新援手，罪名才取消。⑤ 他对王小波的身体暴力，当有此种压力在。此种暴力关系，显然是王小波关注受虐—施虐的一个要因。王小波《黑铁时代》里用大篇幅描绘受刑的虐恋场景，李银河认为是因自己嗜虐恋之故，然而，《黑铁时代》写的不是单纯虐恋，而有父子暴力关系之"原型"在。至于老鬼表现出来的强烈虐恋情结，更无须赘述了。⑥

　　北岛也如此："与父亲最早的冲突在我七岁左右……父母开始经常吵架，

---

① 老鬼：《我的母亲杨沫》，同心出版社2011年版，第286页。
② 老鬼：《我的母亲杨沫》，同心出版社2011年版，第43、56页。
③ 王小平：《我的兄弟王小波》，江苏文艺出版社2012年版，第51页。
④ 参见乐艺文《王小波传》，浙江大学出版社2014年版，第8页。
⑤ 参见李新《我的好友王方名》，载《流逝的岁月：李新回忆录》，山西人民出版社2008年版，第422页。
⑥ 当然，家庭暴力当时很普遍，并不必然导致子女形成受虐—施虐心理。诗人阿坚（大踏）回忆："我父亲是比较纯粹的共产党员，朴实，'极左'，看我和我弟不顺眼时爱说：家里怎么出产了这两个臭东西。我们哥俩的腮和耳朵几乎天天挨拧，所以后来我把'牵一发而动全身'的成语改成'牵一耳而动全身'了"（《没有英雄的时代，我只想做一个人》，广东人民出版社2013年版，第83页），但他本人并未体现出对施虐—受虐关系之兴趣。家庭暴力是否形成虐—受虐心理，还应结合个人环境来综合考察。

第六章 亲子矛盾

似乎只有如此，才能释放某种超负荷的压力。转眼间，父亲似乎获得风暴的性格，满脸狰狞，丧心病狂，整个变了个人。……父母吵架越来越频繁。我像受伤的小动物，神经绷紧，感官敏锐，随时等待灾难的降临。"① 徐城北母亲子冈（彭雪珍），"不能再做自己心爱的工作了"，"为自己满腔的热情无处宣泄而苦闷"，徐城北不理解母亲难处，"多次和母亲发生冲突"②。

政治压力导致的父母冲突，往往要求子女站队，又激化了亲子矛盾。北岛选择站在母亲一边："我恨自己，恨自己弱小无力，不能保护母亲。"③ 徐小棣在父母争夺抚养权时，选择了母亲，父亲骂她是"狗崽子"④。邢小群选择了母亲。从材料看，弗洛伊德所说的"恋母弑父"情结不适用于他们，中国人常说的"女亲父、儿亲母"模式也不适合，决定因素是父母性情及其跟儿女的融洽程度。

陈染的父母关系本来不甚和谐，1957年的"反右"斗争更加速了这一点：

> 从我还未出生的1957年"反右"开始，家里就屡遭冲击，家庭气氛沉闷、压抑、冷清。父母关系的紧张使我深感自卑和忧郁。见到小伙伴的一家人围坐着呼噜呼噜喝稀粥，收音机里热热闹闹轰轰烈烈，里院与外院的邻居大嫂扯着嗓门隔着房屋聊（喊）大天，我真是羡慕极了。最令我神往不已的是在热情明朗的夏天里，小伙伴们在院子里跳整整一个夏天的皮筋，玩砍包、蹦房子，而我却躲在阴暗冷清的房间里练琴，只能隔着竹帘子向外边望几眼。长大后我为此深深遗憾，整个中学时代我都是在这种孤独的自我追求中度过。⑤

陈染自述，自己由此形成了一种"说不清的孤寂与惆怅"和"莫名其妙的强烈自卑"的性格，成了一名"孤寂的隐居者"，对隐私和孤独极度渴求，

---

① 北岛：《城门开》，生活·读书·新知三联书店2010年版，第174—175页。
② 徐城北：《母亲留赠三句话》，载《迟桂花开：母亲的母校》，社会科学文献出版社2001年版，第171页。
③ 北岛：《城门开》，生活·读书·新知三联书店2010年版，第174—175页。
④ 徐小棣：《颠倒岁月》，生活·读书·新知三联书店2012年版，第90页。
⑤ 陈染：《没结局》，载《时光倒流：陈染散文集》，新华出版社2003年版，第3—4页。

日后她写出长篇小说《私人生活》，这是重要根源。①

第三，革命浪漫文化的熏陶和影响。 多数研究对象出身干部家庭，父母就是革命文化第二代，深受革命文化熏陶。革命文化是救亡图存的战争文化。救亡图存，思想必是除旧布新，目的必是发愤图强（武力）。青春、叛逆、顽强是革命文化推崇的品质。以毛泽东为例，他浪漫主义气质强烈，蔑视迂腐的循规蹈矩，抨击长辈对子辈的压制，自传里还专门提及自己对父亲的反抗。

这些不但影响父母，而且继续对其子辈的性情产生巨大影响。自称"蔫坏"的王小波，在给李银河的信中也写道："我从童年继承下来的东西只有一件，就是对平庸生活的狂怒，一种不甘没落的决心。小时候我简直狂妄。看到庸俗的一切，我把它默默地记下来，化成了沸腾的愤怒。不管是谁把肉麻当有趣，当时我都要气得要命，心说：这是多么渺小的行为！我将来要从你们头上飞腾过去！"② 正因于此，他才不顾全家反对，只身跑到云南当知青，其兄王小平认为，他是受不了"窝窝囊囊、鸡零狗碎的小市民气味"：

> 这种浪漫激情包含着极其美丽的幻想成分，为一代青年人所共享。它首先表现为一种道德上的洁癖，好像站在天空中俯瞰污浊的世界，对一切丑恶、不光彩的事情深恶痛绝。其次是一种视前人为粪土的高傲态度和对于未来的万丈雄心，觉得过去的人都枉活一世，我们这一代人躬逢其盛，集一切智慧、美德于一身，而且具有无人能及的运气，注定要

---

① 陈染在文章《隐私权与个人空间》中写道："我们中国人难有隐私权，也不提倡个人空间，这已众所周知。所谓隐私权或个人空间，主要是针对那些熟人、密友、家人或亲戚而言的。真正的陌生人，倒不存在这个问题。因为是你的熟人、家人或亲戚，你内心的隐秘、你的时间、你的空间，就必须得对大家四敞大开，你必须随和地恭候那些随时可能发生的莅临、介入或侵占。……你是决不可以对大家提什么隐私权或个人空间的，那样，仿佛你就有了什么见不得人的勾当，你就成了一个遮遮藏藏的孤僻之人。"（参见《时光倒流：陈染散文集》，新华出版社2003年版，第87—89页）她还在另一篇文章《孤独的能力》中对北京城居民进行了批评："这座庞大城市里的人们，像蚂蚁那样忙着聚拢成群，以便寻找对话者的慰藉，摆脱内心的寂寞，企图别从人身上照见自己。人们正在一天天地丧失孤独的能力，承担自己的个体的力量正在随着聚拢的群体的增大而减弱。无法把握和支撑自己的人群，正如同这座失去了城垣的城市。奥多·马尔夸德曾提到，成年是交往的能力，这只说出了一半真理，因为至少适用的是，成年就是孤独的能力。由此而想，这座城市正在变成一座思想的幼儿园。"（参见《时光倒流：陈染散文集》，新华出版社2003年版，第34—35页）

② 王小波：《爱你就像爱生命》，载《王小波全集》第九卷《书信集》，译林出版社2016年版，第10页。

第六章　亲子矛盾

压倒千古风流人物，成为历史的中心。现在回想起来，这是一种青春的魔障，真实的原因是青春期荷尔蒙的大量分泌。荷尔蒙在心中擦出奇妙的火花，青春的幻想繁花似锦，没有人能抵抗它的诱惑。从古到今，年轻人总要疯上一回，不然就白来一世。①

如王小平所论，这种叛逆有生理因素，但也不能否认革命文化的熏陶。不仅王小波，连李银河也曾"狂热地希望过一种献身的火热生活，我不愿意当逃避艰苦生活、自私自利、享乐主义的落后青年"②。铁凝高中毕业后，放弃当文艺兵，到农村当知青，也有此种"浪漫激情"的影响在。③

另一方面，革命文化注重救亡图存，强调国家兴亡，匹夫有责，推崇先国后家和先人后己。这种思维模式对父母子女都有强烈影响。老鬼回忆："随着阅历的增加，我渐渐发现，对自己孩子不好，对外人好的父母大有人在。因为在那个时代，对外人热情，对亲人严厉，会被认为政治觉悟高，有阶级感情，先人后己，会受到媒体、单位和周围人的肯定和赞美。而对自己家人好，再好也不会得到官方的首肯和奖励，反倒会被认为儿女情长，觉悟低。儿女情长在那个时代是贬义词，表示你境界不高。"老鬼可谓典型，"文化大革命"中趁母亲不在，找人骗走父亲，带红卫兵闯入自己家门，把姐姐徐然捆住，劈开了家里大衣柜，"把柜里的几百元钱、两百斤粮票和一个不错的收音机拿到手"，并警告徐然："不许报案！我这是为了革命，大义灭亲！不然小心我们回来再收拾你！"④

革命文化影响亲子关系，是这代人的重要特征。相形之下，更年轻的北京作家探讨亲子矛盾的作品，如张扬的电影《向日葵》及徐静蕾的电影《我和爸爸》，都选取了"去革命文化"的阐释视角。实际上，这代作家里年龄最小的陈染，仅小王朔四岁，但在她的代表作《私人生活》里，"文化大革命"已成了淡淡背景，自己跟父亲的爱怨情仇只局限于"私人生活"，开启了"亲子关系"与"政治文化"的分离进程，这里有时代变迁的身影。

第四，亲子分离的童年经历。 老鬼出生后，杨沫夫妻忙于革命，把他留

---

① 王小平：《我的兄弟王小波》，江苏文艺出版社2012年版，第145—146页。
② 李银河：《人间采蜜记》，江西人民出版社2017年版，第39页。
③ 何绍俊：《铁凝评传》，昆仑出版社2008年版，第14—15页。
④ 杨沫：《儿子老鬼》，载《我的母亲杨沫》附录一，同心出版社2011年版，第416页。

在农村，他四岁才被接到北京。对于自己跟父母的分离，他反思说："三岁前的幼儿是与父母建立依恋关系的黄金时期。如果错过了这段时期，父母即使付出再多，也很难扭转两代人的隔阂。……我生下来后就送到了老家深泽县，由姑姑带到四岁才被接到北京。我对姑姑的感情远远胜过父母。"① 他又在《血与铁》中回忆：在北京这个大院子里，总有一种寄人篱下的感觉。和父母呆在一起拘束又拘束，没话说。平时很少到他们的屋，一见了他们就惶恐不安。②

多数研究对象出生并成长于新中国成立后的北京，没有老鬼的长期亲子分离经历，但也有跟父母短暂分离的情况，那源于新中国成立初期的寄宿制度。当时，他们父母忙于工作，往往把子女交幼儿园全托（有的甚至不到一岁）。米鹤都指出，那一代革命者的信念要求他们必须把革命利益和工作放在首位，家庭的亲情始终是从属的。因此，相当多的干部把子女交给幼儿园和寄宿制学校管理。那一代的中小学生中，寄宿的学生绝大部分是干部子弟。叶维丽也持类似观点："在不少共产党干部家庭中，至少在五六十年代，传宗接代的意识确实比较淡薄。当时的说法是我们都是'国家的财产'，归根结底是属于国家的。我们的父母也是国家的人，'组织'的人，他们的责任是为国家培养好后代。把咱们从小就送进幼儿园，过集体生活，大概和这个有关系。"③

上述作家，童年经常一两周（甚至更久）见不到父母，对他们的亲子关系产生了不小影响。老鬼回忆，被送到了托儿所，全托，周六才能回家。记得是母亲领我到的托儿所，她走后，我曾撕心裂肺地哭叫④。李南央也是"两岁进全托幼儿园，七岁住校，两个礼拜回家一次"，"小时候打有了记忆起，父亲很少出现在生活中，对于我，他几乎是一个不存在的人。我上幼儿园和上小学的头五年半都是两个星期回家一次，在那些周末，他很少在家。与他的工作相比，我没有什么分量，是个很不重要的物件"⑤。王朔在大院保育院

---

① 杨沫：《我的母亲杨沫》，同心出版社2011年版，第386页。
② 老鬼：《血与铁》，中国社会科学出版社1998年版，第3页。
③ 叶维丽、马笑冬：《动荡的青春：红色大院的女儿们——叶维丽、马笑冬对谈录》，新华出版社2008年版，第40页。
④ 老鬼：《我的母亲杨沫》，同心出版社2011年版，第388页。
⑤ 李南央：《1978：找回父亲，找回自我》，《书屋》2008年第6期。

第六章　亲子矛盾

长大,甚少见到父母,"我是在群宿环境中长大的。一岁半送进保育院,和小朋友们在一起,两个礼拜回一次家,有时四个礼拜","很长时间,我不知道人是爸爸妈妈生的,以为是国家生的,有个工厂,专门生小孩,生下来放在保育院一起养着"。[1]

全托之于亲子关系的影响,虽因人而异,但对上述作家是有一定精神创伤的,毕淑敏这样回忆:

> 每两周我才可以回一次家。记得父亲说过,周六回家,我都不认识他们了。待到熟悉之后,我能叫出他们"爸爸妈妈"的时候,已是星期天的下午,我就要返回幼儿园了。我放声啼哭,母亲没有办法,只好由父亲将我紧紧抱住,强行送回幼儿园。每次都待我哭得昏过去之后手才松开,家人才能离开。(我后来想,那可能是一种儿童全力哭泣之后筋疲力尽的睡眠,并非真的昏厥)。留在生命中的图画,就是我在窄小的围有铁栏的小床内昏昏醒来,爸爸不见了,只有从家中带来的一个玻璃的小汽车紧握在我的手中,证明我曾回过家,它不是一个梦……
>
> (写到这里,我泪流满面。如果不是正值深夜,家人熟睡,我会放声痛哭。我也明白了,为什么在我的经历中,那样地害怕父亲的死亡和被母亲抛弃。在精神的磨难中,那样难于启齿向他人呼救……童年时惨痛的记忆,就这样烙在我心底最稚嫩的地方,多少年之后,依旧血迹斑斑。)[2]

崔健幼年是在空军的全托幼儿园度过的。他母亲是中央民族歌舞团的舞蹈演员,父亲是空政文工团的功勋演奏员,常为工作忙碌,崔健"被送进了全托幼儿园。对他来说,每星期六回家享受一下母爱是唯一的奢侈,其余时间,他就像孤儿一样独自坐在幼儿园的长凳上望着天空发呆。……崔健的沉默寡言和孤独感与他的童年经历不无关系"[3]。

从材料看,他们童年对父母印象不深,反而对幼儿园印象深刻,发小之

---

[1] 王朔:《致女儿书》,人民文学出版社2007年版,第38页。
[2] 毕淑敏:《我的故事》,载《毕淑敏自述人生》,时代文艺出版社2010年版,第3—4页。
[3] 赵建伟:《崔健:在一无所有中呐喊》,北京师范大学出版社1992年版,第106—107页。

间，关系特"铁"，甚至胜过家人。王朔的自传体小说《看上去很美》，主要写幼儿园的朋友，很少提父母。薛来凤晚年承认："当年为了工作，我早出晚归，特别是小儿子来到这个世上才56天，也就是我的产假刚满时，我就离开他去执行任务，到湖北防治血吸虫病去了。那时他是多么需要得到母亲的关爱和呵护，却失去了和母亲接触的机会，这给他幼小的心灵蒙上了一层阴影。"[1]

第五，代沟。这代作家在青春期经历了"文化大革命"和改革开放，观念嬗变迅速，又身在北京，更易感受观念变革，加上不少人改革开放初期去国外留学，接受了新生事物，他们跟父母的代沟也是矛盾的一个根源。

比较而言，女儿与父母的代沟，重"情感"。李南央批评母亲："作为女儿，我恨我妈伤害了很多人，甚至毁了她自己亲人的一生，但有时也深切地同情她，记得她对我的一切好处。"[2] 邢小群批评父亲："为什么一辈子没有学会爱？没有学会尊重、理解他人？珍视为他服务了一辈子、与他患难相扶的妻子？"[3] 徐然跟母亲和解后说："回过头，才理解了人间爱恨的辩证。惟亲人才有不粉饰不乔装不遮盖的爱。"[4]

儿子跟父母的代沟，重"观念"。老鬼回忆："直到'打倒四人帮'，我从大同市考进北京大学，父母才与我完全恢复来往。但我们的思想还是谈不到一块儿，共同语言少。……我与父母再次发生争论，他们又再次与我断绝关系。"[5] 田壮壮说："自从我上了电影学院以后，我跟我母亲两个人经常为电影观念争论得一塌糊涂。"[6] 李大兴也承认："随着我渐渐长大，开始有了自己的想法，虽然也有其他的原因，但颇具时代特色的是：父子之间的张力主要由于思想的分歧，意识形态的差异。……从十几岁以后，我对他心里越来越缺乏尊敬，越来越不相信他的话，越来越少和他说话。"[7] 王朔小说的亲

---

[1] 薛来凤：《一家人》，华艺出版社2009年版，第84、95、177页。

[2] 李南央：《我有这样一个母亲》，《书屋》1999年第3期。

[3] 邢小群：《我的父亲》，《追忆双亲》，中国工人出版社2011年版，第252页。

[4] 杨沫、徐然：《爱也温柔，爱也冷酷——〈青春之歌〉背后的杨沫》，辽宁人民出版社2000年版，第12、86页。

[5] 老鬼：《我的母亲杨沫》，同心出版社2011年版，第397页。

[6] 查建英：《八十年代访谈录》，生活·读书·新知三联书店2006年版，第416页。

[7] 李大兴：《在生命这袭华袍背后》，生活·读书·新知三联书店2017年版，第74—75、135—136页。

子关系模式是"父母训子，儿子还击",薛来凤承认："两代人的价值观不同，我们对一些问题看法也不同，也会有争论。"①

四 亲子矛盾的化解

本书的研究对象与父母的矛盾冲突，大多经历了逐渐和解、亲情回归的过程。

双方和解的一个重要前提，是子辈陷入困境，父母肯援手。在子女特别需要的时候，父母是否支持自己，站在自己这一边考虑，是会影响亲子关系的。比如，潘婧插队期间，回城探亲，却遭遇驱赶，父母没有给予积极的支持，她的内心对此产生了怨恨心理：

> 社会不欢迎我们，街道派出所常常在夜间以查户口为名驱赶返城知青。每当深夜响起敲门声，我的父母总是急急慌慌地去开门，仿佛门开迟了会被认为隐匿了什么。我从心底厌恶他们的胆怯。②

从材料看，当时父母给予其子女最重要的支持，往往体现在子辈擅自做主去当知青，受了挫折，不得不寻求父母帮助，或通过关系回京，或改调到靠近家族的地区。王小波到云南当知青后，生活艰苦，后悔了，想回京，但此时他的户口已经迁出，再迁回千难万难：

> 他开始想家了。但是当时踏错了一步，如今弄得有家难归。他的户口已经迁出了北京，再想迁回去是千难万难。如果他跟妈妈去教育部干校，宝贵的北京户口就能保留下来，但当时虑不及此，如今后悔也晚了。一般的插队知青要是想回家，买张火车票就能上路。但他去的农场位于西南边陲，与北京之间隔着三条大江，水深流急。江上的大桥有卫兵把守，没有路条休想过去，这就是说，没有农场的介绍信就寸步难行。听

---

① 薛来凤：《一家人》，华艺出版社2009年版，第176—177页。
② 潘婧：《另一类的回忆》，作家出版社2010年版，第27页。

说有些孩子实在想家，得不到农场批准，就冒险涉水过江，差不多都淹死在江里。①

最后父母借助人脉，暂时把户口转到胶东老家的山村青虎山。② 李银河也主动申请去当知青，"带着年轻人的全部理想主义和狂热去的，然而残酷的现实把我们的理想主义打得粉碎"，"处于精神崩溃的边缘"，经父母援手，改到父亲老家山西沁县插队。③ 此后，多数父母对他们回城、工作、出国等重大事务都提供了帮助。老鬼写了《我的母亲杨沫》，却没为父亲写传，甚至承认"母亲走后，我给她戴了三个月的黑纱。父亲走，我只戴了一天"④。一个原因是他当知青落难时，杨沫为他四处奔走，父亲却袖手旁观。

双方的和解，儿女是主动方，但也有父母主动和解的。诗人阿坚因参加悼念周总理去世的四五运动，被隔离审查，父亲特别生气，和他断绝父子关系。两年后，形势逆转，阿坚成了反"四人帮"的英雄，父亲转而寻求和解：

> 我弟来厂子找我，说爸不好意思出面请你回去，他们今天晚上叫你回去吃饭。……回家一看，一桌子菜，还有酒。我父讪笑着没说什么，我妈说还是把户口迁回来吧，你爸当时也没办法，他是共产党员又是干部，儿子成了"反革命"他可不得表个态，他心里还是爱你的。⑤

也有最终未和解的，如李南央。"文化大革命"期间，李南央"被妈妈骑在身上，揪住头发往坚硬的水泥地板上死撞，我当时感觉自己是要被撞死了"。1994年带女儿看望母亲，又发生冲突："我妈已将我撕扯到另一间屋子，把我压在床上堆放的大衣堆上，我完全立不起身来——她的两只眼睛使我感到很恐怖，那里射出一种饿狼扑到猎物身上时要把对方即刻撕成碎片的疯狂，手则像狼爪，向我的脸遮挡不住的部位扑抓过来……"事后，她公开撰文批评母亲："妈妈在这个世界上的日子不多了，我多么希望她能够回首平

---

① 王小平：《我的兄弟王小波》，江苏文艺出版社2012年版，第148页。
② 王小平：《我的兄弟王小波》，江苏文艺出版社2012年版，第161页。
③ 李银河：《人间采蜜记》，江西人民出版社2017年版，第38—50、57页。
④ 老鬼：《我的母亲杨沫》，同心出版社2011年版，第411页。
⑤ 大踏（阿坚）：《没有英雄的时代，我只想做一个人》，广东人民出版社2013年版，第82页。

生，公允地认识自己给他人带来的伤害，认识到是自己害了自己。我希望她不后悔自己曾在这个世界生活过，不论好坏。"① 双方最终未能和解。

又如邢小群。快五十岁时，她做了手术，身体虚弱，趁病假回家看父母。恰好父母刚吵过架，"我佯作不知，只是随便说到，我在北京有了新房，想让妈妈去住几天。父亲听了，几天不说话。我看他不高兴，也就不准备再提了。一天中午在饭桌前，父亲什么都不说，突然拿起保姆刚刚盛好的米饭就往我的头上掷来。我一躲，米饭摔在地上，碗碎了；他又拿起一碗，我一躲，米饭摔在地上，碗又碎了；他再拿起一碗，我只能再躲……只好拿上背包回北京"②。她与父亲也最终未能和解。

徐小斌因父母重男轻女，五岁后"堕入了阿鼻地狱"，"怎么也想不明白，为什么我怎么做也得不到母亲的欢心，而弟弟，一天到晚可以什么都不做，却可以吃好的，穿好的。我暗下决心，一长大就离开这个家，跑得远远的，永远也不回来"。16岁不经父母同意，去了黑龙江当知青："再见到父母已经是两年之后，我第一次有了探亲假。母亲穿上我为她织的一件毛背心，就再也不脱了——那是我下工之后为她织的，紫红和雪青两色线的玉蜀米花样，并不怎么好。几年之后，却仍见她穿着，心里便隐隐有点心酸，早把过去跟母亲之间的恩怨，抛到了很远很远。"③ 尽管如此，此事始终让她痛苦，四十五岁后，她花费三年构思并撰写了长篇小说《羽蛇》，"一生最想写的一部书"，"对于'母亲'以及其他神圣的字眼进行了迄今为止最为大胆的颠覆"④。她概括小说"一个敏感、重情、真实、极易受伤的女孩，一个深爱着自己母亲的女孩，在一天忽然发现，妈妈不爱她！于是女孩避开人群走向自己的世界。……许多年之后，女孩变成了女人。女孩变成女人之后就被神抛弃了。女人被母亲与神双重抛弃的结果，是伴随恐惧流浪终生"⑤。她理智上原谅了母亲，但情感上没有。

关于亲子和解，还存在着一种普遍现象是，女儿跟父母和解较早，儿子

---

① 李南央：《我有这样一个母亲》，《书屋》1999年第3期。
② 邢小群：《我的父亲》，载《追忆双亲》，中国工人出版社2011年版，第244页。
③ 徐小斌：《母亲已乘黄鹤去》，载《莎乐美的七重纱》，商务印书馆2010年版，第58页，第62页。
④ 徐小斌：《羽蛇》，作家出版社2009年版，第1页。
⑤ 徐小斌：《羽蛇》，作家出版社2009年版，第2页。

较晚。叶广芩曾以绝食逼迫母亲不再嫁,长大后追悔莫及:"恨不得把自己揍一顿。让母亲下跪,我成什么了?……我今天把这件事写出来,是让人们看到我的丑恶,看到我的卑鄙。"[①] 徐然 20 多岁,读了杨沫日记,马上和解了:"那以为她自私、冷酷的谬解消除了!我现在心悦诚服地说一声:她爱孩子,爱人们,她多情!","我终于又回到母亲身边"。[②]

女儿之所以跟父母(特别是母亲)较早和解,是女性更善体察人际关系,更易成年后体谅同为女性的母亲。如前所述,刘索拉原本对母亲不理解,但长大后游历世界,意识到了母亲的伟大,"遇到英国女权主义的知识分子,尽管她们比我大不了多少,但是一见到她们就想起我妈妈来。见多了这类知识分子,我开始对妈妈那一代女权主义者产生了好奇,同时又有了一种肃敬:中国妇女解放运动真早呀"[③]。有人问谁是她的偶像时,回答说:"我妈妈。她是一个正义而勇敢的女人,非常坚持信仰。……所以我崇拜她。"[④] 叶维丽和马笑冬都读过王朔小说,但对王朔丑化母亲形象极不以为然,认为:"服装的单调和缺乏色彩,不能传达她们内心丰富深厚的底蕴。"[⑤] 徐然则这样为母亲辩护:"多少有进取心的女同志、女知识分子,不是都由于时间的流逝,人世的纷纭,婚后孩子的拖累,而使青春的美好憧憬变为永久的回忆么?那赞美母亲伟大的人们,可曾研讨过母爱和事业的矛盾?可曾知道我们的母亲曾这样哀叹孩子给她的拖累?……她要是婆婆妈妈,把许多时间付给孩子和交游,她将一事无成。"[⑥]

儿子跟父母和解,往往比女儿晚十多年。徐城北中年后回忆,"在我的青年时期,还多次和母亲发生冲突。现在想想,真是不应该,但后悔也晚了"[⑦]。

[①] 叶广芩:《琢玉记》,北京十月文艺出版社 2015 年版,第 35 页。

[②] 杨沫、徐然:《爱也温柔,爱也冷酷——〈青春之歌〉背后的杨沫》,辽宁人民出版社 2000 年版,第 12、86 页。

[③] 刘索拉:《漫谈中国女人》,载《口红集》,作家出版社 2009 年版,第 3—4 页。

[④] 刘索拉:《漫谈中国女人》,载《口红集》,作家出版社 2009 年版,第 159—160 页。

[⑤] 叶维丽、马笑冬:《动荡的青春:红色大院的女儿们——叶维丽、马笑冬对谈录》,新华出版社 2008 年版,第 38 页。

[⑥] 杨沫、徐然:《爱也温柔,爱也冷酷——〈青春之歌〉背后的杨沫》,辽宁人民出版社 2000 年版,第 14—19 页。

[⑦] 徐城北:《母亲留赠三句话》,载《迟桂花开:母亲的母校》,社会科学文献出版社 2001 年版,第 171 页。

为了弥补内疚，他写了《迟桂花开：母亲的母校》一书，追寻母亲的人生道路，57 岁时，"骑着自行车，（为母亲的中学母校 90 华诞）到处去征求签名"①。

杨沫说："儿子（老鬼）直到年届四十才有了自己的儿子后，才对母亲有了深挚的情感。"②

北岛也是四十岁当父亲后逐渐谅解父亲："回望父亲的人生道路，我辨认出自己的足迹，亦步亦趋，交错重合——这一发现让我震惊。"他跟父亲的最终和解，也是诀别："第二天我就要返回美国了。中午时分，我喂完饭，用电动剃须刀帮他把脸刮净。我们都知道，最后的时刻到了。他舌头在口中用力翻卷，居然吐出几个清晰的字：'我爱你。'我冲动地搂住他：'爸爸，我也爱你。'记忆所及，这是我们第一次也是最后一次这样说话。"③

田壮壮跟母亲和解，是"参加我妈妈的从艺五十年纪念活动……在远处看着他们。当时心里突然间觉得自己挺愚昧的，挺无知的，而且挺浅薄的。我觉得他们真的是活得有信念。一个人得信点儿什么，才活得快乐，才活得扎实"④。

王朔近五十岁时写道："知道我为什么努力活着么？还有一个人记着我爸——这世上有过这么个人——是原因之一。他死的时间越久，我越感到这个联系揪着心，想着一天我不在了，他的墓前也彻底空了。"⑤

李大兴也是四十岁左右谅解父亲，原先"从来不觉得父亲有榜样的作用，年轻时更对他多不认同"，后来遭遇困境，"害怕黑夜与孤独，一关灯就感到恐惧，而不关灯又睡不着"，才"理解和原谅父亲，而且意识到其实自己更不中用"。并且，渐渐意识到自己向父亲生命轨迹的回归：

在步入中年，远托异国的岁月里，我越来越意识到自己与父亲的相似。比如我在十岁之前就学会了打麻将、桥牌，下象棋、围棋，基本上都是父亲教的，长大后我也和他一样，什么都能玩一点，但都不很精通。

---

① 徐城北：《我在北京奔跑》，载《迟桂花开：母亲的母校》，社会科学文献出版社 2001 年版，第 1 页。
② 杨沫：《儿子老鬼》，载《我的母亲杨沫》"附录一"，同心出版社 2011 年版，第 425 页。
③ 北岛：《城门开》，生活·读书·新知三联书店 2010 年版，第 195—197 页。
④ 查建英：《八十年代访谈录》，生活·读书·新知三联书店 2006 年版，第 417—418 页。
⑤ 王朔：《和我们的女儿谈话》，人民文学出版社 2008 年版，第 210 页。

又比如我在高中时没有写完的长篇小说,和父亲那个秘而不宣的笔记本实际上半斤八两。不同之处只是他是革命文学,我是少年爱情故事。①

亲子矛盾往往能最终和解的文化根源是什么呢?

对此,刘心武有较深入的思考。他年过半百后,"一个万籁俱静的清夜,忽然痛心疾首,忆及我竟那样毫无妥协余地地伤害过父亲,并把伤痕一直延伸到母亲的心上。……其实这世上为我付出感情最多而且最浓又最持久以至能坚持到生命最后一刻的,是我的父亲和母亲"。由此,他思考了亲子关系与中国文化的关系:"绝大多数中国人都和我一样,没有宗教信仰。我们不觉得有一个至高无上的上帝在我们的肉体和灵魂之上,而我们都面对着他,因此要对他负责。……我们中国人,尤其汉族人,其绝大多数人,人与人之间是亲族的链环关系,一个人,只是这链中的一环。比如我,我没有上帝,我只能这样来确定我的位置:我是我祖父祖母的孙子、父母的儿子、妻子的丈夫、儿子的父亲,以及谁谁谁的朋友、谁谁谁的对头、谁谁谁的邻居,等等。我需对以上种种人际关系负责。……没有宗教,我们只能格外重视亲情。"② 上述具有比较宗教学色彩的思考,道破了亲子矛盾化解背后的文化基础。

同样,对父母多有批评的潘婧最后也写道:"与情人的关系终究会结束。结束得无影无踪。留在心中的,只是一段残垣断壁。他的未来,他的生与死,都与你无关。但是,你的那些血脉相关的亲人,你的父母,你的姐妹,你的孩子,他们与你的联系是割不断的。无论你与他们之间有过怎样的撕扯不开的恩恩怨怨,或是远隔重洋的长久的分离,只要血管里的相同的血液在沸腾,就会在一个瞬间的凝视中把以往的一切都湮没。当你跌落在人生的谷底,或是走到生命的尽头,你会发现,站在你的身旁的,只有你的骨血相连的亲人。"③

---

① 李大兴:《在生命这袭华袍背后》,生活·读书·新知三联书店2017年版,第82—88页。
② 刘心武:《祖父、父亲和我》,载《刘心武文学回忆录》,广州人民出版社2018年版,第12—13页。
③ 潘婧:《另一类的回忆》,作家出版社2010年版,第137页。

第七章　宗教情结*

一　重寻理想的考验

人生在世,最难面对的,是苦难和死亡,但最无法逃避的,也是苦难和死亡,正如《圣经·约伯记》所说:"人生在世必遇患难,如同火星飞腾。"在此时刻,人们亟须精神支持。或是宗教,或是价值观,或是意识形态。在传统中国,这主要来自儒家和宗教,在知识分子是儒家,在平民大众是宗教。但是,新北京第三代作家却成长于一个比较特殊的时期。首先,自"五四"新文化运动以来,儒家成了被打倒的"孔家店",成为边缘思想。革命文化也继承了对儒家的批判,1975年还有"批林批孔"之政治运动。其次,宗教也处于凋敝状态。晚清新政以来,为筹集现代建设的资金,晚清及民国政府往往采取"庙产兴学"的政策,大量没收庙产,用于其他公益事业,对宗教庙宇打击严重。① 尽管如此,民国北京城依然庙宇众多,据1930年内政部的统计,北平市共有庙宇1734所(其中公建庙宇299所,占庙宇总数的17.24%;私建庙宇1251所,占庙宇总数的72.15%;募建庙宇184所,占庙宇总数的10.61%)。② 僧人贵山(李荣)回忆,当时大街小巷有"二千四百个庙":

解放前,一进这腊月初一,到明年的腊月初一这一年,天天有庙,

---

* 本章主要内容曾刊载于《澳门理工学报》2020年第1期。
① 相关研究参见许效正《清末民初庙产问题研究(1895—1916)》,宗教文化出版社2016年版。
② 内政部年鉴编纂委员会编:《南京北平等市各种寺庙所数比较表》,《内政年鉴》(四)"礼俗篇",商务印书馆1936年版,第255页。

天天有地方去。现在您哪儿有啊,天坛地坛这哪儿叫庙会呀?那时候逢三是土地庙,土地庙在广安门外,挺大的;逢四是花市集,花市集的花间道北有一个火神庙。三号四号是护国寺,西边就是白塔寺;九、十是隆福寺,隆福寺是四天。就这十天一转,假如初九到十二,都是隆福寺。十三、十四又是护国寺,十七、十八又到白塔寺了。都跟集市似的,摆摊卖东西,卖叉子扫帚大铁锹,现在叫日杂。初十,卖小孩玩具。①

可见宗教庙宇与北京居民生活关系之密切。新中国成立前夕,中国人民政治协商会议通过《共同纲领》,规定"公民有宗教信仰自由权",1954年颁布的《中华人民共和国宪法》再次确认此条。但后来宗教政策逐渐趋于激进,"文化大革命"中,红卫兵更是打出"彻底捣毁一切教堂寺庙""彻底消灭一切宗教"的标语,焚烧宗教经书字画,拆毁寺庙教堂建筑,诸多寺观教堂和宗教文物遭到毁灭性破坏。

童年住在护国寺附近的陈凯歌回忆:"说是寺,有寺之名,无寺之实,所以我很久都以为护国寺不过是过去流传下来的地名。后来走得多了才突然明白,这个今天居住着上千人口、五方杂处的大院落其实就是原来的寺。……当年香客如云的焚香散花之路已经崎岖不平,遇雨便满地泥泞。廊下僧房中住满了笑闹喧腾的俗众,门窗依旧,没有了往日的肃穆。小作坊的机器声代替了晨钟暮鼓;而应是'大雄宝殿'的所在,变成了一座电影院。"只有"地藏殿""殿宇宛然,偶像俱在","文化大革命"开始后,"首当其冲地成了红卫兵采取革命行动的'战场'之一。殿门打开,阳光涌入,地藏王菩萨被推下莲花宝座,在尘埃中摔得粉碎"。他由此感慨:"在一九四九年以后,曾经遍布禅林的北京,僧众流散,寺庙荒凉,对于我们这些革命后出生的少年来说,宗教几乎等于旧世界的代名词了。"②

史铁生读小学的校舍原来就是一座寺庙,他略带生疏地回忆:"据说,过去北京城内的每一条胡同都有庙,或大或小总有一座。这或许有夸张成分。但慢慢回想,我住过以及我熟悉的胡同里,确实都有庙或庙的遗迹。在我出

---

① 定宜庄:《红尘内外九十载:李荣口述》,载《老北京人的口述历史》(下),中国社会科学出版社2009年版,第679—680页。
② 陈凯歌:《我的青春回忆录》,中国人民大学出版社2009年版,第24—26页。

生的那条胡同里,与我家院门斜对着,曾经就是一座小庙。我见到它时它已改作油坊,庙门、庙院尚无大变,惟走了僧人,常有马车运来大包小包的花生、芝麻,院子里终日磨声隆隆,呛人的油脂味经久不散。推磨的驴们轮换着在门前的空地上休息,打滚儿,大惊小怪地喊叫。……我的小学,校园本也是一座庙,准确说是一座大庙的一部分。大庙叫柏林寺,里面有很多合抱粗的柏树。有风的时候,老柏树浓密而深沉的响声一浪一浪,传遍校园,传进教室,使吵闹的孩子也不由得安静下来,使朗朗的读书声时而飞扬时而沉落,使得上课和下课的铃声飘忽而悠扬。摇铃的老头儿,据说曾经就是这庙中的和尚,庙既改作学校,他便还俗做了这儿的看门人,看门兼而摇铃。"①

对庙宇的陌生,不独陈凯歌和史铁生,而是这代人的普遍感触。刘心武的《钟鼓楼》,对什刹海一带的人文遗存如数家珍,唯独不怎么谈及这里曾庙宇密集、香火繁盛。北岛写过一首《古寺》,同样充满陌生感:"消失的钟声/结成蛛网,在裂缝的柱子里/扩散成一圈圈年轮/没有记忆,石头/空蒙的山谷里传播回声的/石头,没有记忆/当小路绕开这里的时候/龙和怪鸟也飞走了/从房檐上带走喑哑的铃铛/荒草一年一度/生长,那么漠然/不在乎它们屈从的主人/是僧侣的布鞋,还是风/石碑残缺,上面的文字已经磨损/仿佛只有在一场大火之中/才能辨认。"同代的北京学者定宜庄也同感:"在社会各种现象中,宗教与信仰占据的空间其实是最大的,因为它代表着远远不能为我们人类全部认知的世界。我研究历史尤其是下层社会的历史多年,唯独宗教和民间信仰这一领域,对我而言完全是空白,而且还不仅仅是空白,根本就是忽略,因为我自幼接受的教育历来就只有一句:'宗教是麻醉人民精神世界的鸦片烟。'"②

改革开放后,中共中央总结经验教训,1981 年通过《关于建国以来党的若干历史问题的决议》,重申"继续贯彻执行宗教信仰自由政策。坚持四项基本原则并不要求宗教信徒放弃他们的宗教信仰,只是要求他们不得进行反对马列主义、毛泽东思想的宣传",依法管理宗教事务,始建起延续至今的稳定政教模式。

---

① 史铁生:《有关庙的回忆》,《人民文学》1999 年第 10 期。
② 定宜庄:《红尘内外九十载:李荣口述》,载《老北京人的口述历史》(下),中国社会科学出版社 2009 年版,第 662 页。

法国汉学家潘鸣啸指出：这一代人"如同经历过第一次世界大战'屠宰场'生活的青年知识分子和艺术家们，对童年时期学到的价值观，这失落的一代已经完全失去了幻想，也不再信守。他们曾经被美丽的言词所欺骗，又为自己的天真轻信付出了极大的代价，现在他们得亲眼见到才会相信，当然还得要他们愿意去相信。因失去理想而带来的空虚感使某些人采取了愤世嫉俗的犬儒式人生态度，同时也使另一些人萌生心愿去寻找更有说服力的价值观，不过总是有点儿失望"①。的确，在遭遇种种挫折和坎坷后，如何重新定位理想，如何重寻自己的价值观，成了这一代人的精神课题，而其中的少部分人如同以往世代的少部分人一样，走向了宗教的道路。

作为"第三代人"一部分、生于新中国成立前后的新北京第三代作家，正成长于这一特殊时期。其中部分作家，如霍达、姜戎、张承志、阿城、史铁生、王小波、顾城、吴思、王朔等，有着明显的宗教情结，甚至对终极关切（ultimate concern）产生了强烈兴趣，其中有的就是教徒。本章旨在考察：他们之于宗教，有过何种心路历程？特殊时代对他们的宗教情感投下了何种"痕迹"？剖析他们宗教情结的产生及其演化过程，对我们理解革命文化对这一代人的宗教情感影响实有样本价值。

为方便讨论，笔者将上述作家分为"革命认同者"和"革命边缘人"两组，先分述其走向宗教的心路历程，再比较他们之间的异同：

二 "寻神"的革命认同者

作为魅力型领袖，毛泽东对至少两代中国青年的人格及思维产生了重大影响，"毛主席的孩子"甚至成了红卫兵和红小兵的另一种称呼。

走向宗教的"毛主席的孩子"，以"红卫兵"创始人张承志最著名。他在汉文化中长大，虽然"儿时给他烙印最深的，就是他外祖母长久地跪在墙前冰冷坚硬的水泥地上，长久坚忍地独自一人默诵的背影"，但青少年受革命文化影响更大，"曾沿红军走过的路长征串连，所用的旗帜曾成为革命博物馆

---

① ［法］潘鸣啸：《失落的一代：中国的上山下乡运动·1968~1980》，欧阳因译，中国大百科全书出版社2010年版，第412页。

的收藏",后又"写了血书到内蒙古插队"。① 插队期间,他跟牧民朝夕相处,发现汉文化跟蒙族文化"属于极其相异的文化",② 渐渐吸纳西北少数民族文化。"文化大革命"的结束,对其有较大冲击,他经过了一阵彷徨期后,皈依宗教。他对"红卫兵"时代有反省,但肯定其精神,自视为"伟大六十年代的一个儿子",宣称"我比一切党员更尊重你,毛泽东"③。在他的作品中,宗教与革命文化的影响同时并存。

认同革命文化,并从宗教层面加以发展的,还有姜戎。姜戎是新北京第三代中较晚成名的作家,他的小说《狼图腾》直到 2004 年才面世,一举成名,并于十年后,由法国导演让·雅克·阿诺执导,拍成电影,轰动一时,赢得 7 亿票房,再次引起世人的广泛关注。在接受《南方周末》采访的时候,让·雅克·阿诺认为:

> 这本书告诉人们如何保护环境,它同时也在中国十分畅销,这表明环境污染由始至终都是一个全球化问题。有关美丽的蒙古草原和狼群,有关如何平衡人与自然的关系,这样的主题,向来是我的心头所爱,这些都让我激情澎湃。……此外,我和这个故事有共鸣。姜戎,也就是本书的作者,1967 年从北京被送到内蒙古,我也在同一年从法国巴黎被送到非洲中西部的喀麦隆。去之前我对那里一点都不了解,但是到了之后,我彻底爱上了那个地方,因为它和我之前接触过的完全不一样。我在那里了解到"我是谁"。这段经历,就像内蒙古对于姜戎一样,完全改变了我(他)的人生。这就是我对这个故事毫不费劲就产生了共鸣的原因,我在故事里看到了自己。④

作为一名法国导演,让·雅克·阿诺不强调《狼图腾》跟特定时代的关联,更强调它的世界性。但对中国人而言,《狼图腾》是知青经验的产物,忽略这一点就不能理解姜戎思想发展的历程。

---

① 朱伟:《张承志记》,载《作家笔记及其他》,江苏人民出版社 2006 年版,第 81、87 页。
② 张承志:《音乐履历》,载《草原印象》,华中师范大学出版社 2005 年版,第 89—91 页。
③ 张承志:《心灵史》,花城出版社 1991 年版,第 228 页。
④ 《剧本!剧本!剧本!——〈狼图腾〉导演让·雅克·阿诺为什么需要 5 年》,《南方周末》2014 年 3 月 21 日。

姜戎是"遁世作家",很少抛头露面。《狼图腾》问世多年,但他甚少在公众面前出现,《狼图腾》出版方依照他"不拍照、不录音、不接受任何采访"的要求,从未透露姜戎的私人情况。但他的《狼图腾》,跟新北京第三代作家的其他成员如张承志、老鬼等的代表作一样,都是到内蒙古当知青的历史产物,只不过公开发表的时间晚了二十年,以至于知青文学史都不曾提起过他。

从未有人把张承志与姜戎并列谈论,但他们的心路历程是有相似性的,跟北岛、王朔、李零等的世俗化关照不同,他们的文学创作都是对"文化大革命"体验的宗教性发展。当时的姜戎跟张承志一样,到内蒙古当知青,接触了当地宗教文化,受到极大震撼:

> 我觉得蒙古人那套生存观才是真正的人与自然相融合。他最后变成了狼的食物啊,就是"吃肉还肉"——所有的蒙古人都知道。他变成狼的食物——我把自己整个地奉献给你。这是对生命的一种尊重。蒙古人有一种信仰——狼总是仰脖冲天嗥叫,他们感觉到狼跟天有某种神秘的关系。在草原文化中,狼是上天派来保护草原的,将来狼死了以后会回到天上去,所以人喂给狼吃了以后,就会跟着狼一块儿飞回到天上。……改变了我的世界观。[①]

经三十年酝酿,他把红卫兵时的"革命热情",发展成杂糅生态宗教、蒙古族风俗及个体经验的"宗教热情",写成了"所有的细节和故事大多都有出处,都是真实发生过"的"半自传"[②]——长篇小说《狼图腾》(2003 年初

[①] 张英、姜戎:《还"狼性"一个公道——姜戎访谈录》,《南方周末》2008 年 5 月 1 日。

[②] 张英、姜戎:《还"狼性"一个公道——姜戎访谈录》。在《南方周末》记者的采访过程中,姜戎声称《狼图腾》属于"半自传","我这本书里所有的细节和故事大多都有出处,都是真实发生过的。等到我写这部书之前,我又参考了西方的一些史诗"。为此,他遭到同样插队内蒙古,也声称自己的《血色黄昏》为自传的老鬼及其他内蒙古知青的抨击,认为《狼图腾》里面充满了大量虚构,包括"狼图腾"这一说法,跟蒙古族文化实无关系。作为一部小说,讨论它的情节是否真实,意义不大,我们要注意的是《狼图腾》的撰写时间——作者在小说结尾写明"1997 年初稿于北京。2001 年二稿于北京。2002 年 3 月 20 日三稿于强沙尘暴下的北京。2003 年岁末定稿于北京"。可见,跟大多数知青作家不同,姜戎完成《狼图腾》的时间,距离知青岁月比较久,马波的《血色黄昏》完成于 1988 年,王小波的《黄金时代》完成于 90 年代,以上两书已经算是晚的,但《狼图腾》更晚,隔了近三十年。

版)。该书如张承志的《黑骏马》(1983年发表)和老鬼的《血色黄昏》(1988年初版),以内蒙古插队为内容,但重心不在知青生活,而在宣扬生态宗教,提倡"狼性崇拜"。该书充满宏大叙事和革命激情,说是"长篇小说",不如说是"宗教宣言"。

《狼图腾》里充满了大段知青的讨论,无论是讨论的内容,还是讨论的激情,都充满了"文化大革命"时期的宏大叙事和革命激情。比如下面这段国民性批判:

> 在远古,东亚草原一定有崇拜狼图腾的游牧民族;在传说中,伏羲时期的图腾是"人首蛇身"形象的图腾,伏羲神"本人"的形象就是"人首蛇身"。后来,经过部族的融合,华夏先人们大概以狼图腾和"人首兽身"图腾为主干,再吸收了游牧部族和原土著农耕族的图腾形象的某些局部,加上了鱼鳞、鹰爪和鹿角等部件,于是狼图腾就变成了龙图腾。……后来的中华龙的形象之所以威猛可怕,震慑人心,并具有审美价值,就在于它具有狼一样猛兽的形象和性格特征。"抽象"的龙一定会有具象的根据,而中华各民族中历史中最悠久又最具象的凶猛图腾只有狼图腾。因此,没有狼图腾的形象、性格和精神的参与,中华龙就不能成其为龙,而只能是中华虫。①

既有鲁迅的历史回声,也有革命小将指点江山、挥斥方遒的革命浪漫。熟人普遍认为,此书是其"人生观和世界观的一个总结"②。《狼图腾》之所以打动80后和90后,正因此种宗教化了的革命激情。这也是这样一部知青小说,在知青早已淡出世人注意后,能获得大量读者、热销千万册的一个原因。

一度被视为张承志对立面的王朔,也是走向宗教的红孩儿。四十九岁出版《我的千岁寒》,其中改编《六祖坛经》,意译《金刚经》,自序云:喜欢毛主席的诗:为有牺牲多壮志,敢教日月换新天。喜欢金刚经的话:凡所有

---

① 姜戎:《狼图腾》,长江文艺出版社2004年版,第406页。
② 阳敏:《青春如火,草原如歌:第一批内蒙古知青的故事》,《南风窗》2008年第10期。

相，皆是虚妄。① 毛泽东诗与《金刚经》并列。

另一人，是吴思，也是大院子弟。据他自述，从红小兵排长、红卫兵排长到团支部书记，便爱用极"左"思想教育他人，上山下乡可留在城里，但"满脑子都是毛泽东思想，吵着闹着要去下乡插队"，甚至"哪里艰苦就准备申请去哪儿"。②"文化大革命"末期，他"在学大寨的最前沿""写出了此生最革命的几句诗：'火红的党旗呼啦啦地飘！我们是党旗上的镰刀！我们的热血在党旗上燃烧！'"③

改革开放后，他放弃极"左"思想，"反向改造世界观"，转向"潜规则"与"血酬定律"的经济分析，2009年左右，转又服膺曾否定的儒家：

> 儒家最核心的观念在于内心满足：天命之谓性，率性之谓道。张载的《西铭》，被认为是儒家表达世界观最精彩的一段，"乾称父，坤称母；予兹藐焉，乃混然中处"。天地是父母，我就在中间。"民吾同胞，物吾与也。"百姓是我的同胞，万物是我的同类，最后说："存，吾幸事；没，吾宁也。"活着的时候，我就顺势而为，做天命或造化让我做的事；死了我踏踏实实地死。人活到这个份上，那是真的找到归宿了。④

同为"毛主席的孩子"，如说张承志是"先知"，姜戎是"教主"，王朔是"顽童"，吴思则是"儒生"。

最后是回族女作家霍达，她从小即穆斯林，同时在革命氛围浓厚的"十七年"读书上大学，深受革命文化影响（她跟张承志一样，仰慕鲁迅），形成了"伊斯兰教"（宗教）与"革命文化"（世俗）共存的"二元精神结构"。她的长篇小说《穆斯林的葬礼》（1988年初版），据其自述，是"前半生人生经验和创作实践的一个总结，也是对我的民族——中国的回回民族的历史的一次回顾"，"写了伊斯兰文化和华夏文化的撞击和融合，这种撞击和融合都是痛苦的，但又是不可避免的，中华民族的历史就是这样延续发展的，是不

---

① 参见王朔《我的千岁寒》，作家出版社2007年版，第1—6页。
② 吴思：《我想重新解释历史：吴思访谈录》，复旦大学出版社2011年版，第292页。
③ 吴思：《我的极左经历》，《博览群书》2006年11期。
④ 吴思：《我想重新解释历史：吴思访谈录》，复旦大学出版社2011年版，第72页。

依人的意志为转移的"①。

霍达之所以最后提,是她跟前四人有较大差异。首先,她是女性;② 其次,她虽属新北京第三代,但年龄略长,"文化大革命"前已上大学,不考虑宗教因素,人生观和世界观更接近王蒙、杨沫、刘绍棠、邵燕祥等新北京第二代作家。最后,她从小即信仰伊斯兰教,故无前四人的"寻神"渴望。反之,张承志和姜戎为老红卫兵,王朔和吴思为红小兵,他们之所以走向宗教或准宗教(儒家),追溯其"精神原点",革命及其文化实有重大影响。陈寅恪撰《王国维纪念碑碑文》云:"凡一种文化值衰落之时,为此文化所化之人必感苦痛,其表现此文化之程量愈宏,则其所受之苦痛亦愈甚。"这话也适用于他们。改革开放,极"左"文化"衰落"了。对此,别人或无不适,他们则难以释怀。即便如王朔,也自视为革命文化继承人。有学者质疑他跟"左翼文学"的关系时,他反驳说:"我不站在'左翼文学'立场上又往哪儿站?'左翼文学'也不是天上掉下来的,那是'五四'新文化运动的一脉单传,后来也是革命文化的一个源头。我的童年和少年时代都是在革命文化的强烈环境中度过的,革命文化后来政治斗争化了,越长越有点长走筋了,那是没长好,结了个歪瓜,论秧子,还有些老根儿是长在"五四"新文化运动那块厚土中……"③

其实,革命文化作为一种信仰,本身也吸收了宗教的养分。革命文化源于欧洲,中经苏俄,饱浸于基督教文化,吸收了一定宗教成分。特别是,作为革命文化源头之一的俄罗斯文学,经典作家如普希金、果戈理、陀思妥耶夫斯基、托尔斯泰等,几乎都是宗教思想家。不惟作家如此,革命者也深受宗教精神之浸润。学人金雁指出,早期布尔什维克多出身神学院(包括斯大林),共产主义信念有东正教成分,"他们在反对宗教的时候,宗教情怀就很重"④。"童年经验"作为人生第一印象,往往烙印在个体思想中,成为世界

---

① 霍达:《我为什么而写作》,载《听雨楼随笔·抚剑堂诗抄》,人民文学出版社2009年版,第36页。

② 按,新北京第三代作家中女作家不少,但对宗教抱强烈兴趣者少于男作家。考虑到中国女性教徒多于男性的事实,此现象值得探讨,笔者尚未寻得答案。

③ 王朔:《我看大众文化港台文化及其他》,载《无知者无畏》,春风文艺出版社2000年版,第43页。

④ 金雁:《倒转红轮:俄国知识分子的心路回溯》,北京大学出版社2012年版,第451—468页。

观形成的要素。因此，这批成长于革命文化中并强烈认同它的作家，在"告别革命"时代，有些人很容易产生"信仰饥渴"。人年轻时，对"信仰饥渴"还有一定抵御能力（如果他愿抵御的话），但走向晚年，就难免有意无意向"童年经验"回归了。像吴思，原先强烈批评儒家，后转而皈依儒家。同属新北京第三代的李零，欣赏孔子，"读其书而想见其为人"，但反对"捧孔子"，包括"拿儒学当宗教（或准宗教）"，认为对孔子"要心平气和——去政治化、去道德化、去宗教化"。① 两相对照，吴思的"儒家圣贤"，显然有"童年原型"的"领袖形象"在焉，跟"领袖形象"演变成生态教主、禅宗祖师如出一辙。

"童年经验"与"信仰饥渴"，是理解前四人走向宗教的要素。

三 "寻神"的革命边缘人

走向宗教的另外一批新北京第三代作家，跟上述五人则有不同。

最著名的是史铁生。他爷爷是河北涿州地主，姥爷是镇反运动枪毙的反革命，近"黑五类"。他回忆："我是奶奶带大的，虽然她从来都没说过什么。我在懵懂未开时就隐约感到一种压力。"② 他在小说《奶奶的星星》中写了自己短暂的红卫兵经历："我跟着几个红五类的同学去抄过一个老教授的家，只是把几个花瓶给摔碎，没别的可抄。后来有个同学提议给老教授把头发剪成羊头。剪没剪我就不知道了，来了几个高中同学，把非红五类出身的人全从抄家队伍中清除出去了。我和另几个被清除出来的同学在街上惶然地走着，走进食品店买了几颗话梅吃，然后各自回家。"挚友孙立哲回忆，"与红卫兵交往，参与政治运动，给史铁生留下了一份深刻的体验，这是贴身观察道德冲突，理解人性本质，以及后来思考政治哲学的起点"③。

"文化大革命"及知青生涯对史铁生有重大影响，但促使他走向宗教的关

---

① 李零：《丧家狗：我读〈论语〉》，山西人民出版社 2007 年版，第 11 页。
② 孙立哲：《想念史铁生》，载《生命：民间记忆史铁生》，中国出版集团公司 2012 年版，第 4 页。关于清华附中与"文化大革命"之研究，参见李伟东《清华附中高 631 班（1963—1968）》，纽约：柯捷出版社 2012 年版。
③ 孙立哲：《想念史铁生》，载《生命：民间记忆史铁生》，中国出版集团公司 2012 年版，第 7 页。

第七章　宗教情结

键因素，是疾病。他从青年到死都与疾病为伍：21 岁瘫痪，28 岁得急性肾损伤，47 岁确诊尿毒症……他如是介绍自己走向宗教的心路历程：

> 人的苦难，很多或者根本，是与生俱来的，并没有现实的敌人。比如残、病，甚至无冤可鸣，这类不幸无法导致恨，无法找到报复或声讨的对象。早年这让我感到荒唐透顶，后来慢慢明白，这正是上帝的启示：无缘无故地受苦，才是人的根本处境。这处境不是依靠革命、科学以及任何功法可以改变的，而是必然逼迫着你向神秘去寻求解释，向墙壁寻求问答，向无穷的过程寻求救助。……正如存在主义所说：人是被抛到世界上来的。人的由来，注定了人生是一场"赎罪游戏"。①

另一人，是顾城，革命子弟，父亲顾工为革命诗人。"文化大革命"爆发时，顾城十岁，"这对于我是一个大恐怖，现在我都觉得这世界随时可能崩溃"②。他回忆："那时的我，内心充满了不知何处而来的喧闹；我的心被驱赶着，在时时变换和世界的位置；我害怕……我沉默了。沉默久了，就形成了习惯。"③ 1969 年，顾工被勒令"下放改造"，全家被赶出北京，下放山东荒滩养猪。顾城帮助父亲拌猪饲料，烧猪食，在荒滩上牧猪，产生了强烈的神秘体验：

> 每天，我都能阅读土地和全部天空——那不同速度游动的云、鸟群使大地忽明忽暗。我经常被那伟大的美，威慑得不能行动。我被注满了，我无法诉说，我身体里充满了一种微妙的战栗，只能扑倒在荒地上企图痛哭。④

1974 年，青春期的顾城返京，无法适应城市生活，惶惑中读到"一本普

---

① 史铁生：《信与问——史铁生书信序文集》，花城出版社 2008 年版，第 52 页。
② 顾城：《"人可生如蚁而美如神"——德国之声亚语部采访》，载《顾城文选》卷一，北方文艺出版社 2005 年版，第 84 页。
③ 顾城：《剪接的自传》，载《顾城文选》卷一，北方文艺出版社 2005 年版，第 11—12 页。
④ 顾城：《关于诗的现代创作技巧》，载《顾城文选》卷一，北方文艺出版社 2005 年版，第 262 页。

及辩证法的小册子","读着就相信我应该首先成为一名劳动者。我就去街道服务所当了五年木匠。当时说那里是城市社会的最基层,所以我想改造应该从那里开始,改造社会也磨练我自己。……老想把我的马列主义灌输给人家。可是没人跟我说得起来,我看他们一点儿也不想革命。所以我也就比较苦闷","再拼命干下去,对改造社会也看不见任何益处,自己也磨练得革命信心快丢光了"。1979年,他拜访重庆红卫兵墓地,感悟到"这个世界上已经有过了千百个二十岁的年龄,也有了千百次革命;但是这一切呢,都又回到了原地……理想主义者往往过高地估计了人性"[1],带着这份感悟走向道家(教)。

他这样描述自己离开中国,定居新西兰激流岛后的一次神秘体验:

> 有一天我从山上下来,忽然间好像从一个很长很长的梦里边醒来了,我看见了红色的花朵开在树上,火红的,开满了,背后的月亮很大,一只黑色的大鸟站在树上,远处大雁慢慢地飞……我听到一个声音说:你怎么会以为我是一个人呢?
>
> 这个时候,我才觉得我真是一个空空的走廊,有一种生命通过,在另一端变成语言、诗歌,变成花朵…[2]

还有一人,是阿城。1983年,他发表《棋王》,描写一名极具道教色彩的传奇人物王一生,极力赞誉道教,结尾借人物之口,赞美主人公"汇道禅于一炉,神机妙算,先声有势,后发制人,遭龙治水,气贯阴阳"。《棋王》赢得了赞誉,也激起了担忧,甚至反感。前辈汪曾祺提醒他,"不希望阿城一头扎进道家里出不来"[3]。同辈王小波也批评他"写自己不懂得的事就容易这样浪漫"[4]。

其实,阿城推崇道教,有其理路。

---

[1] 顾城:《选读〈自然哲学纲要〉答问》,载《生生之境:顾城海外遗集》,金城出版社2015年版,第270页。

[2] 顾城:《"别有天地非人间"——1992年7月9日发言于德学生座谈会》,载《顾城文选》卷一,北方文艺出版社2005年版,第59—64页。

[3] 汪曾祺:《人之所以为人——读〈棋王〉笔记》,载《汪曾祺全集》第三卷,北京师范大学出版社1997年版,第415页。

[4] 王小波:《思维的乐趣》,载《沉默的大多数:王小波杂文随笔全编》,中国青年出版社1997年版,第22页。

第七章 宗教情结

阿城也是革命子弟,父亲钟惦棐为新中国成立初期的影评家,1957年被定为右派,扫出革命阶层,"批斗,陪斗,交代,劳动是象征主义的,表示侮辱,之后,去干校"①。此事极度挫伤阿城:"因为我父亲在政治上的变故,好比说到长安街去欢迎一个什么亚非拉总统,班上我们出身不好的就不能去了。尤其六五年,这与当时疯狂强调阶级斗争有关。要去之前,老师会念三十几个学生的名字,之后说:没有念到名字的同学回家吧!我有一回跟老师说:您就念我们几个人,就说这几个念到名字的回家就完了,为什么要念那么多名字?老师回答得非常好:念到的,是有尊严的。"②

他转而接触边缘文化:"你被边缘化,反而是你有了时间。那时我家在宣武门里,上的小学中学也在宣武门里,琉璃厂就在宣武门外,一溜烟儿就去了。琉璃厂的画店、旧书铺、古玩店很集中,几乎是免费的博物馆。……我在那里学了不少东西,乱七八糟的,看了不少书。我的启蒙是那里。你的知识是从这儿来的,而不是从课堂上,从那个每学期发的课本。这样就开始有了不一样的知识结构了,和你同班同学不一样,和你同代人不一样,最后是和正统的知识结构不一样了。"③

由此,阿城逐渐形成"世俗文化/五四新文化"这样一组二元对立概念。跟张承志对世俗文化的鄙夷相反,他认为"中国文化的命运大概在于世俗"④;又把道教视为世俗文化核心,"是全心全意为人民,也就是全心全意为世俗生活服务的",甚至称《道德经》是保护世俗的学说:

> 大部分是讲治理世俗,"治大国若烹小鲜",煎小鱼儿常翻动就会烂不成形,社会理想则是"甘其食,美其服,安其居,乐其俗",衣、食、住都要好,"行",因为"老死不相往来",所以不提,但要有"世俗"可享乐。……道家的"道",是不以人的意志为转移的自然秩序,所谓"天地不仁"。去符合这个秩序,是为"德",违犯这个秩序,就是"非德"。⑤

---

① 阿城:《父亲》,载《文化不是味精》,江苏凤凰文艺出版社2016年版,第326页。
② 查建英:《八十年代访谈录》,生活·读书·新知三联书店2006年版,第21页。
③ 查建英:《八十年代访谈录》,生活·读书·新知三联书店2006年版,第22页。
④ 阿城:《闲话闲说:中国世俗与中国小说》,江苏凤凰文艺出版社2016年版,第76页。
⑤ 阿城:《闲话闲说:中国世俗与中国小说》,江苏凤凰文艺出版社2016年版,第33、25页。

同时认为,"五四新文学"是"世俗文学"对立面,是"功利主义"。阿城的"世俗文化/五四新文化",近似俄国思想家巴赫金的"狂欢民间/刻板教会",他的"世俗文化"已非通常意义的世俗文化,而是"宗教化的文化"。

另一人,是王小波。这或许令人意外,因为王小波向来崇尚科学和理性,对宗教敬而远之。然而推崇科学,未必是科学;热爱理性,也未必不是非理性。王小波极度推崇科学和理性,认同"智慧即善",甚至认为"科学是人创造的事业,但它比人类本身更为美好"[1]。他的科学,实为"宗教化的科学"。

王小波形成此种观念,跟家境有关。其父王方名,原为革命干部,在王小波出生前夕,被开除党籍,打成阶级异己分子,这样的家庭背景,决定了王小波不能当兵,也不能读大学,只有去插队:"插队的生活是艰苦的,吃不饱,水土不服,很多人得了病,但是最大的痛苦是没有书看……我相信这不是我一个人的经历:傍晚时分,你坐在屋檐下,看着天慢慢地黑下去,心里寂寞而凄凉,感到自己的生命被剥夺了。当时我是个年轻人,但我害怕这样生活下去,衰老下去。在我看来,这是比死亡更可怕的事。"[2] 对此绝境,他逐渐把"求知"视为人生的最大意义。

绝望使他们爆发出一种狂热,赋予科学和理性远超其功用的地位,让它们取代信仰和价值。他们如俄国作家屠格涅夫《当代英雄》的主人公,不是把科学视为"推演并证伪"的"理性过程",而当作"罢黜百家,独尊科学"的"知识宗教"。他们把科学极度理想化,视为自由与平等之根源,甚至否认科学与权力有任何关联。我们从王小波小说对"智慧"的反复讴歌,犹可窥见此种情绪。

上述四人,皆革命的边缘人,除了史铁生,其余三人原是革命子弟,只因童年时父亲被逐,才没走上姜戎、王朔、吴思等的道路。他们走向宗教的心理动力也有差异。在史铁生,"面对苦难"的"解脱"是首要问题。在顾城,"融入自然"的"逃避"是首要问题。在阿城,"保护世俗"的"抗议"是首要问题。同是热衷道家,顾城重视遁世效果;阿城强调抵抗功用。在王小波,"摆脱蒙昧"的"求知"则是首要问题——"我认为低智、偏执、思

---

[1] 王小波:《科学的美好》,载《沉默的大多数:王小波杂文随笔全编》,中国青年出版社1997年版,第215页。

[2] 王小波:《思维的乐趣》,载《沉默的大多数:王小波杂文随笔全编》,中国青年出版社1997年版,第20页。

想贫乏是最大的邪恶"①。

四 走向宗教的因素

上述作家走向宗教的要素，大致可以归纳为四种：

一是家族传统。霍达和张承志出身回族，他们的皈依伊斯兰教，有其家族传统，不必赘述。

二是个体禀赋。顾城从小禀赋异于常人，自述"一天早上醒来的时候，看到了白色的墙；那时我很小，大概只有五岁，我忽然感到有一种恐惧；我觉得，这白色的墙是死人的灰烬，我觉得死亡离我很近"②；又说："我在沙滩上走的时候，就好像走在一排琴键上，每一步都有一个声音，突然这个声音变成了一支歌曲，在那一刹那，我的生命就像白云一样展开，我可以用鸟的翅膀去抚摸天空，我可以像河水一样去推动河岸。"③ 这些灵异体验实非常人能有。

三是生老病死。这是多数人投身宗教的最重要原因。史铁生残疾后，大量阅读宗教书籍，坦承"人生来不想死。可是人生来就是在走向死亡。这意味着恐惧"④。1992年的一次访谈，王朔被问及有无信仰，回答说"没有"，并议论说："如果一个人不能独立对待环境，不能自己支配自己，他可以有信仰。多数人是脆弱的。宗教是一种把生命简单化了的东西。当人们碰到不可解释的东西时，比如意外，很容易信，宗教把生活简单化了。"⑤ 十多年后，他丧友丧兄丧父，倍感打击，"老梁（左）去世，我哥去世，我爸去世，迎面给了我仨大耳帖子，基本把我抽飐了。这是年轻时完全想不到的，我那么怕死的一个人，说实在的，这些年一直躲在家里想，死是怎么回事，真一闭眼

---

① 王小波：《思维的乐趣》，载《沉默的大多数：王小波杂文随笔全编》，中国青年出版社1997年版，第27页。
② 顾城：《香港电台问答》，载《顾城文选》卷一，北方文艺出版社2005年版，第197页。
③ 顾城：《"恢复生命"》，载《顾城文选》卷一，北方文艺出版社2005年版，第37页。
④ 史铁生：《自言自语》，《作家》1988年第10期。
⑤ 王朔：《我是王朔》，国际文化出版公司1992年版，第84页。

都不知道了"①。从吴思对"存，吾幸事；没，吾宁也"的反复引用，我们也可看出死亡的影响。

生老病死，是生理问题；安身立命，是心理答案。"人生一世，草木一秋"，总要有个自己信服并足以慰藉的理由。这逼迫人去寻找适合自己的答案，即"意义"。吴思评儒家："儒家提供的答案，让人们活得很踏实。"② 王小波评科学："智慧本身就是好的。有一天我们都会死去，追求智慧的道路还会有人在走着。死掉以后的事我看不到，但在我活着的时候，想到这件事，心里就很高兴。"③ 顾城评大自然："我获得了一种依靠；我好像成了地的一部分。我和树林交换呼吸和养分，我拿了它的，就必要还它，阳光和水通过它们到我的身体来，又回归，这样的生命感受很充分。……这次我安宁了，一点也不烦……我知道这是一个宿命，我欣赏它。人不必选择生也不必选择死，他只需按照自己的天命走完自己的道路。"④ 都找到各自的答案了。

"生老病死"中，"老"的影响跟"病"和"死"有别，最为柔韧无声，却能潜移默化，使"百炼钢"化为"绕指柔"。《论语》云："四十不惑，五十知天命"，40—50岁，死亡迫近，是人反思和总结过往生命之时期，往往出现"总结"或"断裂"：王小波39岁写《黄金时代》，40岁从人大辞职，专事写作；王朔40岁写《看上去很美》，只因"游泳游得快，来到这世上，不能白活，来无影去无踪，像个子孓随生随灭"；张承志39岁写《金牧场》，是惶惑，40岁写《红卫兵日记》，是总结，43岁写《心灵史》，是断裂；霍达42岁写《穆斯林的葬礼》；史铁生47岁写《务虚笔记》；吴思43岁写《潜规则》，52岁转向儒家；姜戎50岁左右写《狼图腾》；皆如此。顾城只活了三十七岁，但读其死前给父亲和儿子的信和诗，情感趋于家常，如没死，思想当有一定变化。

四是文化影响。文化之于个体，日用而不知，影响甚大。如前所述，张承志和姜戎之所以走向宗教，蒙古族文化起了激发作用，但纵观上述作家，

---

① 王朔：《我的千岁寒》，作家出版社2007年版，第315页。
② 吴思：《我想重新解释历史：吴思访谈录》，复旦大学出版社2011年版，第17页。
③ 王小波：《智慧与国学》，载《沉默的大多数：王小波杂文随笔全编》，中国青年出版社1997年版，第110页。
④ 顾城：《神明留下的痕迹》，载《顾城文选》卷一，北方文艺出版社2005年版，第311—312页。

第七章　宗教情结

除了霍达，对他们走向宗教影响最大者，还是革命文化。宗教遭遇革命，是这代人最大特点，原因是他们成长于中国社会信仰结构发生重大变革之时期。李零如此评论儒学所处的社会信仰结构：

> 秦汉以来，从来都是国家在儒学之上，儒学在释道之上，大教在小教之上。王莽以下，国家大典是国家大典，民间信仰是民间信仰，二元化，宗教本身，多元化。这一直是政治上的不安定因素。孔子，地位虽高，和百姓有距离感，他们是敬而远之。道教、佛教和其他小教，对民间更有影响力。宗教是儒家的软肋。①

我们知道，中华人民共和国成立前期（1949—1976年），"国家大典是国家大典，民间信仰是民间信仰"的传统二元格局被打破了，对两代知识分子的信仰产生了巨大影响，也导致了国家意识形态与民间宗教之紧张。

革命文化之所以能形成如此咄咄逼人态势，如前所述，是本身即蕴含强大精神力量，有取而代之的实力。认同者既深受革命文化影响，其宗教情结也多多少少源出于斯。此种变革，不但影响革命文化的认同者，而且波及边缘人。后者影响，又分两种：一种是部分思想被边缘人吸收，成为他们走向宗教的营养，如史铁生、顾城。史铁生插队时，抄录过傅雷为《约翰·克利斯朵夫》写的一段话："真正的英雄决不是永没有卑下的情操，只是永不被卑下的情操所屈服罢了。所以在你要战胜外来的敌人之前，先得战胜你内在的敌人；你不必害怕沉沦堕落，只消你能不断的自拔与更新。战士啊，当你知道世界上受苦的不止你一个时，你定会减少痛楚，而你的希望也将永远在绝望中再生了罢！"②可知他之于革命文化，特别是坚韧不拔的抗争意志，实有继承。顾城重返北京后，对革命文化爆发了强烈认同，"以我独特的献身狂热焚烧着自己，改造着自己"③。后虽转向道家，仍受革命文化影响，每每用道家的"无不为"来解释毛泽东及革命文化。另一种影响，如前所述，是反向激发了边缘人如阿城、王小波的宗教热望。

---

① 李零：《丧家狗：我读〈论语〉》，山西人民出版社2007年版，第382—383页。
② 参见李子壮《绝地自拔——记忆碎片》，载《生命：民间记忆史铁生》，中国出版集团公司2012年版，第107页。
③ 顾城：《剪接的自传》，载《顾城文选》卷一，北方文艺出版社2005年版，第16页。

上述作家之所以走向宗教，往往并非一种因素造成，而是多重因素作用之结果，至于哪个影响大，哪个影响小，取决于具体情境。

五　宗教情结之差异

我们观察革命及其文化对这两组作家宗教情结之影响，可发现如下差异：

一是权威形象之有无。革命文化是战争文化，军事色彩强烈，英雄崇拜（包括领袖崇拜）是重要内容。在哈尔滨长大的作家梁晓声就认为红卫兵是在英雄梦中成长的，"由小学生到中学生，仿佛有一下子永远也参加不完的运动等着我去参加，有永远也学习不完的死了的或活着的英雄人物模范人物先进人物等着我们一个接一个不断去学习"[1]。外省孩子尚有如此体验，革命中心的北京孩子更不用说。身为女性的霍达，无论写小说还是写报告文学，都热衷描写英雄人物，甚至书房都取名"抚剑斋"。刘恒，15岁时也"信奉英雄主义，不论醒着梦着都压不住一种冲动，要为一个大目标慷慨赴死"[2]。至于王朔等大院孩子，更是从小"有理想有志气，梦里都想着铁肩担道义长空万里行"[3]了。

学人米鹤都认为，第三代人从刚刚懂事时起，就对权威"产生了一种难以言传的强烈情感依附。对于尚不能完全利用理性来判别价值观念的孩子们，他们对于权威的最初概念更多地是来自社会氛围的影响，而非理性的认知，甚至可以说他们在确实了解领袖是什么之前，就先养成了热爱领袖的习惯"[4]。此论有一定道理，缺点则是过于强调单方面的输灌。其实，领袖崇拜是双向建构的产物：一方面，从1958年起，当时的确有意加强领袖崇拜，以确保指挥的如臂使指；另一方面，青春期的认同者也通过模仿和内化"领袖形象"来塑造"理想自我"。在认同者，"领袖崇拜"与"理想自我"密不可分。比如，张承志出身底层，从小失父，有很强"寻父情结"，像毛泽东这样一个底层人民救星的伟大领袖，对他有极大魅力，遂成为"理想男性"。姜文的电影，既充满革命氛围，又充满自恋意味，则是另一例证。反之，革命边缘人

---

[1]　梁晓声：《一个红卫兵的自白》，文化艺术出版社2006年版，第6页。
[2]　刘恒：《青春计划》，载《乱弹集》，春风文艺出版社2000年版，第4页。
[3]　王朔：《一点正经没有》，载《王朔文集·顽主》，云南人民出版社2004年版，第60页。
[4]　米鹤都：《心路：透视共和国同龄人》，中央文献出版社2011年版，第25页。

如阿城、顾城、史铁生、王小波，则不强调权威性。他们谈及心仪的偶像，更爱谈他们的无为（如顾城之于老庄），或睿智（如史铁生之于耶稣），或八卦（如王小波之于罗素），下意识要躲避权威之压力。

二是"刚强"与"柔韧"之偏好。对领袖的崇拜和模仿，往往使认同者习得其部分性格特征。总体而言，他们往往注重实力、偏好刚强、追求入世有为，故走向宗教者，也倾向"刚强"或"父性"之宗教。张承志之于哲合忍耶，姜戎之于"狼性崇拜"，吴思之于儒家，王朔之于佛教，皆如此。如姜戎对"狼性崇拜"的宣扬：

> 生命的真谛不在于运动而在于战斗。哺乳动物的生命起始，亿万个精子抱着决一死战的战斗精神，团团围攻一枚卵子，杀得前赴后继，尸横遍宫。那些只运动不战斗、游而不击的精子全被无情淘汰，随尿液排出体外。只有战斗力最顽强的一个精子勇士，踏着亿万同胞兄弟的尸体，强悍奋战，才能攻进卵子，与之结合成一个新人的生命胚胎。……世界上曾有许多农耕民族的伟大文明被消灭，就是因为农业基本上是和平的劳动；游猎游牧业、航海业和工商业却时时刻刻都处在残酷的猎战、兵战、海战和商战的竞争战斗中。①

实为"英雄崇拜"之"生物学版"。

霍达不是"毛主席的孩子"，但同时浸润于伊斯兰教和革命文化，也崇尚"刚强"。读《穆斯林的葬礼》者，容易被女主人公韩新月的悲戚命运打动，误以为作者是"林黛玉"般的娇女子，却不知此书是霍达"为我的祖国、我的国家和民族而写"，"有我的血、我的泪、我的殷切期望和苦苦追求"，② 胸怀甚大，儿女情长并非全部。实际上，霍达之于文学，"非常关心国家命运，老想把作家和政治家合一"，③ 后投入更大精力写长篇历史小说《补天裂》，讴歌鸦片战争后的香港抗英英雄，可见其性情。

---

① 姜戎：《狼图腾》，长江文艺出版社2004年版，第171页。
② 霍达：《我为什么而写作》，载《听雨楼随笔·抚剑堂诗抄》，人民文学出版社2009年版，第37页。
③ 霍达：《答〈信报〉记者问》，载《听雨楼随笔·抚剑堂诗抄》，人民文学出版社2009年版，第70页。

略微复杂的是张承志。如前所述，他有极强的"寻父情结"，渴求崇高化的"理想男性"，偏好"硬汉形象"。另一方面，他跟母亲相依为命，"在他的记忆里深烙着母亲善良而又疲倦的眼神"，①因此也崇尚母性，甚至认为"母亲—人民"。他的文学气质，总体上偏"刚强"，却也不乏"柔韧"。

反之，边缘人则倾向"柔韧""母性"之宗教，顾城和阿城之于道家（道教），史铁生之于基督教和佛教，皆如此。基督教因是西方列强传来，容易予中国人刚强印象，其实总体偏于"柔韧"和"母性"。史铁生自称"昼信基督夜信佛"，常称引约伯，约伯故事之于佛教舍身故事，气质实有声息相通处。王小波的"科学信仰"较"中性"，但此"中性"有拒斥"刚强"的意味在。

认同者和边缘人在宗教上的重叠，是佛教。张承志、王朔和史铁生，均对佛教有强烈兴趣。在中国，佛教一般不属于"刚强"类型，但王朔理解的佛教，诸如"共产党员是罗汉境界，冲锋在前享受在后，我不下地狱谁下地狱，行无畏布施"，属于"怒目金刚"之类。史铁生佩服王朔，私下致信朋友说："我所以佩服王朔，就因为他敢于诚实地违背众意。……所以软弱如我者就退一步：如果不能百分之百地公开诚实，至少要努力百分之百的私自诚实。"②他的"软弱"是自谦，我们可理解为"柔韧"，属于"低眉罗汉"之类。这说明，在中国语境中，佛教较能兼容"柔韧"和"刚强"两种品质。

还要一提的是，王小波不信佛，却跟佛教一样强调"智慧"，赋予"认知智慧"以无与伦比之价值，视为"了生死"之关键。就此而言，他的"宗教化的科学"跟佛教有相通处（他本人或许并未意识到这一点）。

三是国家宗教政策调整后的"转向"与"回归"。如前所述，改革开放后，中共中央于1981年通过《关于建国以来党的若干历史问题的决议》。此种调整，令上述作家的精神发生了如下变化：

一种变化是在安身立命上，从"国家意识形态"向"民间宗教（或准宗教）"的"转向"，如张承志、姜戎、吴思、王朔。张承志删改《金牧场》，正体现了这样一种影响。1987年，他写成长篇小说《金牧场》，细致描写自己"文化大革命"后的种种惶惑及求索，不加掩饰，结尾把人生意义落实于

---

① 朱伟：《张承志记》，载《作家笔记及其他》，江苏人民出版社2006年版，第101页。
② 史铁生：《信与问——史铁生书信序文集》，花城出版社2008年版，第113—114页。

对妻女的"亲情"。但这只是他的精神求索期,等皈依宗教后,他就不再满意此作,1994年大篇幅删改,易名为《金草地》,将原有的惶惑删净,浓墨重彩地凸显原书中未特别强调的宗教内容。删改后的《金草地》之于《金牧场》,可视为一部新作品,两书对照,体现的是张承志从"革命"到"亲情"再到"宗教"的"价值演化"。不过,革命文化因为自身具有强大精神力量,加上"童年经验"之烙印,成了他们走向宗教的"精神模版",所以,他们理解的宗教往往闪烁着革命文化的色泽,王朔的"毛主席+金刚经+慧能"的宗教观即一例。

此种调整对霍达也有影响。明显的例子,是她时隔二十四年后,重新修订《穆斯林的葬礼》,删去了部分颇受争议的内容。可见她的"二元精神结构",随着时代的变化,也发生了一定的消长变化。①

另一种变化,是从"民间宗教"向"人文知识"的"回归"。如前所述,极"左"思潮的扩张,导致较少激发宗教情绪的人文知识领域,也爆发了情绪,出现了"石中出油"的奇特精神现象。阿城过度推崇道教,王小波过度推崇科学,都是此种扩张导致的精神反弹。这绝非个例,而有普遍人性基础。王小平回忆:

> 在文化的沙漠里,人们渴得嗓子冒烟,对每一滴可以润喉的清水无限珍惜。当年我们见了好书,如癫似狂,除了少数脑筋僵化成石头的家伙外,周围的年轻人也大多如此。听小弟说,他们工厂有一个青年女工,看起陀思妥耶夫斯基的《涅朵奇卡·涅茨瓦诺娃》,竟哭得雨打梨花,昏天黑地,连班都上不了。试问如今哪儿还能找到这样的人?哪儿还能找到如此娇弱敏感的心灵?为什么在那个荒诞的无理性时代,在革命步伐的粗暴践踏下,竟会产生如此玲珑细腻的古典艺术精神?这件事真的是很难解释。②

其实,这不难解释——源于"绝望"的"狂热",令人过度放大了自己

---

① 对《穆斯林的葬礼》修订本的详细研究,参见曹赛赛《从文学批评看〈穆斯林的葬礼〉第二版的修改》,《名作欣赏》2014年第27期。

② 王小平:《我的兄弟王小波》,江苏文艺出版社2012年版,第172页。

喜爱事物的价值，甚至抬到了宗教的高度。然而，随着时局恢复正常，趋于平稳，人心不再绝望，价值转向多元，他们的宗教激情也就逐渐降温，向人文知识分子回归了。前一种的"转化"，不难辨认；后一种的"回归"，不为人知，今天如无足够敏锐，我们已不易辨认王小波们有过的宗教狂热。

第八章　怀旧情绪

2010年，作家史铁生的去世，震动文坛，许多作家纷纷撰文悼念。此年，这一群体的成员，年轻的也年近花甲，年龄大的接近70岁。大约在这一个时间点前后，这一群体的成员开始越来越多地创作和出版自传体小说或者回忆录，呈现出越来越强烈的怀旧情绪，比如王朔的《致女儿书》（人民文学出版社2007年版）、陈凯歌的《我的青春回忆录》（中国人民大学出版社2009年版）、冯小刚的《我把青春献给你》（长江文艺出版社2010年版）、北岛的《城门开》（生活·读书·新知三联书店2010年版）、张郎郎的《大雅宝旧事》（中华书局2011年版）、李大兴的《在生命这袭华袍背后》（生活·读书·新知三联书店2017年版）和《诗与远方的往事今宵》（北京出版社2019年版），等等，不胜枚举。

一　怀旧情绪的弥漫

北岛以诗歌著称于世，他的诗歌并无地域色彩，但散文集《城门开》的序言"我的北京"明确点名了他的人生、创作跟北京城的密切关联，并充满怀旧情绪地写道：

> 二零零一年年底，因父亲病重，我回到阔别了十三年的北京。即使再有心理准备，也还是没想到，北京已面目皆非，难以辨认，对我来说完全是个陌生的城市。我在自己的故乡成了异乡人。
>
> 我生在北京，在那儿度过我的前半生，特别是童年和青少年——我的成长经验与北京息息相关。而这一切却与这城市一起消失了。

……我萌生了写这本书的冲动：我要用文字重建一座城市，重建我的北京——用我的北京否认如今的北京。在我的城市里，时间倒流，枯木逢春，消失的气味儿、声音和光线被召回，被拆除的四合院、胡同和寺庙恢复原貌，瓦顶排浪般涌向低低的天际线，鸽哨响彻深深的蓝天，孩子们熟知四季的变化，居民们胸有方向感。①

　　其中篇目——《小学》《北京十三中》《北京四中》《大串联》《父亲》等，如作者所说的"童年、青少年在人的一生中如此重要，甚至可以说，后来的一切几乎都是在那时候形成或被决定的。回溯生命的源头相当于某种史前探险，伴随着发现的快乐与悲哀"②，可读出其中不可抑制的怀旧情绪。

　　怀旧情绪不只弥漫于作家群体，还是新北京第三代乃至共和国第三代人的普遍情绪。刘仰东在撰写《红底金字：六七十年代的北京孩子》的时候，采访了大批当事人，他们"向作者忆述了他们小时候经历的种种往事的细节。不管今天的心境怎么样，说起昨天的故事，他们无不满眼放光，眉飞色舞，这种惊人的一致，是作者事先所未料到的"③。

　　到山西杏花村插队的北京知青在时隔四十年后评述："世间变幻，白云苍狗，弹指一挥间，已四十年矣。中国已从'文化大革命'的动乱走到今天的改革开放。回首在农村插队的生活经历，有困难，有困惑，有彷徨，有创伤，有奋争，有成功；有幼稚可笑的行为，有不堪回首的往事，有难以割舍的情谊……但无论如何，它都是我们难以抹去的一段人生旅途，形成了我们的集体记忆知青情结。"④ 诗人衣锡群（依群）为内蒙古莫力达瓦插队知青的回忆文集《岁月辙痕》撰写工作手记，称："插队成为这一代人的集体记忆，其刻骨铭心之远超其他经历。《岁月辙痕》一书记录了那段生活，书中的场景多见之于莫力达瓦。那里距北京数千里，风物殊异，如同童话世界，极大地满足了我们对边塞羁旅之类的想象。至少在插队的头几年，这种新奇的体验足以弥补失去的东西。几年后，童话幻灭，人们以不同方式离开，开始进入世俗界。但莫力达瓦如同符咒一般，不时穿越浮躁的生活，引起我们的回顾，其

---

① 北岛：《城门开》，生活·读书·新知三联书店2010年版，第1页。
② 北岛：《城门开》，生活·读书·新知三联书店2010年版，第2页。
③ 刘仰东：《红底金字：六七十年代的北京孩子》，中国青年出版社2005年版，第314页。
④ 杏花村知青：《遥指杏花村：140个北京知青的插队故事》，江苏文艺出版社2013年版，第1页。

第八章 怀旧情绪

中包括怀念、感恩，也许还有忏悔。青春栖居之地，即为永世故乡——感谢莫力达瓦，让我们在这里相遇、相识和相爱。"① "青春栖居之地，即为永世故乡"，形象生动地说明了人们怀旧的一个重要动因。

怀旧是人皆有之的情绪，有人萌发得早，有人萌发得晚。比如，作家梁左甚至夸张地说自己4岁就开始怀旧：

> 后来等我上了小学，才开始真正"怀旧"起幼儿园来。再后来又"怀旧"小学，"怀旧"中学，"怀旧"大学。一位从小同我一起长大的小姐姐嘲笑我说："你这厮好像总在回忆往事嘛！"……好多年以后，我成为一个作家。怀旧的情绪依然笼罩着我。她像是我的一位老朋友，经常不请自来地拜访我，来也匆匆，去也匆匆，自是人生长恨水长东。②

而人到中年向晚年过渡之时，目睹人生逐渐过半，怀旧情绪难免更加滋长，日益浓郁，这是由人生命的阶段特性决定的。只不过，这代人遭遇了太多坎坷，呈现出太强烈的不同阶段，因而怀旧情绪更明显而已。而这一人群中的作家，反而更能表现和渲染这样一种怀旧情绪了。

怀旧情绪的另一个刺激源，是年龄渐增，怀念往事。但如北岛所说，怀旧情绪也因物是人非，因为改革开放导致的沧桑巨变而大大加重。如果说，这代人的怀旧情绪跟其他世代有何不同，或许就是沧海桑田导致的刺激更大吧。

有趣的是，从年龄来说，最早怀旧并诉之于笔的作家，不是北岛，而是比他小十岁的王朔。1992年，当时只有34岁的王朔在小说《动物凶猛》开篇中这样概叹：

> 我羡慕那些来自乡村的人，在他们的记忆里总有一个回味无穷的故乡，尽管这故乡其实可能是个贫困凋敝毫无诗意的僻壤，但只要他们乐意，便可以尽情地遐想自己丢失殆尽的某些东西仍可靠地寄存在那个一

---

① 衣锡群：《主编工作手记》，载《岁月辙痕——莫力达瓦：怪勒，前霍日里知青琐忆》，自印本，2012年，第124页。
② 梁左：《怀旧》，载《笑忘书：梁左作品集》，华艺出版社2002年版，第111页。

无所知的故乡，从而自我原寡和自我慰藉。我很小便离开出生地，来到这个大城市，从此再也没有离开过，我把这个城市认做故乡。这个城市一切都是在迅速变化着——房屋、街道以及人们的穿着和话题，时至今日，它已完全改观，成为一个崭新、按我们标准挺时髦的城市。

没有遗迹，一切都被剥夺得干干净净。①

这篇小说充斥着浓厚的怀旧情绪，其实，它描写的 1974 年，离王朔写作这篇小说的 1992 年，间隔不到二十年。但改革开放的冲击和变化是巨大的，不到二十年间的沧桑巨变，我们不能以通常的二十年来相提并论。小说家余华在长篇小说《兄弟》的封面语中称："一个西方人活四百年才能经历这样两个天壤之别的时代，一个中国人只需四十年就经历了。"虽是夸张之语，却也不无道理。

1994 年，王朔的老师刘心武看完根据《动物凶猛》改编的电影《阳光灿烂的日子》后，写了一篇影评：

这实际是王朔、姜文他们自己一群（他们都曾是"大院"里的孩子）的一部怀旧片。我原来对王朔走出了"编辑部"，经历过"爱你没商量"，"过把瘾"却并没有去死，而是兴致勃勃地要拍《红樱桃》，颇为愕然；对姜文在他发表的某些文章里那样不同于"非大院"出来的某些同代人，几乎是有点意气用事地抨击西方，也曾不能参透；看过这部《阳光灿烂的日子》，我懂了，他们即使在"文化大革命"中那样无聊地胡闹，也是偷听《天鹅湖》的唱片，坐在屋顶上唱《莫斯科郊外的晚上》……谴责弃己而就他的姑娘，也是把她比拟成弃保尔·柯察金嫁了"旧官僚"的那个冬尼亚……更有趣的是，在王朔的小说里，北京的那个"老莫"（原苏联展览馆的莫斯科餐厅）是一个反复出现的人物活动场景，而在这部姜文拍成的影片中，"老莫"也是几场重头戏的背景，而且，他把那"老莫"拍得非常地富有"诗意"，充分反映出他们那群"大院孩子"潜意识里把"老莫"视为一个图腾的心象。②

---

① 王朔：《王朔文集·顽主》，云南人民出版社 2004 年版，第 222 页。
② 刘心武：《"大院"里的孩子们》，《读书》1995 年第 3 期。

第八章 怀旧情绪

他指出了王朔及导演姜文的怀旧情绪,并且明确指出他们怀旧的是"文化大革命"时期的生活氛围,因为那正是他们青春期的背景。

从《动物凶猛》开始,王朔的怀旧情绪不但没衰退,而且越来越强烈。1999年,他发表长篇小说《看上去很美》(华艺出版社1999年版)。这部小说的主要意图更清晰,纯粹就是怀旧。《城门开》的序言为"我的北京",《看上去很美》的序言为"现在就开始回忆":

> 我这本书仅仅是对往日生活的追念。一个开头。……这是关于我自己的,彻底的,毫不保留的,凡看过、经过、想过、听说过,尽可能穷尽我之感受的,一本书。
>
> 游泳游得快,来到这世上,不能白活,来无影去无踪,像个孑孓随生随灭。用某人文绉绉的话说:如何理解自己的偶在。大白话就是:我为什么这德行。①

写完《看上去很美》以后,王朔还意犹未尽,又专门写了《致女儿书》和《和我们的女儿谈话》,继续追溯自己的家族历史。

其他作家也不例外。《青春之歌》作者杨沫之子马波(老鬼)跟父母有着较深的龃龉,关系多年恶化。但父母去世多年后,他于2005年出版传记《母亲杨沫》(后以《我的母亲杨沫》再版),在"前记"中陈述自己的写作动因:

> 上世纪80年代母亲在接受广东电视台记者采访时,曾表示晚年想写一部卢梭式的回忆录。她说:我很佩服卢梭,很佩服卢梭敢讲真话的勇气。所以也打算把自己的一生,尽可能大胆地写出来,以一个真实人的面貌出现在读者面前,而不愿意像有些人那样总把自己装扮成完美无缺的人。实际上,一个人总是有很多缺点的,有很多内心不一定是很健康的东西。

---

① 王朔:《现在就开始回忆:〈看上去很美〉自序》,载《看上去很美》,云南人民出版社2004年版,第4页。

可是因为年迈体衰,身体多病,母亲的愿望没有实现。

在母亲去世10周年前夕,我放下了手中的其他稿件,花了一年多时间,集中精力完成了这部书稿,概述了母亲的一生,算是对母亲的一个怀念。

我遵循母亲的愿望,尽量客观地把母亲一生中我所认为的重大经历记录下来,尽可能大胆地再现出一个真实的,并非完美无缺的杨沫。[①]

随后,他又发表博文《我的父亲》怀念曾经敌视的父亲:"我记仇,父亲也记仇。父亲唯我独尊,专横霸道,狠狠打我不对;我年轻气盛,睚眦必报,揭发他也过分。现在,父亲已经走了30年,我一点不恨他了,岁月冲淡了过去的伤痕。每年清明还到八宝山去看看他,擦拭一下他盒子上面的灰尘。"随着时间的流逝,原先跟父母之间的恩怨渐渐消淡,逐渐转化为一种浓重的怀念。这样一种怀念,其实是一种面向自己的怀旧:他不但是怀念父母,也是怀念跟父母同在的青春岁月中的自我。

另一名怀旧情绪强烈的作家,当数散文家李大兴。他和王小波、汪国真都是教育部大院子弟,跟王小波是世交。他于20世纪80年代赴日留学,后赴美留学,最后留居美国,中年以后,以2015年在《经济观察报》"个人历史"专栏发表文章为契机,他开始撰写充满感伤性的文学性散文,先后结集为《在生命这袭华袍背后》(生活·读书·新知三联书店2017年版)和《诗与远方的往事今宵》(北京出版社2019年版)两本散文集。李大兴的散文,特点是充满怀旧和感伤,下面这一段话特别能表现其思想及文风:

没有什么比时光的流淌与生命的旅程更令人感动无语。在某一站上某一辆公交车,又在某一站下车,一切都是偶然,一切都是命运。我这样想着想着,就错过了车站。[②]

李大兴的散文蕴含着浓浓的家史色彩,他这样介绍自己撰写怀旧性散文的初衷:"人很容易在琐碎日常和周围影响下营营碌碌,渐渐失去对生活本相

[①] 老鬼:《我的母亲杨沫》,同心出版社2011年版,第1页。
[②] 李大兴:《诗与远方的往事今宵》,北京出版社2019年版,第21页。

的敏感，待到忽然醒来时，许多时光已经流过。我这一代人里，出国较早的往往在忙于生活本身，不再追问我从何处来、向何处去这样古老而永恒的问题；也更多活在当下，不再回想不仅在时间，更在心理上已经遥远的过去。我也曾经这样度过岁月，但内心深处总有另一个声音在提示我：我有一个梦，也有一种责任，记录我度过的时代、曾经有过的诗与远方。我是个随遇而安的人，这种性格的弱点是不够努力，容易随波逐流。过了知天命之年后，越来越感觉时不我待，终于……开始加速写作。"而他坦承，自己写作的主要题材是"记忆中的一个个故事，穿过一个世纪的光阴"①。

二　追溯历史的理性

随着怀旧情绪的不断浓郁，因其"职业特色"，这批作家渐渐把它升华成对自己家族史的寻根，或者更进一步，从理性层面去思考自己及其家族的来龙去脉，对自己的"家史"萌发了强烈兴趣，致力于"寻根"。他们往往从研究父母的历史开始，逆流而上，探讨自己家族的历史，行之于文。这也就是古人常说的"青春作赋，皓首穷经"。②

这种情况，男作家比女作家普遍，王朔写了《看上去很美》《致女儿书》《和我们的女儿谈话》等自传性作品；北岛写了《城门开》；老鬼写了《我的母亲杨沫》；李大兴也研究了父母两系的家史，甚至追溯到清代。女作家对"家史"的兴趣较弱，但也不是没有类似的著作。比如，徐小斌写了自传体小说《羽蛇》，描写家族五代女性的历史，也可以视为女权主义的"家史"。她在《羽蛇》开篇《开场白或者皇后群体》中开宗明义地宣称："羽蛇其实是我的家族中的一个女人。我对于家族的研究已经有若干年了。在我看来，家族与血缘很有些神秘，而母系家族尤甚。……血缘使我们充分感受到现代分形艺术的美丽。血缘是一棵树，可以产生令人迷惑的错综复杂的形态，感受到它们与真实世界之间深奥而微妙的关系。经过多年的研究，我终于了解了

---

① 李大兴：《诗与远方的往事今宵》，北京出版社2019年版，第6页。
② 青少年跟父母冲突，中年后和解，致力追溯家族史者，日本作家村上春树也是典型例子，详细研究参见杨志《果核中的村上春树》，《书城》2015年第4期。

我的母系家族产生的树形结构图。或者说，皇后群体。"① 韩小蕙则撰写了长篇散文《协和大院》，回顾自己出生并成长的大院的来龙去脉，历数其中居住过的风流人物，最后感慨："著名的协和大院，有着一百多年西洋文化传统的大院，又莫名其妙地迎来了第五代住户——只是，他们已完全不知道这个大院的辉煌历史了，也就完全不在乎她所具有的文化底蕴和文明传承了。"②

学者、作家李零也属于上述群体，他的怀旧更多从理性反思切入。但跟其他作家不同，作为历史学者的李零对革命与父辈关系的探讨，具有更强烈的历史、文学和理性交融的色彩。他写过文学性散文《读〈少年先锋〉》，通过评论高沐鸿以他父亲为原型的长篇小说《少年先锋》，以此书写自己的革命者父亲。③ 2009年，他再次采取"由文入史"的叙述模式，在《读书》上陆续发表了长篇文史随笔《读〈动物农庄〉》（后收入《何枝可依》，生活·读书·新知三联书店2009年版）。李零写这篇随笔，并非心血来潮，而是精心构思，意在对父辈及自己生长其中的革命进行思考。他特意选择英国小说家奥威尔的著作进行解读，论证被视为右翼作家的奥威尔实为左翼作家，他的两部名著《动物农庄》和《1984》是对革命命运的思考。这篇长文，如《读〈少年先锋〉》，意图不在奥威尔的小说，而在革命，所以收入《何枝可依》，明确标明为"革命篇"，实际上就是李零的《论革命》。文章的结尾是这样写的：

> 二十一世纪，时光逆转，历史倒读，好像什么都可以翻案，但中国革命的案不能翻。
>
> 中国革命，不管是谁，不管他们的意识形态如何，所有人的愿望有共同指向，一是摆脱列强瓜分，二是结束四分五裂。先解决挨打，再解决挨饿，其他问题慢慢来。
>
> 人民英雄纪念碑还巍然耸立在天安门广场。一百年来，所有为中国革命捐躯的烈士（从秋瑾到江姐）永垂不朽！④

---

① 徐小斌：《羽蛇》，作家出版社2009年版，第1—2页。
② 韩小蕙：《协和大院》，人民文学出版社2019年版，第446页。
③ 参见李零《读〈少年先锋〉》，载《放虎归山》，辽宁教育出版社1996年版，第43—50页。
④ 李零：《读〈动物农庄〉》，载《何枝可依》，生活·读书·新知三联书店2009年版，第344页。

第八章 怀旧情绪

在另一本著作《鸟儿歌唱》里，李零说大家是"往前看"，自己则是"猛回头"，再度强调了自己对革命的观点。其实，谈论革命的态度，便是寻找家族史来龙去脉的一种方式。

可以看到，情绪也好，思考也好，王朔、北岛、李零、马波等，他们对于自己人生的回顾与思考都离不开"革命"和"北京"，并在怀旧心态下创作出了《动物凶猛》《城门开》《母亲杨沫》《读〈动物农庄〉》等一批颇有分量同时又不同于以往的作品。从文学体裁来看，这批作家在这一时期的创作，越来越不以小说为主，而演变成回忆录和文学性散文。随着年龄的增长，非虚构性的文学创作逐渐成为这一群体的主要体裁。某种程度，这也符合"从诗歌到散文，从理想主义到经验主义"的生命演变历程。

从心理动因而言，怀旧情绪不只指向过去，也指向当前和未来，具有怀旧者定位自身来龙去脉的意图在内，这也就是王朔所说的"如何理解自己的偶在"。研读上述史料可以发现，虽然大部分作家的怀旧主要停留在情绪层面，但也有部分作家努力把自身的怀旧情绪，升华到对群体、民族和国家历程的理性思考。

从 2000 年起，作家查建英陆续采访了 80 年代影响较大的文艺家们，其中许多人便是新北京第三代作家的成员，最后出版了《八十年代访谈录》（生活·读书·新知三联书店 2006 年版）。随后，北岛、李陀等主编《七十年代》（生活·读书·新知三联书店 2009 年版），汇编了大批这一群体成员的回忆文章。接着，北岛、曹一凡、维一等又编撰了《暴风雨的记忆：1965—1970 年的北京四中》（生活·读书·新知三联书店 2012 年版），专门汇集了这一群体对于中学时期的生活回忆。这三本书的编撰顺序，是先探讨 80 年代，随后再探讨 70 年代，最后再到 60 年代，在出版顺序上呈现逆向回溯的特点，正如这一群体在《七十年代》一书"封面语"对自身历史的回顾："八十年代开花，九十年代结果，什么事都酝酿在七十年代。"三本书的大部分回忆者都是新北京第三代人，而且许多人就是作家。三本书的编撰者彼此熟识，编撰这三本书也都具有从"怀旧情绪"到"理性审视"的共识。由此，上述三本书，我们可视为这一群体主动建构自己生命史的群体性行动。《七十年代》主编之一的李陀如此谈论自己的编撰动因："（七十年代）那段生活非常特殊，我认为那是一个历史的夹缝，之前的六十年代'文化大革命'，后面的八十年代改革开放，这两个年代都很激荡。七十年代夹在两者中间，看起来既没有六十年代重要，也没有八十年代重要，它好像是一个过渡期。但恰恰有一代人在这个时期中完成了他们青少年成长过程，这10年让他们区别于其他年代成长起来的人。我们觉得七十年代中成长起的一代人，他们的青春在特殊年代里的成长经验非常有意思，既对他们个人有意思，对我们认识过去几十年也非常有意思，是一个很好的角度。"①

编撰《八十年代访谈录》的查建英也明确秉持理性认知的态度，她认为："这些回忆者的态度却不是一味怀旧或颂扬，相反，他们对于八十年代抱着难得的坦率、客观，甚至苛刻的审视态度，对自我和时代的局限、对不少当年轰动一时的现象、事件和人物及其背后的历史、文化动因做了很多深入的剖析、批评和反省。同样的态度也渗透在他们对九十年代以来中国文化现实的评论之中，他们视野开放但有自己的立足点和准则，他们几乎全都既是批评者也是建设者。真诚，坦率，不回避、不简化问题，尽可能真实地对待历史、现状和自我，这种态度是我在做本书访谈当中最期盼和认同的。"②

---

① 北岛、李陀等主编：《七十年代》前言，生活·读书·新知三联书店2009年版。
② 查建英：《八十年代访谈录》，生活·读书·新知三联书店2006年版，第11页。

附录　重要作家及其作品简目

说明：为了凸显新北京第三代作家的时代气质及群体特征，本目录也列入部分新北京第三代艺术家及学者，一并按照出生顺序排列。

姓名	生年	生平	主要作品或者传记
刘心武	1942—	作家。汉族。8岁来京。	《刘心武文集》，华艺出版社1993年版。
徐城北	1942—2021	作家、学者。汉族。生于重庆，长于北京。	《梨园风景线》，浙江文艺出版社1988年版。《坐在台上看戏》，中国书店1997年版。《书前书后》，山东画报出版社1997年版。《老北京·巷陌民风》，江苏美术出版社1999年版。《老北京·变奏前门》，江苏美术出版社1999年版。
章诒和（女）	1942—	作家。汉族。	《往事并不如烟》，人民文学出版社2004年版。
王学泰	1942—2018	作家、学者。汉族。	《游民文化与中国社会》，学苑出版社1999年版。《监狱琐记》，生活·读书·新知三联书店2013年版。《一蓑烟雨任平生》（回忆录），重庆出版社2013年版。
遇罗克	1942—1970	作家。汉族。	《遇罗克遗作与回忆》，中国文联出版社1999年版。
张郎郎	1943—	画家、作家。生于延安，长于北京。	《大雅宝旧事》，中华书局2011年版。《宁静的地平线》，中华书局2013年版。《郎郎说事儿》，东方出版社2018年版。
霍达（女）	1945—	作家。回族。	《霍达文集》，北京十月文艺出版社2017年版。

续表

姓名	生年	生平	主要作品或者传记
幺书仪（女）	1945—	学者。汉族。	《晚清戏曲的变革》，人民文学出版社2008年版。《寻常百姓家》（回忆录），人间出版社2010年版。《元代文人心态》，人民文学出版社2013年版。
甘铁生	1946—2018	作家。汉族。	《都市的眼睛》（长篇小说），作家出版社1986年版。《秋天的爱》，北京十月文艺出版社1987年版。《1966·前夜》，中国文联出版社2000年版。《高中》，华文出版社2005年版。《甘铁生散文集》，高等教育出版社2016年版。
柯云路	1946—	作家。汉族。生于上海，幼年来京。	《柯云路作品集》，新星出版社2003年版。
遇罗锦（女）	1946—	作家。汉族。	《一个冬天的童话》，人民文学出版社1985年版。
姜戎	1946—	作家。汉族。	《狼图腾》，长江文艺出版社2014年版。
老鬼	1947—	作家。汉族。生于河北，幼年来京。	《血与铁》，中国社会科学出版社1998年版。《血色黄昏》，新星出版社2010年版。《我的母亲杨沫》，同心出版社2011年版。
郑义	1947—	作家。汉族。原名郑光召，生于重庆，长于北京。	《老井》，中原农民出版社1992年版。
陶洛诵	1947—	作家。汉族。	《留在世界的尽头》（自传体小说），中国文联出版社2003年版。
肖复兴	1947—	作家。汉族。	《肖复兴文集》，武汉大学出版社2015年版。
杨镰	1947—2016	学者、作家。汉族。现代作家杨晦之子。	《青春只有一次》（长篇小说），北京十月文艺出版1985年版。《天山虹》（长篇小说），新疆人民出版社2010年版。
依群	1947—	诗人。汉族。生于大连，长于北京，是"朦胧诗派"的早期代表。	主要诗作有《巴黎公社》《长安街》《无题》《你好，哀愁》等。

续表

姓名	生年	生平	主要作品或者传记
孔丹	1947—	汉族。	《难得本色任天然》(口述历史),生活·读书·新知三联书店2015年版。
方含	1947—	诗人。原名孙康,是"朦胧诗派"的早期代表。	主要诗作有《在路上》《谣曲》《印象》《生日》等。
叶广芩(女)	1948—	作家。满族。	《叶广芩文集》,北京十月文艺出版社2015年版。
唐晓峰	1948—	作家、学者。汉族。	《当代学人精品·唐晓峰卷》,广东人民出版社2016年版。
李宝臣	1948—	学者。满族。	《食道世风四讲:谈吃马耳餐》,江苏凤凰文艺出版社2019年版。
赵杰兵	1948—	干部。汉族。	《康庄往事:一位北京知青的记忆》,人民出版社2014年版。
赵哲(女)	1948—	诗人。汉族。	白洋淀诗群女诗人。
张木生	1948—	经济学家、作家。汉族。	《改造我们的文化历史观》,军事科学出版社2011年版。
遇罗文	1948—	作家。汉族。	《我家》(回忆录),中国社会科学出版社2000年版。
定宜庄(女)	1948—	学者。满族。	《中国知青史:初澜》(1953~1968年),当代中国出版社2009年版。《老北京人的口述历史》,中国社会科学出版社2009年版。
赵珩	1948—	学者、作家。汉族。	《旧时风物》,广西师范大学出版社2009年版。《故人故事》,中华书局2016年版。《彀外谭屑:近五十年闻见摭忆》,生活·读书·新知三联书店2006年版。《百年旧痕:赵珩谈北京》,生活·读书·新知三联书店2016年版。
李龙云	1948—2012	编剧、作家。汉族。生于南城罗圈胡同8号。	《落马湖王国的覆没》,中国文联出版社1986年版。《小井胡同——李龙云剧作选》,北京十月文艺出版社1987年版。《李龙云剧作选:荒原与人》,中国社会科学出版社1993年版。

续表

姓名	生年	生平	主要作品或者传记
李零	1948—	学者、作家。汉族。	《花间一壶酒》，同心出版社2005年版。《鸟儿歌唱：二十世纪猛回头》，北京大学出版社2014年版。《波斯笔记》，生活·读书·新知三联书店2019年版。
陶正	1948—	作家。汉族。	《旋转的舞台》（散文集），中国文联出版社1987年版。《少年初识愁滋味》（长篇小说），北京出版社2004年版。
张承志	1948—	作家。回族。	《张承志文集》，上海文艺出版社2015年版。《红卫兵の时代》，岩波书店（日本）1992年版。
食指	1948—	诗人。汉族。	《食指的诗》，人民文学出版社2000年版。
徐浩渊（女）	1949—	诗人。汉族。	北京知青沙龙支持人，有诗作若干。
林莽	1949—	诗人。汉族。	《林莽诗选》，时代文艺出版社2005年版。
宋海泉	1949—	诗人。	主要诗作有《海盗船》《流浪者之歌》等。
刘北成	1949—	学者。	《福柯思想肖像》，北京师范大学出版社1995年版。
陈建功	1949—	作家。汉族。生于北海，1957年来京。	《鬈毛》，燕山出版社1997年版。
王克平	1949—	画家。汉族。	作品有《偶像》《沉默》等。
北岛	1949—	诗人。汉族。	《北岛诗歌集》，南海出版公司2003年版。《失败之书：北岛散文集》，汕头大学出版社2004年版。《城门开》，生活·读书·新知三联书店2010年版。
维一	1949?—	学者、作家。上海出生，长于北京。	《旧时宣武门前燕》，中国城市出版社2001年版。《路爷》，中国青年出版社2004年版。《我在故宫看大门》，生活·读书·新知三联书店2011年版。

续表

姓名	生年	生平	主要作品或者传记
江河	1949—	诗人。汉族。	《从这里开始》,花城出版社1986年版。《太阳和他的反光》,人民文学出版社1987年版。
王小平	1949—	学者、作家。汉族。	《我的兄弟王小波》,江苏文艺出版社2012年版。
阿城	1949—	作家。汉族。	《阿城文集》,作家出版社1999年版。
关纪新	1949—	学者、作家。满族。	《老舍评传》,重庆出版社2003年版。《满族小说与中华文化》,社会科学文献出版社2014年版。
芒克	1950—	诗人。汉族。生于沈阳,1956年来京。	《野事》,湖南文艺出版社1994年版。《瞧!这些人》,时代文艺出版社2003年版。《芒克的诗》,人民文学出版社2009年版。
潘婧(女)	1950—	诗人。汉族。白洋淀诗群女诗人。	《心路历程——"文化大革命"中的四封信》,《中国作家》1994年第6期。《抒情年代》,作家出版社2002年版。《另一类的回忆》,作家出版社2010年版。
毕汝谐	1950—	作家。汉族。	《我俩:北京玩主在纽约》(笔名李舫舫),群众出版社1993年版。《我俩:一九九三》(笔名李舫舫),河南人民出版社1998年版。《九级浪》,载陈思和、王德威主编《史料与阐释(总第5期)》,复旦大学出版社2017年版。
姜昆	1950—	相声演员。汉族。	《笑面人生》,上海人民出版社1997年版。
郑也夫	1950—	学者、作家。汉族。	《礼语·咒词·官腔·黑话——语言社会学丛谈》,光明日报出版社1993年版。《走出囚徒困境》,光明日报出版社1995年版。《忘却的纪念》,中央编译出版社1998年版。

· 181 ·

续表

姓名	生年	生平	主要作品或者传记
李锐	1950—	作家。汉族。	《丢失的长命锁》（中短篇小说集），北岳文艺出版社1985年版。《红房子》（中短篇小说集），人民文学出版社1988年版。《厚土》，浙江文艺出版社1989年版。《旧址》，上海文艺出版社1993年版。《传说之死》（中短篇小说集），长江文艺出版社1994年版。《拒绝合唱》（散文随笔集），上海人民出版社1996年版。《无风之树》，江苏文艺出版社1996年版。《万里无云》，中国青年出版社1997年版。《不是因为自信》（散文随笔集），湖南文艺出版社1999年版。《李锐王尧对话录》，苏州大学出版社2003年版。
叶维丽（女）	1950—	学者。汉族。	《动荡的青春：红色大院的女儿们——叶维丽、马笑冬对谈录》，新华出版社2008年版。
乔雪竹（女）	1950—	作家。汉族。	《北国红豆也相思》（中短篇小说集），福建人民出版社1983年版。
李南央（女）	1950—	作家。汉族。生于长沙，1952年来京。	《我有这样一个母亲》，上海文艺出版社2002年版。《异国他乡的故事》，北岳文艺出版社2017年版。
史铁生	1951—2010	作家。汉族。	《史铁生的日子》，凤凰出版社2011年版。《史铁生文集》，北京十月文艺出版社2013年版。《生命：民间记忆史铁生》，中国出版集团公司2012年版。《让"死"活下去》，陈希米著，湖南文艺出版社2018年版。
汪朗	1951—	作家。汉族。现代作家汪曾祺之子。	《食之白话》，中国林业出版社2006年版。《衣食大义》，中国林业出版社2006年版。《老头儿汪曾祺：我们眼中的父亲》，中国青年出版社2012年版。《刁嘴》，生活·读书·新知三联书店2014年版。
何冀平（女）	1951—	编剧。汉族。1956年来京。	《天下第一楼》，北京十月文艺出版社2004年版。

附录　重要作家及其作品简目

续表

姓名	生年	生平	主要作品或者传记
多多	1951—	诗人。汉族。	《搭车》（小说集），百花文艺出版社2004年版。《多多的诗》，人民文学出版社2012年版。
岳重	1951—	诗人。汉族。	诗作《三月与末日》。
边作君	1951—	汉族。	自传《血色并不浪漫》（自印稿），2007年。
赵群	1951—	作家。满族。生于沈阳，长于北京。	《风月十五不归人》（小说集），九州出版社2014年版。
史保嘉	1951—	诗人。汉族。白洋淀诗群女诗人。	1967—1970年创作旧体诗词40余首。
毕淑敏（女）	1952—	作家、医生。汉族。	《毕淑敏文集》，群众出版社2002年版。《毕淑敏自述人生》，时代文艺出版社2010年版。
刘小萌	1952—	学者。满族。	《中国知青口述史》，中国社会科学出版社2004年版。
董之林（女）	1952—	学者。	《走出历史的雾霭》（"新时期"知青小说论），陕西人民教育出版社1991年版。
李银河（女）	1952—	学者、作家。汉族。	《人间采蜜记：李银河自传》，江西人民出版社2015年版。小说集《黑骑士的王国》，香港：果麦文化传媒有限公司2016年版。
邢小群（女）	1952—	作家。汉族。	《凝望夕阳》（主编），青岛出版社1999年版。
冯同庆	1952—	学者、作家。汉族。	《敕勒川年华》（自传体小说），世界知识出版社2018年版。
万方（女）	1952—	作家、编剧。汉族。现代剧作家曹禺之女。	《空镜子》，北京出版社2007年版。《冬之旅：万方剧本精选集》，北京十月文艺出版社2017年版。
邹静之	1952—	作家、编剧。汉族。成长于冶金部大院。	《知青咸淡录》，上海人民出版社1998年版。《九栋》（自传体小说），法律出版社2010年版。《邹静之戏剧集》，作家出版社2014年版。

续表

姓名	生年	生平	主要作品或者传记
陈嘉映	1952—	学者、作家。汉族。生于上海,长于北京。	《白鸥三十载》,复旦大学出版社2011年版。《空谈》,广东人民出版社2013年版。
杨健	1952—	学者。汉族。	《文化大革命中的地下文学》,朝华出版社1993年版。
王小波	1952—1997	作家。汉族。成长于教育部大院。	《王小波集》,北京十月文艺出版社2011年版。《王小波传》,乐艺文著,浙江大学出版社2014年版。
王树增	1952—	作家。汉族。	《王树增战争系列》,人民文学出版社2009年版。
陈凯歌	1952—	作家、导演。汉族。	《陈凯歌随笔悲欣交集》,广西民族出版社1997年版。《我的青春回忆录》,中国人民大学出版社2009年版。
田壮壮	1952—	汉族。导演。	《一个人的电影》,田壮壮等著,中信出版社2008年版。电影:《盗马贼》《蓝风筝》等。
郑晓龙	1952—	导演、编剧。汉族。	《大撒把:深情喜剧集》(与冯小刚合著),中国电影出版社1994年版。影视剧作品:《北京人在纽约》《甄嬛传》《芈月传》。
米鹤都	1952—	学者。汉族。	《红卫兵这一代》,香港:三联书店有限公司1993年版。《心路:透视共和国同龄人》,中央文献出版社2011年版。
过士行	1952—	编剧、导演。汉族。	《我和鱼,还有鸟》,中华书局2015年版。《坏话一条街:过士行剧作集》,中国国际广播出版社1999年版。《鸟人:过士行剧作选》,中华书局2015年版。《厕所:过士行剧作选》,中华书局2015年版。
黄锐	1952—	画家。汉族。	《北京798:再创造的工厂》,四川美术出版社2008年版。
刘自立	1952—	诗人、学者。成长于中宣部大院。	《1949年以前的大公报》(与王芝琛合著),山东画报出版社2002年版。

续表

姓名	生年	生平	主要作品或者传记
谢侯之	1952？—	学者、作家。汉族。	《椿树茆》（散文集），中华书局2022年版。
解玺璋	1953—	作家、批评家。汉族。	《一个人的阅读史》，重庆大学出版社2010年版。《梁启超传》，化学工业出版社2018年版。《抉择：鼎革之际的历史与人》，天地出版社2020年版。
张辛欣（女）	1953—	作家。汉族。	《北京人：一百个普通人的自述》，上海文艺出版社1986年版。《张辛欣代表作》，河南人民出版社1988年版。《我》，北京十月文艺出版社2011年版。
徐小斌（女）	1953—	作家、画家。汉族。	《徐小斌文集》，华艺出版社1998年版。《莎乐美的七重纱》，商务印书馆2010年版。《徐小斌小说精荟》，作家出版社2012年版。《徐小斌散文》，华夏出版社2000年版。
徐小棣（女）	1953—	教师、作家。汉族。	《颠倒旧事》，生活·读书·新知三联书店2012年版。
夏华博	1953—	不详。	《北京知青》（自传体小说），金城出版社2013年版。
夏晓虹（女）	1953—	学者。汉族。	《晚清女性与近代中国》，北京大学出版社2004年版。《梁启超：在政治与学术之间》，东方出版社2014年版。《今生有幸》，中国文史出版社2022年版。
戎雪兰（女）	1953？—	诗人。	白洋淀诗群女诗人。
陆昕	1953—	学者、作家。汉族。语言学家陆宗达之孙。	《祖父陆宗达及其师友们》，人民文学出版社2012年版。《京华忆前尘》，北京出版社2018年版。
杨奎松	1953—	学者。汉族。	《杨奎松作品》，广西师范大学出版社2013年版。

续表

姓名	生年	生平	主要作品或者传记
王山	1953—2012	作家。汉族。	"天"字系列小说：《天伤》，北岳文艺出版社1992年版；《天祭》，金城出版社1993年版；《天爵》，远方出版社1997年版。"地"字系列小说：《地魂》，九州出版社2003年版；《大顽主之地殇》，九州出版社2008年版。《第三只眼睛看中国》（笔名洛伊宁格尔），山西人民出版社1994年版。《第四只眼睛看中国》，香港：明报出版社1996年版。
田晓青	1953—	诗人。汉族。	诗集《失去的地平线》，漓江出版社1998年版。
马佳	1953—	作家。	《神葬》（长篇小说），中国工人出版社1988年版。《情葬》（长篇小说），中国工人出版社1988年版。
徐方（女）	1953—	作家。汉族。	《干校札记》，广东人民出版社2016年版。
濮存昕	1953—	演员。汉族。	《我知道光在哪里》（回忆录），北京十月文艺出版社2008年版。
陈佩斯	1954—	演员。汉族。生于长春，长于北京。	《严肃男人陈佩斯》，谢丁著，中信出版社2013年版。
刘恒	1954—	作家。汉族。	《刘恒自选集》，作家出版社1993年版。《贫嘴张大民的幸福生活》，华艺出版社1999年版。《乱弹集》，春风文艺出版社2000年版。《遗失的日记：散文随笔卷》，同心出版社2005年版。
都梁	1954—	作家、编剧。汉族。生于盱眙，长于北京。	"家国五部曲"系列，北京联合出版公司2018年版。
徐晓（女）	1954—	作家。生于上海，长于北京。	《半生为人》（散文集），中信出版社2012年版。
海岩	1954—	作家、编剧。汉族。	《海岩三十年丛书》，化学工业出版社2015年版。《其实你蒙蔽世人》，人民文学出版社2011年版。

附录　重要作家及其作品简目

续表

姓名	生年	生平	主要作品或者传记
扬之水（女）	1954—	学者、作家。汉族。	《无计花间住》，中信出版社2016年版。《物色：金瓶梅读"物"记》，中华书局2018年版。
刘一达	1954—	作家、记者。汉族。生于北京西单劈柴胡同，今名辟才胡同。	《胡同根儿》，中国文联出版社2000年版。《故都子民》，中国社会出版社2005年版。《北京爷》，京华出版社2006年版。《胡同味道》，中国华侨出版社2011年版。《北京话》，中华书局2017年版。
严力	1954—	诗人、画家。汉族。	《严力诗选》，上海文艺出版社1995年版。《带母语回家》，南京大学出版社2007年版。
韩小蕙（女）	1954—	作家。汉族。	1973年开始发表作品。著有《韩小蕙散文代表作》等作品集30部，近期出版有长篇散文《协和大院》，人民文学出版社2019年版。
殷京生	1955—	作家。汉族。	长篇小说《碧血青蒿》（与聂振邦合著），黑龙江少年儿童出版社1993年版。
马未都	1955—	作家、编剧、收藏家。汉族。	《记忆的河》（小说集），作家出版社1988年版。编剧有《编辑部的故事》《海马歌舞厅》等。
肖长春	1955—	作家。汉族。成长于冶金部大院。	《北京大院的"熊"孩子》（长篇小说），中国文史出版社2015年版。
杨炼	1955—	诗人。汉族。生于瑞士，6岁来京。	《杨炼创作总集：1978—2015》，华东师范大学出版社2015年版。
邹红（女）	1955—	学者。汉族。	《曹禺剧作散论》，吉林文史出版社2010年版；《百年中国戏剧史（1900—2000）》（合著），湖南美术出版社、岳麓书社2014年版。
刘索拉（女）	1955—	作家、作曲家。汉族。	《你别无选择》（小说集），作家出版社1986年版。《行走的刘索拉：兼与田青对话及其他》，昆仑出版社2001年版。《你活着，因为你有同类》，文汇出版社2005年版。《女贞汤》，海峡文艺出版社2003年版。《口红集》，作家出版社2009年版。

续表

姓名	生年	生平	主要作品或者传记
阿坚	1955—	诗人。汉族。原名赵世坚，成长于冶金部大院。	《正在上道》（小说及诗集），敦煌文艺出版社1997年版。《在没有英雄的时代，我只想做一个人》（回忆录，署名大踏），广东人民出版社2013年版。
郑渊洁	1955—	作家。汉族。生于河北，北京长大。	杂志《童话大王》唯一撰稿人。
东子	1956—	不详。	《烟盒》，中国青年出版社2003年版。《在大理的星空下接吻》，广西人民出版社2005年版。
童蔚（女）	1956—	诗人。汉族。九叶派诗人郑敏之女。	《脑电波灯塔：童蔚诗选2011—2015》，长江文艺出版社2016年版。
顾城	1956—1993	诗人。汉族。诗人顾工之子。	《顾城文选·卷一》，北方文艺出版社2005年版。《顾城诗全集》，江苏文艺出版社2010年版。《鱼乐：忆顾城》，中信出版社2015年版。《我面对的顾城最后十四天》（传记），顾乡著，国际文化出版公司1994年版。
汪国真	1956—2015	诗人。汉族。成长于教育部大院。	《汪国真诗文集》，广东旅游出版社2000年版。
友友（女）	1956—	作家。汉族。	《人景·鬼话：杨炼、友友海外漂泊手记》（与杨炼合著），中央编译出版社1994年版。《她看见了两个月亮》（小说集），时代文艺出版社1995年版。
梁左	1957—2001	作家、编剧。汉族。	《虎口遐想——姜昆梁左相声集》，文化艺术出版社1992年版。《笑忘书：梁左作品集》，华艺出版社2002年版。
铁凝（女）	1957—	作家。汉族。	《铁凝评传》，贺绍俊著，郑州大学出版社2005年版。《铁凝研究资料》，吴义勤编，山东文艺出版社2009年版。《铁凝长篇小说系列》，人民文学出版社2016年版。

续表

姓名	生年	生平	主要作品或者传记
葛优	1957—	演员。汉族。	《都赶上了》（传记资料），施文心、葛佳著，华艺出版社2004年版。代表电影有《编辑部的故事》《活着》《甲方乙方》《让子弹飞》。
李爽（女）	1957—	画家。汉族。	《爽：七十年代私人札记》，新星出版社2013年版。
叶京	1957—	编剧、导演。汉族。	《梦开始的地方》，现代出版社2001年版。《与青春有关的日子》，人民文学出版社2007年版。执导电视剧有《与青春有关的日子》《再过把瘾》等。
吴思	1957—	学者、作家。汉族。	《潜规则：中国历史中的真实游戏》，云南人民出版社2001年版。《血酬定律：中国历史中的生存游戏》，语文出版社2009年版。《我想重新解释历史：吴思访谈录》，复旦大学出版社2011年版。
杨劲桦（女）	1957？—	作家、编导。汉族。	《梦回沙河》（散文集），中国文联出版公司2010年版。
王朔	1958—	作家。满族血统。成长于海军大院。	《我是王朔》，国际文化出版公司1992年版。《王朔文集》，云南人民出版社2004年版。
叶大鹰	1958—	导演、编剧。汉族。1969年来京。	电影《红樱桃》。
冯小刚	1958—	导演、编剧。汉族。成长于中央党校大院。	《我把青春献给你》，长江文艺出版社2010年版。电影有《天下无贼》《1942》《唐山大地震》等。
查建英（女）	1959—	作家。汉族。	《丛林下的冰河》（小说集），时代文艺出版社1995年版。《说东道西》，辽宁教育出版社2001年版。《八十年代访谈录》，生活·读书·新知三联书店2006年版。
方竹（女）	1959？—	作家。汉族。现代作家舒芜之女。	《日记中的爸爸舒芜》，北京出版社2017年版。《人生实难》，北京出版社2017年版。

续表

姓名	生年	生平	主要作品或者传记
戴锦华（女）	1959—	学者、作家。汉族。	《犹在镜中：戴锦华访谈录》，知识出版社1999年版。
止庵	1959—	作家、学者。汉族。现代诗人沙鸥之子。	《喜剧作家》（小说集），中信出版集团2016年版。《樗下读庄》，山东画报出版社2016年版。《神拳考》，华东师范大学出版社2016年版。《惜别》，上海人民出版社2014年版。《周作人传》，山东画报出版社2009年版。
顾晓阳	1959？—	编剧、小说家。汉族。	《洛杉矶蜂鸟》，作家出版社1997年版。电影剧本《不见不散》（与冯小刚合写）。《北京野事》（回忆录），牛津大学出版社2021年版。
周大伟	1959？—	学者、作家。汉族。	《北京往事》，法律出版社2013年版。
宁肯	1959—	作家。汉族。	《蒙面之城》，作家出版社2001年版。《沉默之门》，北京十月文艺出版社2004年版。《环形女人》，中国青年出版社2006年版。《天藏》，北京十月文艺出版社2009年版。《北京：城与年》，北京十月文艺出版社2017年版。
吴雅山	1959—	记者、作家、编剧。	《地安门的前世今生》，燕山出版社2014年版。《米粮库胡同往事》，北京出版社2018年版。为20集家庭喜剧《老屋》编剧。
文昕（女）	1959—2017	诗人。汉族。	诗集《太阳之舟》，漓江出版社1993年版。《最后的顾城》，金城出版社2017年版。《生死十二年》，海天出版社2017年版。
英达	1960—	编剧、导演。满族。	《那人英达》，南沱等编，现代出版社2004年版。电视剧代表作为《我爱我家》。
李大兴	1960—	作家。汉族。	《在生命这袭华袍背后》（回忆录），生活·读书·新知三联书店2017年版。《诗与远方的往事今宵》，北京出版社2019年版。

续表

姓名	生年	生平	主要作品或者传记
崔健	1961—	音乐家。朝鲜族。空政文工团大院。	《自由风格》（与周国平合著），湖南人民出版社 2013 年版。《崔健：在一无所有中呐喊》（传记），赵健伟著，北京师范大学出版社 1992 年版。导演电影《蓝色骨头》。
唐师曾	1961—	作家、记者。汉族。	《我从战场归来》，世界知识出版社 1994 年版。《我钻进了金字塔》，世界知识出版社 1998 年版。《一个人的远行》，中国人民大学出版社 2006 年版。《我说》，中国人民大学出版社 2007 年版。
洪晃（女）	1961—	作家。汉族。	《无目的美好生活》，中国友谊出版公司 2007 年版。《我的非正常生活》，中国友谊出版公司 2010 年版。主演电影《无穷动》。
陈染（女）	1962—	作家。汉族。	《陈染文丛系列》，作家出版社 2001 年版。《时光倒流：陈染散文集》，新华出版社 2003 年版。《流水不回头》，文汇出版社 2010 年版。
姜文	1963—	导演、演员。汉族。原籍河北，10 岁来京。	《诞生：一部电影的诞生》，长江文艺出版社 2005 年版。《长天过大云：太阳照常升起》，长江文艺出版社 2011 年版。导演电影《阳光灿烂的日子》《鬼子来了》《让子弹飞》等。

参考文献

说明：新北京第三代作家的主要作品及传记，已见于《重要作家作品简目》，此处不再列入。

一 中文文献

（一）中文著作

爱新觉罗·瀛生：《老北京与满族》，学苑出版社 2005 年版。

北京市档案馆编：《北京寺庙历史资料》，中国档案出版社 1997 年版。

北京市档案馆/中共北京市委党史研究室编：《北京市重要文献选编》，中国档案出版社 2001 年版。

北京延安知青联谊会编：《从黄土地走出的北京知青》，中共党史出版社 2014 年版。

北京知青与延安丛书编委会编：《苦乐年华：我的知青岁月》，中央编译出版社 2014 年版。

北京知青与延安丛书编委会编：《青春履痕：北京知青大事记》，中央编译出版社 2015 年版。

北岛、李陀编：《七十年代》，生活·读书·新知三联书店 2009 年版。

北岛等编：《暴风雨的记忆：1965—1970 年的北京四中》，生活·读书·新知三联书店 2012 年版。

北岛、李陀编：《〈七十年代〉续集》，牛津大学出版社 2014 年版。

成全：《成全自述：一位满族老人的百年回眸》，北京满学会 2001 年版。

陈思和、王德威编：《史料与阐释（总第 5 期）》，复旦大学出版社 2017 年版。

查建英：《八十年代访谈录》，生活·读书·新知三联书店 2006 年版。

常书红：《辛亥革命前后的满族研究——以满汉关系为中心》，社会科学文献出版社 2011 年版。

《草原启示录》编委会编：《草原启示录》，中国工人出版社 1991 年版。

曹锦清、陈中亚：《走出"理想"城堡：中国"单位"现象研究》，海天出版社 1997 年版。

定宜庄：《中国知青史——初澜（1953—1968）》，中国社会科学出版社 1998 年版。

定宜庄：《满族的妇女生活与婚姻制度研究》，北京大学出版社 1999 年版。

定宜庄：《老北京人的口述历史》，中国社会科学出版社 2009 年版。

董怀良：《改革开放以来中国婚姻"私事化"研究（1978—2000）》，社会科学文献出版社 2016 年版。

丁东编：《追忆双亲》，中国工人出版社 2011 年版。

段发明：《新中国"红色"课本研究》，知识产权出版社 2015 年版。

冯骥才：《一百个人的十年》，中国文联出版社 2008 年版。

高艾军、傅民编：《北京话词典》（增订本），北京大学出版社 2001 年版。

郭晓惠、丁东、严硕编：《检讨书：诗人郭小川在政治运动中的另类文字》，中国工人出版社 2001 年版。

郭坦编：《三代人对话录——关于当代中国"代沟"的描述和争鸣》，中国青年出版社 1993 年版。

郝海彦主编：《中国知青诗抄》，中国文学出版社 1998 年版。

辉格：《群居的艺术》，山西人民出版社 2017 年版。

黄巍：《自我与他我：中国的女性与形象（1966~1976）》，社会科学文献出版社 2016 年版。

金启孮：《北京城区的满族》，辽宁民族出版社 1998 年版。

姜德明编：《北京乎——现代作家笔下的北京》，生活·读书·新知三联书店 1992 年版。

刘中陆编：《青春方程式：五十个北京女知青的自述》，北京大学出版社 2000 年版。

刘明华等：《跨世纪对话——第三代人与第四代人的心灵对白》，甘肃人民出版社 1998 年版。

刘福春、贺嘉钰编：《白洋淀诗歌群落研究资料》，中华文学史料学学会/北京师范大学国际写作中心 2014 年编。

刘荣臻：《故都济困：北平社会救助研究（1928～1937）》，社会科学文献出版社2014年版。

刘仰东：《红底金字：六七十年代的北京孩子》，中国青年出版社2005年版。

刘小萌：《中国知青史（1966—1980）》，中国社会科学出版社1998年版。

刘小萌：《中国知青口述史》，中国社会科学出版社2004年版。

刘小萌：《清代北京旗人社会》（修订本），中国社会科学出版社2016年版。

梁丽芳：《从红卫兵到作家：觉醒一代的声音》，台湾：万象图书1993年版。

梁景和：《现代中国社会文化嬗变研究（1919～1949）》，社会科学文献出版社2013年版。

李秉奎：《狂澜与潜流：中国青年的性恋与婚姻（1966—1976）》，社会科学文献出版社2015年版。

李南央编注：《父母昨日书：李锐、范元甄通信集（1938—1949）》，广东人民出版社2008年版。

李伟东：《清华附中高631班（1963—1968）》，纽约：柯捷出版社2012年版。

李慧波：《北京市婚姻文化嬗变研究》，社会科学文献出版社2014年版。

李新：《流逝的岁月：李新回忆录》，山西人民出版社2008年版。

良警宇：《牛街：一个城市回族社区的变迁》，中央民族大学出版社2006年版。

赖洪波：《王朔和海岩的文学选择》，文化艺术出版社2009年版。

马静：《民国北京犯罪问题研究》，北京师范大学出版社2016年版。

穆儒丐：《北京，1912》，北京联合出版公司2015年版。

穆欣：《办〈光明日报〉十年自述（1957—1967）》，中共党史出版社1994年版。

米鹤都：《红卫兵这一代》，香港：三联书店有限公司1993年版。

米鹤都编：《回忆与反思：红卫兵时代风云人物口述历史》，香港：中国图书有限公司2011年版。

米鹤都：《心路：透视共和国同龄人》，中央文献出版社2011年版。

秦道夫：《我和中国保险》，中国金融出版社2009年版。

沈展云：《灰皮书，黄皮书》，花城出版社2007年版。

沙之沅：《北京的少数民族》，燕山出版社1988年版。

宋柏林：《红卫兵兴衰录：清华附中老红卫兵手记》，德赛出版有限公司2006年版。

参考文献

宋强：《第四代人的精神——现代中国人的救世情怀》，甘肃文化出版社1997年版。

田毅鹏：《中外单位研究回视与展望》，社会科学文献出版社2015年版。

唐晓渡编：《在黎明的铜镜中：朦胧诗卷》，北京师范大学出版社1993年版。

王江编：《劫后辉煌：在磨难中崛起的知青·老三届·共和国第三代人》，光明日报出版社1995年版。

王一川：《京味文学第三代》，北京大学出版社2006年版。

王蒙：《半生多事》（修订本），北京联合出版公司2017年版。

吴勇编：《北京大院记忆》，学苑出版社2015年版。

吴琦编：《单读16：新北京人》，台海出版社2018年版。

徐友渔：《1966：我们那一代的回忆》，中国文联出版公司1998年版。

徐晓编：《民间书信：中国民间思想实录：1966—1977》，安徽文艺出版社2000年版。

许子东：《为了忘却的集体记忆——解读50篇文化大革命小说》，生活·读书·新知三联出版社2000年版。

薛来凤：《一家人》，华艺出版社2009年版。

杏花村知青编：《遥指杏花村：140名北京知青的插队故事》，江苏文艺出版社2013年版。

肖复兴：《啊，老三届》，人民日报出版社1988年版。

遇罗文：《我家》，中国社会科学出版社2000年版。

遇罗文等：《记忆》（第1辑），中国工人出版社2002年版。

咏慷：《1966—1976：红色季风——一个红卫兵领袖的传奇经历》，百花洲文艺出版社2000年版。

衣锡群编：《岁月辙痕——莫力达瓦：怪勒，前霍日里知青琐忆》，自印本，2012年。

岳永逸：《老北京杂吧地：天桥的记忆与诠释》，生活·读书·新知三联书店2011年版。

叶维丽、马笑冬：《动荡的青春：红色大院的女儿们——叶维丽、马笑冬对谈录》，新华出版社2008年版。

杨东平：《城市季风：北京和上海的文化精神》（修订本），新星出版社2006年版。

· 195 ·

杨健:《文化大革命中的地下文学》,朝华出版社1993年版。

杨健:《中国知青文学史》,中国工人出版社2002年版。

阎月君等编:《朦胧诗选》,春风文艺出版社1985年版。

张永杰、程远杰:《第四代人》,东方出版社1988年版。

张明编:《沉沦的圣殿:中国20世纪70年代地下诗歌遗照》,新疆青少年出版社1999年版。

张教立:《北京部队大院》,长江文艺出版社2012年版。

张静编:《身份认同研究》,上海人民出版社2006年版。

钟岳:《中国新三级学人》,浙江人民出版社1996年版。

者永平:《那个年代中的我们》,远方出版社1998年版。

周翼虎:《中国单位制度》,中国经济出版社2002年版。

中共中央文献研究室编:《毛泽东画传》,中央文献出版社2005年版。

中华人民共和国教育部幼儿教育处编:《幼儿园教养员工作经验——北京、天津两市幼儿园教养员工作经验教育会报告资料汇编》,文化教育出版社1955年版。

朱伟:《作家笔记及其他》,江苏人民出版社2006年版。

郑异凡编:《"灰皮书":回忆与研究》,漓江出版社2015年版。

赵园:《北京:城与人》,北京大学出版社2002年版。

政协北京市文史资料委员会编:《辛亥革命后的北京满族》,北京出版社2002年版。

邹仲之编:《抚摸北京:当代作家笔下的北京》,生活·读书·新知三联书店2005年版。

赵建伟:《崔健:在一无所有中呐喊》,北京师范大学出版社1992年版。

(二)中文译著

[美]本尼迪克特·安德森:《想象的共同体:民族主义的想象和散布》(增订版),吴叡人译,上海人民出版社2011年版。

[美]埃里克·H. 埃里克森:《同一性:青少年与危机》,孙名之译,浙江教育出版社1998年版。

[法]巴什拉:《空间诗学》,张逸婧译,上海译文出版社2009年版。

[澳]薄大伟:《单位的前世今生:中国城市的社会空间与治理》,柴彦威等译,东南大学出版社2014年版。

［美］托马斯·伯恩斯坦：《上山下乡》，李枫译，北京警官教育出版社 1993 年版。

［英］鲍尔比：《依恋》，汪智艳、王婷婷译，世界图书出版公司 2017 年版。

［澳］阿妮达·陈：《毛主席的孩子们：红卫兵一代的成长与经历》，田晓菲译，渤海湾出版公司 1988 年版。

［美］韩书瑞：《北京：寺庙与城市生活，1400—1900》，朱修春译，台湾：稻乡出版社 2014 年版。

［荷］佛克马：《中国文学与苏联影响》，聂友军等译，北京大学出版社 2011 年版。

［美］甘博：《北京的社会调查》，邢文军译，中国书店 2010 年版。

［美］查尔斯·霍顿·库利：《人类本性与社会秩序》，包凡一等译，华夏出版社 1989 年版。

［英］梅兰妮·克莱因：《爱·恨与修复：梅兰妮·克莱因与琼·里维埃演讲录》，吴艳茹译，中国轻工业出版社 2014 年版。

［德］罗梅君：《北京的生育婚姻和丧葬：19 世纪至当代的民间文化和上层文化》，王燕生等译，中华书局 2001 年版。

［美］玛格丽特·米德：《代沟》，曾胡译，光明日报出版社 1988 年版。

［法］马塞尔·莫斯：《社会学与人类学》，佘碧平译，上海译文出版社 2014 年版。

［法］潘鸣啸：《失落的一代：中国的上山下乡运动·1968～1980》，欧阳因译，中国大百科全书出版社 2010 年版。

［英］伊文斯-普里查德：《努尔人》，褚建芳译，华夏出版社 2002 年版。

［德］斐迪南·滕尼斯：《共同体与社会》，张巍卓译，商务印书馆 1999 年版。

［美］许烺光：《宗族·种姓·俱乐部》，薛刚译，华夏出版社 1990 年版。

［美］玛乔丽·肖斯塔克：《妮萨：一名昆族女子的生活与心声》，杨志译，中国人民大学出版社 2017 年版。

（三）中文论文

陈的非：《"文化大革命"期间中、小学课程与教学改革研究》，湖南师范大学，硕士学位论文，2005 年。

葛维樱：《1968 年的北京江湖》，《三联生活周刊》2007 年第 43 期。

霍俊明、岳志华:《隐匿的光辉:白洋淀诗群女诗人论》,《诗探索》2008 年第 6 期。

刘阳:《"内部发行"——冷战背景下的一种特殊文化现象(1951—1978)》,华东师范大学,硕士学位论文,2010 年。

刘健:《"黄皮书"与 1968-1973 年北京地下诗歌研究》,北京外国语大学,博士学位论文,2015 年。

李东然:《老炮儿,冯小刚》,《三联生活周刊》2015 年第 47 期。

米鹤都:《小混蛋之死》,《中国新闻周刊》2014 年第 20 期。

米鹤都:《大院的精神文化》,《炎黄春秋》2016 年第 2 期。

潘婧:《心路历程——"文化大革命"中的四封信补记》,《中国作家》1994 年第 6 期。

施达伟:《保育工作的多面手》,《中国妇女》1958 年第 10 期。

阳敏:《青春如火,草原如歌:第一批内蒙古知青的故事》,《南风窗》2008 年第 10 期。

杨志:《小说家谋杀小说?》,《书城》2012 年第 8 期。

杨志:《果核中的村上春树》,《书城》2015 年第 4 期。

杨志:《汉译汉:中国小说的方言问题》,《书城》2018 年第 9 期。

王宇英:《"文化大革命"时期家庭政治化问题研究》,首都师范大学,博士学位论文,2007 年。

郑瑞君:《"灰皮书"、"黄皮书"在社会的流传及其影响》,《新闻界》2014 年第 22 期。

二 外文文献

(一) 英文文献

Anita Chan, *Children of Mao. Personality development and political activism in the Red Guards Generation*. Washington: University of Washington Press, 1985.

Ming-may Jessie Chen, *Representation of the Cultural Revolution in Chinese Films by the Fifth Generation Filmmakers*. New York: Edwin Mellen Press, 2007.

Stuart Hall & Tony Jefferson, *Resistance Through Rituals: Youth Subcultures in Post-war*. Britain: Harper Collins Academic, 1991.

Jeremy Holmes, *John Bowlby and Attachment Theory*. London and New York: Routledge, 1993.

A. I. Rabin, *Growing up in the Kibbutz*. New York: Michigan State University, 1965.

（二）日文文献

［日］三浦展:《团块世代の战后史》，文艺春秋 2007 年版。